KB062789

내 나이
서른
하나

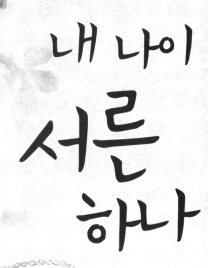

내 나이
서른
하나

야마모토 후미오 지음

이선희 옮김

창해

차 례

독불장군

지난봄의 인사이동으로 옆자리에 앉게 된 여직원이 말을 걸어왔다. 나는 보고서 쓰던 손길을 멈추고 그녀의 얼굴을 쳐다보았다.

출신 대학과 학부를 물어와 대답하자 그녀는 따발총처럼 떠들기 시작했다.

"어머, 역시나! 소문을 들었는데 저도 그 대학 나왔거든요. 우리 회사엔 와세다稻田와 게이오慶應 출신밖에 없는 줄 알았는데 정말 기뻐요. 어쩌면 학교에서 지나쳤을지도 모르겠군요. 아! 전 전철역 앞에 있는 던킨도너츠에서 알바했어요. 그런데 얼마 전에 가보니 없어졌지 뭐예요? 그리고 보니 지난번 신입사원 환영회 때는 왜 안 왔어요? 제가 얼마나 찾았다고요."

대답을 하려고 했을 때, 그녀는 뒤에서 부르는 소리에 "예!" 하고 큰소리로 대답하며 벌떡 일어섰다. 그리고 나란 사람은 처음부터 없었던 것처럼 뒤도 돌아보지 않고 총총히 사라졌다.

이런 일에 익숙해 있다고 생각했는데, 컴퓨터 화면을 보고 있노라니 조용히 분노가 치밀어 올랐다. 이런 감정은 오랫동안 시달리고 있는 어깨 결림처럼 사소한 계기로 잊어버리기도 하고 다시 떠오르기도 한다. 일에 집중하려고 했지만 모처럼 머릿속에서 정리되어가던 문장이 산산이 흩어졌다.

2천여 명 되는 기업의 마케팅 부서에서 일한 지 8년, 나는 이 회사에서 서른한 살을 맞이했다. 몇 년째 같은 부서에서 일하는 사람은 이미 업무 이외의 일로 내게 말을 걸지 않지만, 모르는 사람은 저렇게 일방적으로 쓸데없는 이야기를 떠들어댄다. 친해지기 위해서라는 것을 머리로는 알지만 감정이 도저히 용납하지 못한다.

회사 사람들은 나를 '비뚤어지고 사람을 싫어하는 인물'이라고 뒤에서 쑥덕거리곤 하는데, 그것은 잘못 알고 있는 것이다. 비뚤어진 것은 인정하지만 결코 사람을 싫어하지는 않는다. 다만 잡담과 사교에 서툴 뿐이다. 오랫동안 연습한 끝에 입술 끝을 약간 올려 미소를 지을 수 있게 되었는데, 지금은 오히려 그것이 화를 불렀다고 생각한다. 철지하게 불통한 표정을 짓고 있었으면 귀찮은 일이 많이 줄어들었으리라.

나는 주머니에서 노란색 귀마개 스펀지를 꺼내 손가락 끝으로 돌돌 말아 귀에 꽂았다. 자리로 돌아온 조금 전의 여직원이 흠칫 놀란 표정을 짓는다. 쓸데없는 이야기로 15분을 허비하면 그만큼 잔업을 해야 한다. 더구나 조금 가까운 분위기가 형성되면 커피나 저녁을 먹자고 할 것이고, 상대의 기분이 상하지 않도록 거절하는 것은 죽을 만큼 지긋지긋하다.

나는 지금의 나보다 어린 시절의 내가 훨씬 어른스러웠다고 생각한다. 그때는 같은 반 친구들의 이야기를 듣고 억지로 웃거나 관심도 없는 아이돌 스타의 콘서트에 가기도 했다. 친한 척, 다정한 척하는 친구들이 싫어할까 봐 즐겁지 않아도 즐거운 척했다. 하지만 아무리 노력해도 주위 사람들과 익숙해지지 않고, 나는 물에 뜬 기름처럼 사람들과 멀어졌다. 최근에는 마지못해 참석한 회식 자리에서 상사의 프로야구 얘기나 설교에 맞추어 적당히 고개를 끄덕이는 젊은 사람들을 보며 살의를 느끼기도 한다.

그렇다고 모든 사람들에게 살의를 느끼는 것은 아니다. 일대 일로 차분히 얘기하는 것은 의외로 좋아하고, 공부와 일도 싫어하기는커녕 오히려 재미있다. 따라서 '비뚤어지고 사람을 싫어하는 나'에게도 몇 안 되기는 하지만 친구라고 부를 수 있는 사람들이 있다. 어릴 때 같은 동네에 살았던 친구와 취직하고 나서 필요에 의해 다닌 컴퓨터 학원의 친구. 학창시절에는 같은 학부 남학생을 사귀었고, 현재 애인과는 벌써 2년째에 접어든다.

누군가 어깨 두드리는 것을 느끼고 고개를 들자, 다른 부서에 근무하는 남자 입사 동기가 빙긋이 웃고 있다. 그는 귀마개를 빼라고 손짓했다.

"여전하군."

나는 그를 싫어하지 않는다. 그는 항상 용건만 빨리 말해주니까.

"방해해서 미안해. 이즈미 씨 결혼식 말인데, 동기들끼리 돈을 걷어 선물하기로 했어. 일단 내가 대신 내줄게. 뒤풀이 비용까지 포함해서 1만 5천 엔 정도 생각해둬."

다음달에 여자 동기 하나가 결혼한다. 벌써 몇 번째일까? 그때마다 나는 축의금을 내고 휴일을 빼앗기며 마음에도 없는 축하 인사를 하고 뒤풀이 비용까지 부담해야 한다.

돈이 아까운 것이 아니다. 입사 동기 모임의 총무 일도 다른 사람이 맡고 있고, 선물을 사러 가는 사람도 내가 아니다. 그런 것에 맞지 않는 내 성격을 모두 알고 있어서 "너는 돈만 내면 돼" 하고 너그럽게 봐주고 있다.

입사 동기들에게 고맙다고 해야 한다. 그것은 나 혼자만 청소 당번을 면제받고 있는 것이나 마찬가지니까. 하지만 내 입에서 생각과는 정반대의 말이 튀어나왔다.

"난 결혼식에도 뒤풀이에도 안 갈 거고, 선물 살 돈도 안 낼 거야!"

나도 모르게 목소리가 커졌다. 사람들의 시선이 일제히 내게 쏠린다. 그는 눈을 동그랗게 뜨고 목소리를 낮추며 "이즈미 씨와 안 친했어?" 하고 물었다.

"아니, 휴일엔 쉬고 싶을 따름이야. 본인이 결혼하는 건 자유지만 왜 아무 관계없는 내가 참석해야 하는 거야?"

목소리가 거칠어지자 옆자리에 있는 여직원이 황급히 자리를 피하는 것이 눈에 들어왔다.

야근을 마친 나는 전철 막차를 타고 기진맥진한 몸을 이끌며 아파트에 도착했다. 문을 연 순간, 어두운 방 안에서 깜빡거리는 자동응답전화기의 램프가 눈에 들어왔다. 나는 편의점 봉투를 든 채 거실 바닥에 주저앉았다.

비뚤어진 내게 전화를 거는 사람은 엄마와 애인밖에 없다. 두 명밖에 없는 친구는 내가 전화를 받지 않는다는 걸 알고 있기 때문에, 연락할 일이 있으면 메일을 보낸다. 엄마든 애인이든, 지금은 전화를 받기 싫다.

귀찮다. 나는 윗옷도 벗지 않고 오랫동안 고개를 숙인 채 앉아 있었다. 내가 나쁜 사람일까? 내가 이상한 사람일까?

얼마 전, 어렸을 적 친구가 넌지시 내게 말했다. 너는 지금까지 막연히 살아왔다고. 그렇다, 나는 분명히 막연히 살아왔다. 마음속으론 싫어하면서도 아무것도 선택하지 않고 그저 물 흐르듯 살아온 것이다. 내 학력으로 들어갈 수 있는 학교에 들어가고, 시험을 봐서 합격한 기업에 들어왔다. 무턱대고 싫어하는 것은 좋지 않을 것 같아, 사람들이 권하면 무엇이든 거절하지 않았다. 하지만 그때마다 실수를 저지른다. 중년 여성이 "난 이미 늙었으니까"라고 말하면 나도 모르게 "하긴 그래요"라고 대답하고, 뚱뚱한 여자가 "살을 좀 빼야 하는데"라고 말하면 "그게 좋겠어요"라고 대답한다. 차라리 잠자코 있으라고 스스로에게 말해도, 그런 마음이 노골적으로 얼굴에 나타나는 것이다.

지금 만나는 애인은 나보다 세 살 많은 과묵한 사람이다. 처음에는 "너의 그 어설픈 면이 사랑스러워"라고 말했는데, 내가 피곤해서 몇 번 데이트를 거절했더니 갑자기 붉으락푸르락한 얼굴로 "처음에는 그토록 사랑스러웠는데 왜 이렇게 변했지? 그건 다 연기였어?"라고 비난을 퍼부어서 나를 아연하게 만들었다. 나중에 스트레스가 쌓여서 그렇다고 사과했지만, 요즘 들어 똑같은 상황이 되풀이되고 있다. 어머니도 내가 걱정된다는 것은 핑계에 불과하고, 단지 아버지의 험담을 들어줄 상대가 필요할 뿐이다.

그것은 모두 나와 상관없는 일이 아닌가. 다들 나를 귀찮게 하지 않는다면 얼마나 좋을까?

나는 외톨이다. 그 누구도 이해해주는 사람이 없다.

그때 문득 한 가지 생각이 뇌리에 스며들기 시작했다. 사람들은 모두 이런 고독을 떨쳐버리기 위해 잠시도 입을 다물지 않고 마구 떠들어대는 게 아닐까?

그렇다면 나는 고독해도 좋다.

나는 천천히 일어나서 자동응답전화기의 메시지를 듣지도 않고 지워버렸다.

다음날 아침, 나는 출근하자마자 즉시 부장을 찾았다. 그러자 부장도 나를 찾고 있어서, 우리는 아침 9시 반부터 작은 회의실에 마주 앉았다.

나는 부장에게 새벽녘까지 쓴 편지 형식의 사표를 내밀었다. 회사에 들어온 이후 다방면에 걸쳐 돌봐준 부장은 자신의 넓은 이마를 손바닥으로 찰싹 때렸다. 깜짝 놀랐을 때 나타나는 그의 버릇을 보고 나는 무의식중에 웃음을 터뜨렸다. 부장은 그 틈을 놓치지 않고 재빨리 나를 노려보았다.

"왜 다른 사람들 앞에선 그렇게 안 웃지?"

한순간 어떻게 대답해야 할지 몰라서 침묵한 후, 나는 이렇게 대답했다.

"재미있으면 나도 웃어요."

"회사가 그렇게 재미없어?"

"일은 재미있어요."

부장은 귓불을 긁적이며 일장 연설을 늘어놓았다.

"자네는, 일은 아주 잘해. 회의할 때는 다른 사람처럼 자기 의견을 주장하고, 때로는 재밌는 말을 해서 사람들을 웃기기도 하지. 하지만 사원 MT는 신입사원 때 딱 한 번 갔을 뿐이고, 송년회나 환영회, 환송회에는 얼굴도 내밀지 않아. 그것까지는 좀독특한 사람이라고 웃어넘길 수 있을지 모르지만, 요즘은 회사안에서 귀마개를 한다며?"

대답하는 대신, 나는 부장이 테이블에 내려놓은 사표를 쳐다보았다.

"그래선 어디에 가도 적응할 수 없어. 이 세상은 자네 혼자 사는 데가 아니야."

거친 말투에는 비아냥거림이 아니라 연민의 느낌이 배어 있었다.

"그건 알고 있어요."

일이 싫은 것은 아니다. 사람이 싫은 것도 아니다. 그렇다면 귀마개를 하지 않아도 되는 곳이 어딘가에 있지 않을까? 없으면 또 어떠랴.

싫은 것은 싫다. 싫은 사람도 싫다. 내 성격이 그러니까 봐달라고 하지는 않는다. 다른 사람들 덕분에 사는 것도 아니고 다른 사람들을 위해서 사는 것도 아니다. 나는 재미있을 때만 웃고 재미없을 때는 웃지 않겠다. 사는 건 이렇게 간단한 일이 아닌가?

그렇게 생각하니 너무도 즐거워져서 내 입에서 히죽거리는 웃음이 멈추지 않았다.

자동차

나는 차에서 살고 있다. 차를 좋아하는 게 아니라 언젠가부터 돌아갈 집이 없어졌다. 아마 노숙자 아저씨들도 그렇지 않을까? 다만 운명의 흐름에 몸을 맡기다 정신을 차렸더니, 그곳에 도착해 있었다는 느낌이다.

내 입으로 말하기는 좀 그렇지만 나는 제법 부자다. 내가 가지고 있는 차는 BMW 콤팩트로, 남부럽지 않은 회사에 다니며 월급을 받아 할부금을 꼬박꼬박 내고 있다. 신용카드는 물론 휴대전화와 에스티로더 화장품 세트도 가지고 있다. 더구나 스포츠클럽은 플래티넘 회원이고.

"안녕하세요? 항상 일찍 오시네요."

개장 시간인 6시 정각에 스포츠클럽 카운터에 나타나자 유니폼인 하얀 폴로셔츠를 입은 건장한 남자가 큰소리로 인사했다.

'네 녀석은 어떻게 꼭두새벽부터 그토록 기운이 넘치냐?'

내심 그렇게 생각하면서도 나는 모호한 미소로 대답했다. 이 스포츠클럽은 차츰 내 목욕탕으로 변하고 있다. 플래티넘 회원의 월회비는 일반 회원의 3배지만, 아침 6시부터 밤 11시까지 무제한으로 이용할 수 있고, 전용 로커와 수건, 주차장을 무료로 사용할 수 있다. 나는 최근 하루걸러 찾아와 일단 알리바이를 만들기 위해 대강 수영하고 나서, 아무도 없는 욕탕에 몸을 담근 후 샤워 부스에서 머리부터 발끝까지 꼼꼼히 씻는다. 그리고 휴게실에서 잠시 쉰 다음 화장을 하고 나서 차를 타고 출근하는 것이다.

도쿄東京 매립지에 있는 회사까지 도로가 한산하면 30분. 아침 일찍 출근하기 때문에 전기부품공장의 거대한 주차장이 절반도 채워지지 않은 시간에 도착한다. 그곳에서 통로와 엘리베이터, 패스워드를 눌러야 하는 거대한 문과 타임 리코더 등을 거쳐 탈의실에 도착하기까지는 빠른 걸음으로 15분.

탈의실 문을 열자 신기하게도 나보다 먼저 와 있는 사람이 있었다.

"그게 회사에 출근하는 사람의 옷차림이야?"

종이컵에 담긴 커피를 마시고 있던 선배가 허름한 소파에 앉아 웃으며 말했다. 유니폼이 있는 것을 다행으로 여길 정도로 최근 내 출근 의상은 트레이닝복이다.

"선배야말로 옷차림이 어제와 똑같잖아요."

"그래. 애인과 호텔에서 잤거든."

"아이는 괜찮아요? 아, 어떡하지? 스타킹이 없네."

"괜찮진 않지만 시어머니가 있으니까 굶어죽진 않을 거야. 자, 이거 줄게."

말을 하면서 옷을 갈아입던 내게 선배는 자기 로커를 열더니, 통신판매에서 대량으로 사두었던 한 켤레에 백 엔짜리 새 스타킹을 주었다. 빨래하기 싫어하는 그녀는 매일 스타킹을 신고 버린다.

"고마워요. 덕분에 편의점에 안 가도 되겠어요."

"그 대신은 아니지만 오늘 밤에 또 데려다주겠어?"

"그 정도야 얼마든지요."

그때 공장 여직원들이 힘차게 인사하며 들어왔다. 우리는 대화를 중단하고 말없이 옷을 갈아입은 후 사무실로 향했다.

일은 평범한 사무직. 꼭 그 때문만은 아니지만 가만히 앉아 있으면 졸음이 쏟아진다. 하지만 업무 분량이 장난이 아니라서 졸고 있을 틈이 없다. 단말기에 숫자를 집어넣고 전화를 받아 상사에게 연결한 다음, 불만을 제기하는 팩스를 가장 먼저 선반에 넣는다. 벌써 8년 정도 하고 있기 때문에 머리를 쓰지 않아도 몸이 멋대로 움직이는데, 그것이 졸음의 원인일지도 모른다. 이 회사에 취직하고 처음 3년 동안은 생산 라인에서 근무했다. 그곳도 단순작업이기는 하지만 한 사람이 실수하면 다른 사람까지 피해를 보기 때문에 팽팽한 긴장감이 있었다. 생산라인에서 총무부로 발령났을 때는 그토록 기뻐했는데. 졸린 사람은 나만이 아니다. 과장 이하 대리도, 말단사원도, 나에게 스타킹을 준 불량주부도, 다른 여직원들도 모두 번갈아가며 하품을 하고 있다.

전염된 하품을 참으며 우편물을 분리하고 있을 때 내 앞으로 온 갈색 봉투가 눈에 들어왔다. 어머니가 한 달에 한 번씩 보내는 정기 우편물이다. 무심히 봉투를 열어보니, 여느 때처럼 내 앞으로 온 한 달치 우편물이 들어 있다. 대부분이 상품을 광고하기 위한 광고용 우편물로, 그중 내 시선을 끈 것은 고등학교 동창생이 보낸 웨딩드레스 차림의 엽서와 자동차세 통지서다.

3년 전에 차를 산 이후, 내 인생은 뜻하지 않은 방향으로 움직이기 시작했다. 한때 애인이었던 사람의 말에 따르면 '퇴락 頹落했다'고 하는데, 과연 그럴까? 태어나서 처음 산 차가 BMW로, 더구나 거의 충동구매에 가까웠다. 애인과 함께 심심풀이로 간 중고자동차 센터에서 새 차나 다름없는 BMW를 보았을 때, 나는 아직 집에서 출퇴근을 하는 여유 있는 회사원이었다. 그래서 계산기도 두들겨보지 않고 얼마 전에 받은 보너스를 통째 계약금으로 주고 그 자리에서 구입했다. 지금 돌이켜보면 한편으로는 진지하고, 다른 한편으로는 우리의 노후를 잘 부탁한다고 얼굴에 쓰여 있는 부모님과의 오랜 동거로 인해 울분이 쌓여 있었던 게 아닐까? 쾌적하게 달리는 단독주택을 손에 넣은 나는 점점 집에 들어가지 않고, 드라이브도 할 겸 애인의 집에서 자는 날이 늘었다. 그리고 불법 주차로 인해 몇 번 벌금 딱지를 받은 후, 마침내 월 4만 엔을 내고 애인 집 옆에 있는 주차장을 계약했다.

그러던 어느 날, 갈아입을 옷을 가지러 일주일 만에 집에 들어가서 아버지를 만났다. 그때 분노를 참지 못한 아버지가 "다시는 집에 들어오지 마라!" 하고 화를 내며 데라우치 간타로(1974년에 방송된 드라마 〈데라우치 간타로 일가〉의 주인공으로 엄격한 아버지의 전형적인 인물)처럼 나를 툇마루로 떠밀었고, 나는 그것을 계기로 집을 나왔다. 부모님은 조만간 들어오리라고 무시했지만, 나는 그때부터 꼬박 2년 동안 집에 들어가지 않았다.

그러는 사이에 애인과의 동거는 일 년을 조금 넘어서 파국을 맞이했다. 애인 집으로 굴러 들어간 내가 이런 말을 하기는 그렇지만 그때까지 용케 유지한 것이다. 싱글 침대가 방의 절반을 차지하는 좁은 원룸에서 다 큰 어른이 둘이나 살자니 얼마나 힘들었겠는가. 달콤한 시간은 눈 깜짝할 사이에 지나고, 그는 점차 내 존재에 조바심을 내기 시작했다. 하지만 나가라고 말하지 못하는 소심함과 착한 심성을 파고들어, 나는 모르는 척하며 계속 눌러앉았다. 그러던 어느 날, 자신의 면도칼로 내 겨드랑이 털을 깎고 있는 것을 발견한 그는 완전히 정나미 떨어졌다는 얼굴로 "차를 팔면 주차장 비용과 자동차 할부금으로 이 집 정도는 빌릴 수 있을 거야" 하고 말했다. 그 말은 틀리지 않지만 나는 차를 팔고 싶지 않았다. 그 사람과 헤어질지언정.

불량주부가 불량한 연애를 마치는 동안, 나는 도쿄 시내를 빙글빙글 돌아다녔다. 한 번도 꺾어본 적 없는 네거리에서 꺾어보고, 한 번도 들어간 적이 없는 골목으로 들어가서 천천히 핸들을 돌린다. 차는 참 재미있다. 때로는 일방통행으로 인해 꼼짝 못할 때도 있지만, 그것도 나름대로 재미있다. 때로는 자전거를 탄 중학생이나 차를 피할 생각이 없는 아줌마를 그대로 들이박고 싶은 적도 있지만, 그것도 어디까지나 생각뿐이다.

애인의 집을 나온 이후, 처음에는 싸구려 단칸방이라도 빌리려고 했다. 하지만 모아놓은 돈이 한 푼도 없는 상태에서 보증금을 마련하기 위해서는 차를 내놓을 수밖에 없었다. 차를 내놓지 않는 이상 근본적인 문제는 해결되지 않았다. 부동산 임대정보지를 쳐다볼 마음을 잃어버린 어느 일요일, 나는 프리마켓을 돌아다니며 침낭과 양털 아노락(anorak, 모자가 달린 방한용 짧은 외투)을 샀다.

이미 애인 집 옆의 주차장과 맺은 월 4만 엔의 주차 계약을
해지한 나는 고속도로의 서비스구역이나 교외의 공원 주차장에
차를 세우고, 뒷좌석에 있는 침낭 속에 들어가 자기 시작했다.
성별을 알아볼 수 없도록 창문에 매달아놓은 마스코트도 버리
고 뒷좌석은 짙은 색으로 선팅했다. 그러나 끈질기게 차를 흔드
는 사람도 있었고 음료수를 사러 나갔을 때 이상한 남자가 따라
와 무서웠던 적도 있다.

피곤하지 않다든지 눈물을 흘린 적이 없다면 거짓말이리라.
하지만 나는 얼어죽지도 않고 성폭행당하지도 않고 한 번의 겨
울을 지냈다. 자유롭다고 말하면 경박하게 들릴지 모르지만,
어쨌든 집을 얻을 필요성을 느끼지 못한 채 지금에 이르게 되
었다.

조수석에 던져놓은 휴대전화 벨소리가 울렸다. 통화버튼을
누르자 선배가 술에 취한 흥분된 목소리로 니시아자부西麻布 네
거리에 있는 아이스크림 가게 이름을 말했다.

"매일 불륜에 클럽에 음주에! 아이와 남편을 내동댕이치고
놀러 다니는 선배의 에너지, 정말 대단해요!"

예전에 이렇게 말했더니 선배는 오히려 나를 비웃었다.

"난 서른한 살이나 되었으면서 돌아갈 집도 없는 사람이 더
대단한 것 같은데."

그녀가 집에 들어가고 싶지 않아서 놀러 다니는 것이라고 여겼는데, 어쩌면 그렇지 않을지도 모른다. 인간이란 참으로 이해할 수 없는 존재다.

15분 만에 니시아자부에 도착하니 선배는 마침 아이스크림 가게에서 나와, 여느 때처럼 아무 말도 하지 않고 조수석에 올라탔다. 강렬한 술 냄새가 코를 찌른다.

"집으로 가면 돼요?"

그러자 그녀는 어린애처럼 꾸벅 고개를 끄덕였다. 나는 놀다 지친 그녀를, 도심에서 전철로 2시간이나 걸리는 교외의 뉴타운에 있는 그녀의 집에 바래다준다. 그리고 그녀의 집 옆에 차를 세워놓고 하룻밤을 보낸 후, 다음날 아침 그녀를 태우고 회사에 출근하는 것이 최근 나의 패턴이다.

"선배, 기름 넣어도 돼요?"

나는 그렇게 말하며 조수석에서 축 늘어져 있는 그녀를 쳐다보았다. 그녀는 입을 다문 채 지갑에서 1만 엔짜리 지폐를 꺼내 내 무릎 위로 던졌다. 고속도로를 타기 전에 주유소에 들러 기름을 가득 채운 후, 그 1만 엔짜리로 지불하고 나서 잔돈과 영수증을 그녀에게 내밀었다. 그녀는 아무 말 없이 그것을 지갑에 집어넣었다.

고속도로를 빠져나가자 이상하리만큼 길이 뚫려 있어서, 나는 기쁨을 주체하지 못하고 MD 볼륨을 높이며 액셀러레이터를 밟았다. 끝없이 이어지는 가로등 밑에서 핸들을 오른쪽, 왼쪽으로 꺾으며 택시와 트럭을 추월한다.

문득 정신을 차리고 옆을 바라보자 조수석에서 선배가 말없이 울고 있다. 나는 혀를 차고 싶은 마음을 간신히 참아야 했다.

부 부

이혼하고 친정으로 돌아왔더니 집과 부모님, 고양이까지 모두 낡아 있었다. 고등학교를 졸업하고 도쿄의 전문학교에 진학하기 위해 집을 나갔을 때도 상당히 낡은 상태였지만, 지금은 폐가로 보일 정도다. 하지만 잘 가꾼 정원에 둘러싸인 단층짜리 작은 집의 내부는 내가 살던 시절에 비해 훨씬 깨끗하게 정리되어 있었다. 툇마루 앞에 있는 창은 말끔히 닦여 있고, 얇은 합판 복도에서는 티끌 하나 찾아볼 수 없었다.

그렇게 말했더니 어머니는 기뻐하며 이렇게 대답했다.

"네 아버지가 정년퇴직을 하고 나서 매일 청소해주시거든."

어머니는 옛날부터 정리정돈을 끔찍하게 싫어해서, 학교에 내야 할 수학여행 신청서나 심지어 생활통지표까지 잃어버려 사람들을 어이없게 만들었다.

내가 도쿄에 있는 동안 아버지는 오랫동안 근무하던 그릇공장에서 퇴직했고, 그것을 계기로 집안에서 아버지와 어머니의 역할이 완전히 바뀌었다. 어머니는 옛날과 변함없이 파트타임으로 일하고, 아버지는 어머니가 하던 집안일을 모두 떠맡게 된 것이다.

13년 만에 함께 살아보니, 그들의 다정한 모습이 새삼스레 나를 놀라게 만들었다. 내가 그들의 딸로서 이곳에 살았을 때는 가끔 말다툼도 했는데, 함께 늙어가는 지금은 서로를 위로하는 빛이 역력하고, 대화의 말투며 내용이 부부라고 여겨지지 않을 만큼 다정했다.

"여보! 이 가다랑어, 며늘애가 일부러 갖다줬어."

"어머나, 세상에! 나중에 고맙다고 전화해야겠네요. 몸은 어떻던가요?"

"불룩 튀어나온 배를 껴안고 운전하고 왔기에, 그러면 안 된다고 야단쳤어. 괜찮다고 극구 사양하는 걸, 집에 갈 때는 내가 운전해줬지."

"올 땐 버스 타고 왔겠네요."

"아니, 요헤이가 바래다줬어."

"그러면 괜히 쓸데없는 일을 했잖아요."

"하긴 그래. 여보, 밥 더 먹겠어?"

"예. 반 공기만 더 주세요."

오렌지색 불빛 아래 낡은 비닐 식탁보가 깔린 식탁에서 우리는 저녁을 먹고 있다. 아버지는 내가 어릴 때부터 집에 있던 꽃무늬 밥통까지 걸어가서, 어머니의 밥그릇에 밥을 담아 돌아온다. 그리고 그때 처음 알아차린 것처럼 내 밥그릇을 들여다보았다.

"미호, 너는?"

"고맙지만 난 내가 알아서 먹을게요."

덩달아 내 입에서도 부드러운 목소리가 튀어나왔다. 나는 일어서서 밥통 뚜껑을 열고 김이 모락모락 피어오르는 따뜻한 밥을 펐다. 도쿄에 있을 때는 살찔 것을 두려워하여 밥을 두 공기씩 먹은 적이 없었는데. 뒤를 돌아보니 옛날보다 한 뼘은 작아진 어머니와 아버지가 얼굴을 마주 보며 뭐가 그렇게 좋은지 연신 싱글벙글 웃고 있다.

'정말 행복해 보이는군.'

별안간 눈물이 솟구쳐서 나는 황급히 고개를 숙여야 했다. 그때 뚱뚱한 고양이가 발밑을 지나 식탁을 향해 천천히 걸어갔다.

"이런, 미이. 이제 오니?"

"올해 처음 잡힌 가다랑어란다. 먹을래?"

의자가 네 개 놓여 있는 4인용 식탁. 예전에는 그 식탁에 부모님과 나, 남동생인 요헤이가 앉았다. 고양이는 거만하게 의자 위로 올라가더니 생선을 먹지 않고 멍하니 식탁을 바라보았다. 이빨이 거의 없는 늙은 고양이를 위해 아버지가 생선을 이로 잘게 씹어 앞으로 내밀었다. 고양이는 킁킁 냄새를 맡더니 조금 입에 넣고 오물거렸다.

아버지가 갑자기 생각난 것처럼 말했다.

"아참, 미호. 요헤이가 전화해달라고 하더구나."

"흐음, 무슨 일이래요?"

"글쎄. 그건 말 안 하더구나."

"나중에 걸게요. 잘 먹었어요. 엄마, 설거지는 내가 할게요."

"그래, 고맙다."

저녁식사를 마치면 부모님은 텔레비전 앞에서 차를 마시거나 과일을 먹으며 잠잘 때까지 느긋하게 시간을 보낸다. 그런 그들의 다정한 모습을 방해할 생각은 없다.

부엌 옆에 있는 커튼을 열고 들어가 나는 욕실 앞에서 옷을 벗었다. 옛날 그대로 색색가지 타일이 붙어 있는 욕실은, 만일 도쿄의 친구들에게 보여주면 멋있다고 할지도 모른다. 저녁때 아버지가 먼저 목욕을 해서, 욕조 위에는 수건이 걸려 있다. 나는 물속으로 들어가 높은 천장을 올려다보며 한숨을 내쉬었다.

이혼하고 집으로 돌아온 지 한 달이 지났다. 이제 슬슬 앞으로 어떻게 살아야 할지 정해야 한다. 치위생사란 일자리는 고향

에도 있을지 모르지만, 잠시 그 일에서 멀어지고 싶은 마음이
간절했다.

전문학교를 졸업하고 처음 일한 곳은 어린아이들의 충치를
치료해주는 양심적인 치과였다. 하지만 그곳에서 3년 정도 일
했을 때, 여자 동료와 함께 참석한 치과 관계자 파티에서 나는
전 남편을 만났다. 부드러운 외모와 달리 야심으로 가득 찬 그
는, 새로 개업하는 심미치과의 스태프로 오지 않겠냐고 나에게
권했다. 그가 나에게 한눈에 반했다는 사실은 즉시 알 수 있었
다. 이래 봬도 스물네 살의 나는 입가에 웃음이 가시지 않을 만
큼 남자들에게 인기가 있었다. 어쨌든 우리는 그 다음주에 일류
호텔의 더블 침대 안에 있었고, 그의 치과 개업과 동시에 그 호
텔에서 성대한 결혼식을 올렸다.

행복했던 시기가 없었던 것은 아니다. 치과를 막 개업했을 때
는 막대한 설비투자의 원금을 넘어선 이익을 올리기 위해, 그와
나, 직원들 모두 잠자는 시간을 아끼며 열심히 일했다. 풍족하
지는 않았지만 휴진일 전날, 남편 그리고 동료들과 회식하러 갔
을 때는 모두 떠들썩하게 미래의 꿈에 대해서 이야기했다.

톱니바퀴가 어긋나기 시작한 것은 흔히 그렇듯 치과가 궤도
에 오른 후, 임대 아파트를 나와 단독주택을 구입하고 정원 앞
에 외제차 두 대가 나란히 있을 때부터였다. 남편에게 특별한
불만이 있었던 것은 아니다. 다만 나는 왠지 불안해서 견딜 수

없었다.

어느 날, 남편이 이렇게 말했다.

"당신이 있으면 젊은 직원들이 불편하대."

그 무렵, 나는 그가 젊은 간호사에게 손을 대지는 않을까 신경을 곤두세우고 있었다. 나 자신도 그 사실을 알고 있었기 때문에, 보지 않으면 괜찮으리라 생각하고 치과를 그만두었다. 이제 그만 아이를 가지는 것이 좋겠다는 남편의 말에 나도 순순히 동의했다. 하지만 아기는 좀처럼 생기지 않았고 불안은 계속 커져갔다.

그즈음이었으리라. 친척 결혼식으로 상경한 부모님이 우리 집에서 이틀을 묵었다. 어머니와 아버지는 남편을 대하기 거북한지, 아무리 편하게 있으라고 해도 긴장을 풀지 않았다. 그리고 그와 나의 노력으로 손에 넣은, 고급 주택가로 소문난 세타가야世田谷의 단독주택과 두 대의 외제차를 칭찬하지도 않고 고향으로 내려갔다.

지금 돌이켜보면 그것이 계기였을지도 모른다. 내가 그토록 원하던 생활에 허무함을 느낀 나는 옛날 남자친구에게 전화를 걸어 불륜을 저지르기 시작했다. 그런데 그쪽이 진지하게 나오는 바람에 쉽게 정리할 수 없었다. 더구나 남편에게 내 자신이 얼마나 공허한지 보여주고 싶었던 나는 일부러 그를 집에 초대하거나 남편이 있는 시간에 전화를 걸게 해서, 나의 불륜을 눈치 채도록 만들었다.

남편은 당연히 나를 용서하지 않았다. 용서는커녕 두터운 돈 봉투를 내밀더니, 고향으로 돌아가라고 오열을 참으며 말했다. 나는 남편이 시키는 대로 하는 수밖에 없었다.

욕조에서 나오자 어머니가 누군가와 전화로 즐겁게 이야기를 나누고 있다. 나를 발견한 어머니는 수화기를 내밀었다. 자동응답 기능도 없는 다이얼식 옛날 전화기다. 수화기 건너편에서 동생 목소리가 흘러나왔다.

"누나, 시간 괜찮으면 내일부터 사흘만 가게 일 좀 도와줘. 일하던 아줌마가 집안 제사 때문에 쉬어야 한대."

전화를 받자마자 동생은 일방적으로 말했다.

"……그러지 뭐."

"그럼 부탁해. 내일 4시에 데리러 갈게."

그렇게 말하고 동생은 전화를 끊었다. 4시란 오후 4시가 아니라 새벽 4시다. 그러면 이제 자야 하리라. 고개를 들자 아버지는 잠방이 차림, 어머니는 이상한 무늬의 무무(muumuu, 화려한 무늬의 하와이 민속 의상) 같은 옷을 입고 다다미 위에서 텔레비전을 보며 큰소리로 웃고 있다. 내가 한다고 했는데도, 싱크대 위에는 밥그릇과 접시가 깨끗하게 씻겨 엎어져 있다.

정말로 새벽 4시에 데리러 온 동생은 나를 보더니 얼굴을 찡그렸다.

"화장할 필요는 없는데."

"습관이라서."

"뭐 아무렴 어때."

동생은 그렇게 중얼거리며 소형 트럭에 올라탔다. 항구 근처의 어시장에서 어묵 도매업을 하고 있는 동생도 작은 가게이긴 하지만 어엿한 사장이다. 3년 전에 결혼해서, 지금 아내의 뱃속에는 산달을 맞이한 아이가 들어 있다. 부모님과 마찬가지로, 이 얼마나 땅에 발을 붙이고 사는 건실한 삶인가. 나는 묵묵히 새벽길을 운전하는 동생의 옆얼굴을 쳐다보며 물었다.

"요헤이. 엄마, 아빠는 왜 그렇게 사이가 좋은 걸까?"

"글쎄, 부부이기 때문이겠지."

동생의 순수한 대답을 들은 나는 다시 혼란에 빠졌다. 그런 나의 마음을 아는지 모르는지, 동생도 담담한 표정으로 시장 주차장에 차를 세웠다. 나는 동생의 뒤를 따라 물기가 가득한 콘크리트 위를 걸어갔다. 비릿한 생선 냄새, 새벽이라고 생각할 수 없는 소란스러움에 휩싸인 어시장. 나는 큰 상자를 쌓아 올린 짐수레에 부딪힐 뻔해서 황급히 피했다.

"여어, 요헤이. 그 예쁜 누님은 누구야?"

햇볕에 탄 젊은 남자가 굵은 목소리로 물었다.

"피를 나눈 진짜 누나야. 벌써 서른한 살이지."

"우와! 하나도 안 닮았는데."

허둥지둥 동생의 뒤를 따라가자 불룩한 배에 앞치마를 두르고 고무장화를 신은 올케가 나타났다. 그녀는 생긋 웃으며 내게 인사를 했다. 임신했다고는 하지만 결혼식에서 봤을 때를 떠올려보면 분명 예쁘지 않고 뚱뚱해졌다.

그렇다. 나는 이렇게 되고 싶지 않아서 이 도시를 떠났다. 그런데 왜 이토록 부러운 것일까?

나는 발길을 돌려 잰걸음으로 시장 출구로 향했다. 등 뒤에서 아까 그 남자의 놀리는 듯한 목소리가 들렸다.

"누님, 나한테 시집 안 올래요?"

처녀

'내가 서른한 살에 아직 처녀인 것은 언니 탓이 아니다.'

새삼스레 이렇게 생각하는 것 자체가 언니 탓으로 돌리는 것
이리라.

나보다 두 살 많은 언니와 나는 태어나서 지금까지 계속 같이
살고 있다. 또한 둘 다 결혼할 예정은 털끝만큼도 없는 만큼, 앞
으로도 죽을 때까지 같이 살 것이다.

아버지가 일찍 돌아가신 후 우리는 홀어머니 밑에서 자랐다.
그리고 어머니마저 5년 전 심부전으로 어이없이 세상을 떠났다.
하지만 오래전부터 우리 집 주권은 언니가 가지고 있었으므로,
어머니의 죽음은 우리 생활에 아무런 영향도 미치지 않았다.

언니의 외모를 한마디로 표현하면 여자 프로레슬러라고 할 수 있으리라. 언니는 합기도와 공수도(가라테) 유단자로, 진짜 여자 프로레슬러에 비하면 체구가 작은 편이다. 더구나 요즘의 여자 프로레슬러는 여자로서도 인간으로서도 매력적인 사람이 많지 않은가? 즉, 언니는 세상 사람들의 머릿속에 있는 여자 프로레슬러의 이미지에서 매력을 제외한 서른세 살의 독신녀일 뿐이다.

어릴 때부터 남자처럼 머리를 짧게 깎고 무거운 은테 안경을 쓴 언니는 체육대학 합기도부를 졸업한 후 돼지처럼 뒤룩뒤룩 살찌기 시작했다. 화장은커녕 선크림도 바르지 않아서 얼굴과 손목, 손등은 온통 기미로 뒤덮여 있다. 그러나 그런 것은 일절 신경도 쓰지 않고, 가슴과 엉덩이가 삐져나올 듯한 회사 유니폼을 입고 책상 앞에서 스포츠 신문을 펼치는 언니.

실은 나도 그런 언니와 똑같이 생겼다. 더구나 우리는 같은 회사에 근무하고 있다. 언니는 내가 전문학교를 졸업하기도 전에 사장을 찾아가 동생을 채용해달라고 직접 담판을 지었다. 그때까지 구직활동을 하며 두 자릿수 회사에서 떨어진 나는 언니에게 고마워하는 수밖에 다른 도리가 없었다.

"미니라 짱(짱은 친밀감을 나타내는 호칭), 차 떨어졌던데."

느긋하게 모닝커피를 마시는 언니에게가 아니라 어제 끝내지 못한 전표를 처리하는 내게 영업부장이 말했다. 나는 잠자코 일어서서 선반에 있던 차 상자를 꺼냈다.

"일어난 김에 회의실로 차 넉 잔만 가져다주겠어? 손님이 와 계시거든."

언니라면 이럴 때 "난 지금 바쁘니까 본인이 직접 하시죠" 하고 거침없이 말할 수 있으리라. 하지만 미니라(고질라의 부하)인 나는 불쾌한 표정을 지으면서도 고개를 끄덕인다.

나는 재빨리 회의실로 차를 가져가 인사도 하지 않고 손님 앞에 내려놓았다. 점심시간이 되기 전에 전표 정리를 마치고 싶어서 황급히 밖으로 나오자 "무슨 여직원이 저렇게 생겼어요?"라고 말하는 손님의 목소리가 들렸다. 그러자 부장이 목소리를 낮추며 "우리 부서에는 저 여직원보다 더 굉장하게 생긴 사람도 있답니다"라고 대답했다.

책상으로 돌아오니 언니는 그제야 신문을 접고, 담배를 문채 컴퓨터 앞에 앉았다. 그리고 업무 모드에 들어가자마자 누가 옆에서 말이라도 걸면 날려버릴 듯한 기세로 일을 처리했다. 사람들이 언니를 뒤에서 고질라라고 부르는 것은 생긴 모습뿐만 아니라 누구보다 집중해서(아니, 그 누구도 방해할 수 없다) 일을 처리하고 5시 정각에 퇴근하기 때문이다. 그런 언니의 불똥이 내게 튀어서, 나는 차며 복사며 심부름을 하느라 퇴근시간 전까지 일을 마치기가 쉽지 않았다. 언니는 물론 내일을 전혀 도와주지 않고, 퇴근시간이 되면 "5시군" 하고 혼잣말치고는 큰소리로 말하고 나서 순식간에 탈의실로 사라진다. 그러면 작은 사무실 구석구석까지 안도의 공기가 퍼져나간다. 나는 그제야 스스럼없이 농담을 시작한 상사나 파트타임 아줌 마들을 뒤로한 채 한시라도 빨리 일을 처리한 후 늦어도 언니 가 퇴근한 지 한 시간 뒤에는 회사를 나온다. 그런 다음 전철 안에서 냉장고에 있는 재료에 무엇을 더해서 오늘 저녁과 내일 아침을 먹고 점심 도시락을 쌀지 생각하고, 전철역 앞에 있는 슈퍼마켓에서 찬거리를 산다. 5시에 퇴근하고 아르바이트로 초등학생에게 합기도를 가르치는 언니는 8시에 귀가하는데, 나는 그때까지 식탁 위에 저녁을 차려놓아야 한다.

이런 생활은 어머니가 살아 있을 때부터 계속되었고 앞으로 도 계속될 것이다. 우리는 지금 할아버지 때부터 살았던 낡은 집에 살고 있다. 갚아야 할 대출금이 없는 만큼, 두 사람의 월급 과 언니의 아르바이트 비용으로 생활하기는 어렵지 않다. 그리 고 우리는 암묵의 양해하에 절약에 절약을 거듭해서 노후 자금 을 모으고 있다. 물론 우리의 머릿속에는 처음부터 '사치'라는 단어가 입력되지 않았기 때문에, 최소한의 생활필수품과 식비 외에는 돈을 쓰지 않지만. 우리는 옷과 신발, 은행계좌를 비롯 해 놀랍게도 속옷까지 같이 사용하고 있다. 아마 따로 사용하는 것은 칫솔 정도가 아닐까?

"아, 냄새 좋은데! 오늘 반찬은 뭐야?"

정확히 8시에 집에 도착한 언니가 부엌을 들여다보았다.

"전갱이가 싱싱하길래 난반즈케(식초, 술, 소금 섞은 것에 생선이나 채소 등을 절인 음식)를 했어. 그리고 누에콩과 새우볶음, 호박과 아몬드 샐러드."

"난 목욕하고 올게."

언니는 도복을 전자동 세탁기에 집어넣은 다음(나중에 말리는 것은 내 몫이다) 천천히 욕조로 들어갔다. 욕조에서 나와 냉장고에서 맥주병을 꺼냈을 때 음식이 차려져 있지 않으면 몹시 불쾌한 표정을 짓는다. 그녀에게 있어서 하루의 즐거움은 그 순간에 응축되어 있는 것이다.

오늘도 언니는 낡은 티셔츠 하나만 걸치고 욕조에서 나와 콧노래를 부르며 맥주병 뚜껑을 땄다. 나는 그와 동시에 가까스로 접시에 새우볶음을 담아 언니 앞에 내려놓았다. 회사를 나오고 나서 한 번도 의자에 엉덩이를 붙이지 못한 나는 식탁 의자에 무너지듯 주저앉았다.

"너도 좀 마셔."

웬일로 언니가 나에게 맥주를 권했다. 오늘은 기분이 좋은 모양이다.

"이것 봐. 합기도 교실 어머니가 줬어."

언니는 여행 팸플릿 같은 것을 하늘하늘 흔들었다. 흑백으로 인쇄된 종이로, 사진도 없는 조잡한 전단지였다.

"호놀룰루 6일에 9만 9천 엔?"

"8월 성수기에 그 가격이면 공짜나 마찬가지잖아. 남편이 여행사에 근무하는데, 사원들을 위한 특별 할인 가격이래. 아들을 잘 가르쳐준다고, 우리만 특별히 그 가격으로 보내준대."

"그래……."

나는 힘없이 대답했다. 언니의 유일한 사치는 일 년에 한 번 가는 여행으로, 대부분 회사 일이 한가한 여름에 가고 있다. 언니는 그 여행을 진심으로 즐기는 듯했고, 해마다 이런 식으로 저렴한 여행을 발견해왔다. 나는 언니와 함께 가는 여행을 즐겁다고 여긴 적이 한 번도 없지만 거절하기 귀찮아서 마지못해 가고 있다.

언니는 회사에서 거의 누구와도, 심지어는 나와도 말을 하지 않는다. 그래서인지 집에 돌아오면 말이 많아진다. 화제는 항상 회사 사람들과 합기도 학원 모자母子들의 험담으로, 나는 잠자코 듣는 쪽이다. 악의에 가득 찬 언니의 말은 대부분 정곡을 정확히 찔러서, 오늘은 예상한 대로 내가 바쁜 와중에 손님에게 차를 내준 것에 대해 질타했다.

파트타임 아줌마들은 나를 보며 종종 "언니에게서 떨어지지 않으면 애인이 생기지 않을 거야"라고 말한다. 하지만 언니에게서 떨어져 연애를 하거나 결혼을 해도 생활 자체는 지금과 별반 다르지 않을 것이다. 남편에 대한 존경과 경외, 일종의 포기와 안심 위에 존재하는, 특별히 즐겁지도 않고 특별히 불만도 없는 일상. 결혼하면 그 생활에 아이가 더해진다고 생각하니 오히려 그쪽이 더 우울했다.

비록 짧은 기간이나마 언니에게 애인이 있은 적도 있었지만, 몇 번 전화를 바꿔주는 사이에 남자의 그림자는 사라지고 말았다. 나는 브래지어를 입지 않아 티셔츠 사이로 보이는 언니의 노골적인 유두를 바라보며, 과연 처녀인지 그렇지 않은지 생각했지만 결국 알 수 없었다. 텔레비전 프로그램이 버라이어티 쇼에서 연애 드라마로 바뀌자 언니는 무표정하게 리모컨을 들고 채널을 야구로 바꾸었다. 야구에도 연애 드라마에도 관심이 없는 나는 반찬을 거의 다 먹은 언니에게 채소 절임이라도 내주기 위해 일어섰다.

나에게는 애인은커녕 좋아하는 남자도 생긴 적이 없다. 어쩌면 인간으로서 중대한 결함이 있는 게 아닐까? 한때는 그렇게 생각했지만, 다른 사람에게 폐를 끼치는 것도 아니고 특별히 참는 것도 아니다. 나에게 연애는 영화와 텔레비전 속에만 있는 대마초나 각성제 같은 것이다. 이 세상에 있다는 것은 알고 있지만 나의 좁은 세계와는 전혀 다른 곳에 존재하기 때문이다. 남자는 연애 상대가 없으면 유흥가 등지에서 첫 경험을 한다고 하는데, 나에게는 그런 식으로 섹스를 경험하고 싶다는 충동이 없다. 예전에 스무 살쯤 되는 여자가 텔레비전에 나와 "나이가 들어서도 경험이 없으면 친구들 앞에서 창피하잖아요" 하고 말하는 것을 본 적이 있는데, 다행인지 불행인지 그렇게 말할 친구가 없는 나는 허세를 부리지 않아도 된다. 나에게는 언니밖에 없는 것이다.

"이거, 상당히 맛있는걸!"

내가 누카도코(된장 안에 채소를 넣어 발효시킨 음식)에서 꺼낸 가지 절임을 먹으며 언니는 그렇게 말했다.

"아직 절인 지 얼마 안 됐어."

"정말 맛있어. 내가 남자였다면 너 같은 아내를 얻었을 거야."

그 말을 듣고 나는 온몸의 땀구멍이 바들바들 떨리는 것을 느꼈다. 거나하게 취해 히죽거리는 언니의 얼굴은 아득한 기억 속에 있는, 항상 술에 찌들어 있던 아버지의 얼굴을 연상케 했다. 하지만 그 감정의 파도는 놀라우리만큼 빨리 가라앉았다.

나는 언니가 없으면 살아갈 수 없을까? 그 의문에 즉시 아니라는 대답이 돌아왔다. 나는 언니가 죽어도 살아갈 수 있다. 하지만 내가 죽으면 언니는 어떻게 될까?

우리는 지금 특별히 사이가 좋지도 않지만 특별히 나쁘지도 않다. 모든 운동에서 똑같이 유단자인 나와 언니가 진심으로 서로를 증오해서 싸운다면 어느 한쪽이 목숨을 잃으리라. 반드시 언니가 이긴다고는 할 수 없다. 만약 언니가 죽으면 나도 결혼

할 수 있지 않을까? 나는 태어나서 처음으로 그런 예감에 사로
잡혔다.

기호품

'건강을 해칠 우려가 있으니 지나친 흡연을 삼가시기 바랍
니다.'

담뱃갑에 쓰여 있는 글을 읽고 있을 때 유키가 감았던 눈을
떴다. 청결한 시트와 솜털 베개에 파묻힌 그녀의 새하얀 얼굴에
서 커다란 두 눈이 검은빛을 뿌렸다.

"그러고 보니 마사루, 담배 안 피우지?"

"끊었어."

"왜?"

"뭐라고 대답해야 할까, 이래 봬도 나를 구속하는 게 꽤 많
거든."

"흐음, 힘들겠구나."

침대 위에서 실오라기 하나 걸치지 않은 몸을 일으킨 그녀는 내 손에서 담뱃갑을 빼앗았다. 그리고 호텔 성냥으로 불을 붙여 맛있게 담배를 피운다. 자극적인 냄새가 코끝으로 파고든 순간, 나는 내가 왜 금연을 시작했을까 생각했다. 그렇다. 내가 사는 영국 북부 도시의 코뮌(commune, 지역자치구)에는 담배 피우는 사람이 거의 없다. 일본에 비해 담뱃값이 두 배 이상 비싼 데다 재작년에 결혼한 영국인 아내가 아이를 가져 끊기로 결심한 것이다. 그러면 아내도 좋아하고, 이제 곧 태어날 아이를 위해서도 좋으리라. 그렇게 말하자 직장에서도 모두 좋아해서, 마사루도 이제 어른이 되었다는 말까지 들었다.

"억지로 피우라곤 안 하겠는데, 일 년에 사흘만 피우는 게 어때?"

섹스가 끝난 다음의 나른하고 부드러운 목소리로 유키가 말했다. 그 한마디에 나는 너무도 쉽게 그녀가 내민 담배를 입에 물었다. 그녀가 성냥을 켰다. 손바닥 안에서 피어오르는 불꽃에 얼굴을 가까이 대자 커튼을 닫아놓은 방 안에 그녀의 자애로운 미소가 떠올랐다. 한순간 인간의 얼굴이 아닌 것처럼 신성하게 보여서 잠시 흠칫거렸다. 아직 새벽에 피운 마리화나 기운이 남아 있는 것일까? 그렇게 생각하며 그녀가 중학생 때부터 피운 멘솔 담배를 한 모금 빨아들인 순간, 나도 모르게 컥컥거렸다.

"지금까지 이렇게 독한 담배를 피웠어?"

그녀는 눈을 가늘게 떴을 뿐 대답하지 않았다.

일본과 영국에 각각 가정을 가지고 있는 유키와 나는 일 년에 한 번, 암스테르담의 호텔에서 나흘 밤을 함께 보낸다. 스물네 살 때부터 계속 이어지고 있는 이 밀회는 그녀의 출산으로 딱 한 번 취소되었을 뿐, 이번이 벌써 여섯 번째다. 다른 사람의 얘기였다면 상당히 낭만적이라고 생각하겠지만, 냉정하게 말하면 나와 그녀는 일 년에 한 번 일상생활에서 해방되어 법을 두려워하는 일 없이 마리화나와 불륜의 섹스에 젖고 싶을 뿐이다.

일 년 만에 만나면 우리는 가까운 커피숍에서 간단히 먹을 것을 사고, 그 다음은 오직 섹스와 짧은 수면을 반복한다. 36시간 정도 그렇게 지내면 겨우 평상심을 되찾아 옷을 입고 레스토랑에라도 갈까 하는 마음이 드는 것이다.

"사흘론 부족해."

나흘 밤이라고 해도 실제로 함께 있을 수 있는 시간은 사흘뿐이다. 해마다 습관처럼 말하는 내 불평을 그녀는 진지하게 받아들이지 않는다. 거울 앞에서 화장을 하고 있는 그녀의 옆얼굴이 웃고 있다.

"뭐든지 부족하다 싶을 정도가 딱 좋아."

이것도 해마다 돌아오는 대답. 화장이 끝났다며 그녀가 일어났다. 이미 서른한 살이 되었는데 얇은 드레스를 입은 가슴과 배는 완벽한 S자 라인을 만들어서, 도저히 한 아이의 어머니로 보이지 않는다. 큰 키에 가냘픈 몸매, 만날 때마다 머리칼이 짧아져서 지금은 남자처럼 짧다. 어른스러운지 어린애스러운지 모를 정도로, 그녀는 정반대의 모순된 매력을 가지고 있다. 미인이라고 할 수는 없지만 머리도 좋고 애교도 많다.

"우리, 왜 결혼 안 했을까?"

나도 모르게 혼잣말로 중얼거리자 그녀는 또 미소를 지었다.

"그것도 해마다 하는 말이잖아."

여름이 끝나고 관광객이 사라진 운하의 옆길을, 우리는 레스토랑을 향해 산책 겸 천천히 걸었다. 일본에 사는 유키는 희미한 어둠 속에서 코트 앞자락을 여미며 기쁜 표정으로 "아아! 춥다, 추워!" 하는 말을 반복했다.

"마사루. 일과 가정은 어때?"

"다 잘되고 있어. 아내가 아이를 가졌어. 지난주에 알았지."

"우와, 축하해! 잘됐다."

"고마워. 그런데 너무 정상적인 대답이라 기분이 묘한데."

그 말이 재미있는지 유키는 어깨를 들썩이며 웃었다. 나와 그녀는 중학교 3학년 말에 6개월 정도 사귄 적이 있다. 나는 통넓은 바지에 교복 옷깃을 세워 입고 교사에게도 공갈과 협박을 일삼는, 불량학생이라기보다 오히려 조직폭력배의 똘마니에 가까웠다. 그녀는 외모는 평범하지만 교사에게는 물론 같은 반 친구에게도 필요 이상 말을 하지 않고 사람을 무시하거나 노려보는, 지금의 그녀에게서는 상상도 할 수 없는 문제아였다.

중학교를 졸업하고 고등학교 입학시험을 보지 않은 나를 부모님은 런던에 사는 삼촌 집에 보냈다. 그대로 놔두면 언제 범죄자가 될지 모른다고 여긴 것이리라. 부모님의 생각대로, 아무것도 간섭하지 않고 아무것도 챙겨주지 않는 독신에 별종인 삼촌 집에서 주체할 수 없던 내 조바심은 조금씩 누그러졌다. 어느새 나는 학교생활에 적응했고 여느 아이들처럼 쉬는 날에는 유럽 전역을 돌아다니며 가난한 여행을 하는 평범한 학생이 되었다.

그러는 사이에도 나는 유키에게 그림엽서를 보냈고, 생일이나 크리스마스에는 서로 카드를 교환했다. 내가 서서히 인간이 되는 동안, 그녀도 나름대로 다른 사람과 융화되는 방법을 발견하고 즐겁게 살아가는 듯했다. 그리고 스물네 살 때 그녀에게 "일 때문에 안트웨르펜에 가는데, 일 끝나고 만나지 않을래?" 하는 연락이 왔다. 암스테르담을 지정한 것에 특별한 의미는 없었지만, 지금 돌이켜보면 이런 관계를 바랐을지도 모른다.

약 10년 만에 재회한 유키는 온몸에 가시가 돋친 신경질적인 여자에서 패션업계의 커리어우먼으로 변신해 있었다. 그녀는

이미 자기보다 열두 살 많은 남자와 결혼했지만 우리에게 그런
것은 전혀 상관이 없었다. 중학생 시절, 뭐가 뭔지 모르는 채 옷
을 벗고 서로를 탐닉했을 때의 감촉이 되살아났다. 그녀도 처음
부터 그럴 생각이었던 듯하다.

　이미 일본으로 돌아갈 마음이 없는 나와, 일과 가정을 버릴
생각이 없는 그녀는 그때부터 일 년에 한 번씩 만나기로 약속했
다. 그녀가 일본에서 호텔을 예약해 호텔비를 계산하고, 현지에
서 먹고 마시는 비용은 내가 낸다. 해마다 호텔 등급이 올라감
에 따라 레스토랑 등급도 올려야 해서, 나는 열심히 일하고 가
정까지 가졌다. 모든 것이 그녀를 안심시키기 위해서였다.

　"그런데, 도요카와 에쓰시(豊川悅司, 일본의 남자배우)가 누
구야?"

　전통 있는 인도네시아 레스토랑에서 볶음요리를 먹으며 나는
문득 생각난 듯 물었다.

　"배우야. 왜?"

　정신없이 새우 껍질을 까던 그녀는 고개를 들지 않고 되물
었다.

　"비행기에서 일본 여자가 옆에 앉았는데, 나를 보더니 닮았
다고 하더군."

　"아, 분명히 닮았어. 마음에 걸리면 메일로 사진 보내줄까?"

　"아니…… 기무라 다쿠야(木村拓哉, 일본의 남자배우)보다 더

잘생겼어?"

"마사루가 제일 잘생겼어. 가끔 일본에 오는 게 어때?"

그녀는 새우에 남프라(태국식 멸치 액젓)를 듬뿍 뿌린 다음 덥석 베어 물더니 맛있게 먹었다.

"그러면 나와 같이 살아줄 거야?"

다른 때 같으면 웃어넘길 내 말에 대해, 그녀는 포크까지 내려놓고 나를 똑바로 쳐다보았다.

"만약 진심으로 묻는다면 그런 일은 절대 없어. 그러면 여기에 오는 의미가 없잖아."

그녀가 일본 생활에 만족하지 않거나 일이 잘 풀리지 않아서 마약이나 불륜을 저지르는 게 아니라는 사실은 알고 있다. 그녀는 담배나 커피처럼 나를 좋아하는 것이다.

"알고 있어."

나도 진지한 표정으로 그렇게 대답했다.

아쌈 아이스티, 원두를 막 갈아서 만든 신선한 커피, 산책할 때 먹는 초콜릿, 식후의 담배와 브랜디, 잠들기 전의 카카오 리큐르. 그리고 섹스하기 전의 마리화나. 일 년에 한 번밖에 없는 정사. 그녀는 무엇이든 지나치지 않게 즐긴다. 언제였던가. 그녀는 "어느 한 가지에 중독되는 사람은 무엇을 해도 중독되는 법이야"라고 말한 적이 있다. 일과 스포츠, 다이어트, 연애 등 그녀 주위에는 중독 환자들만 있는 게 아닐까?

그녀와 헤어지기 전날 밤, 나는 청동 파이프로 마리화나 담배를 피우며 몽롱한 기운에 몸을 맡겼다. 이렇게 하면 온몸의 긴장이 풀리고 세상이 어떻게 되어도 상관없다는 생각이 든다. 몸도 마음도 풀어지지만 오감은 오히려 맑고 예민해지며 쾌감이 증폭된다. 내 주위에는 온통 좋은 일만 있고, 과거에 저지른 죄는 모두 용서받았다는 생각이 드는 것이다. 마리화나가 일본에 있으면 다들 일하고 싶다는 의욕을 잃어버릴 것이라고 말하며 그녀는 웃었다.

아이까지 있는 그녀가 해마다 가족들에게 뭐라고 핑계를 대며 여기에 오는지 모르지만, 앞으로도 계속, 어쩌면 20년, 30년 후까지 이렇게 지낼 수 있을 것 같은 예감이 든다. 그래도 좋다고 여겼는데, 나는 그녀를 안으며 형용할 길 없는 쾌감과 동시에 커다란 고통에 사로잡혔다. 아내는 나를 이런 기분으로 만들어주지 못한다. 오랫동안 사용한 이불이나 아침 식탁 위에 있는 빵처럼 안심시켜 주기는 하지만. 유키에게도 그런 존재가 일본에 있는 것이리라.

만족한 얼굴로 잠에 빠진 그녀의 얼굴을 잠시 바라본 후, 나는 조용히 침대에서 일어났다. 그리고 그녀의 핸드백 지퍼를 연다. 핸드백 안에는 지갑과 손수건, 화장품 파우치가 들어 있다. 일회용 티슈를 발견하고 뒤를 돌려보니, 포장용 비닐에 금융회사 광고가 쓰여 있었다. 아마 길거리에서 받은 것이리라. 평범한 주부로서의 그녀를 처음으로 느낀 순간이다. 나는 마지막으로 남은 마리화나 덩어리를 작은 비닐 주머니째 그녀의 화장품 파우치 안에 집어넣었다. 그것을 발견한 그녀가 한바탕 크게 웃을지, 두 번 다시 오지 않을지는 모르지만.

사축

회사는 20퍼센트의 뛰어난 인재와 50퍼센트의 고만고만한 직원, 그리고 30퍼센트의 매달리는 사람으로 나뉜다고 한다. 그렇게 치면 나는 아마 30퍼센트의 월급 도둑에 속할 것이다. 비하하는 게 아니라 내가 사회인이 된 이후 8년간 어떤 일을 했는지 되돌아보면 쉽게 알 수 있다. 대형 가전제조업체의 통신기기 부문에서, 윗사람이 시키는 단순한 일을 별 생각 없이 처리해왔을 뿐이다.

"요시즈미 씨는 의외로 사축인 것 같아."

"아, 그럴지도 몰라. 주임과는 다른 의미에서 말이야. 이사님 조카라고 하던걸."

"자세히 뜯어보니 온몸을 명품으로 도배했더군."

"언뜻 맹한 점을 보면 부잣집에서 애지중지 자란 것 같아."

여직원들의 웃음소리를 나는 화장실 안에서 무릎을 껴안은 채 듣고 있었다. 점심을 먹은 후 밀려오는 졸음을 견디지 못하고 뚜껑을 덮은 변기 위에 앉아 깜빡깜빡 졸고 있을 때, 생각지도 못하게 내 이야기가 들려왔다. 나는 멍한 머리로 '사축'이란 단어가 무슨 뜻인지 생각해보았다.

사내 저축이란 뜻일까? 내가 의외로 저축을 많이 한다고 생각한 것일까? 그녀들의 목소리가 멀어지기를 기다렸다 화장실에서 나와 손을 씻을 때, '사축社畜'이란 단어가 '회사 가축'이란 뜻임을 깨달았다.

작년에 새로 지은 신사옥의 반짝반짝한 화장실 거울에 비친 보수적인 정장(5년 전 언니에게 물려받은 것)을 입은 서른한 살의 나. 유행을 비켜가지도 좇지도 않는 머리 모양과 화장, 둥근 얼굴과 게슴츠레한 눈. 그런 나를 보고 '사축'이라고 하다니. 하지만 그 말을 듣고 보니 정곡을 찔린 듯한 생각이 들었다.

지금까지 살면서 별로 욕을 들은 적이 없는 나에게 그 말은 충격이라기보다 오히려 신선하게 다가왔다. 잠의 세계에서 완전히 빠져나온 나는 약간 긴장하면서 사무실로 들어갔다. 칸막이 없이 넓고 황량한 사무실의 바다에 책상의 섬이 떠 있다. 오후 회의를 앞두고 평소보다 많은 사람들의 웃음소리와 함께 전화벨 소리가 시끄럽게 울려 퍼지고 있었다.

"요시즈미 씨, 어디 갔었어요? 잠시 시간 있어요?"

사무실에 들어가자마자 주임이 그렇게 말해서, 나는 황급히 그의 뒤를 따라갔다. 책상의 섬 사이로 조금 전 여직원들이 '그것 봐'라는 식으로 서로 눈짓을 나누는 것이 보였다. 아직 20대 중반인 그녀들은 회식을 하면 3차까지 가는 것이 기본이고, 아침까지 노래방에 있어도 메이크업 아티스트와 코디네이터가 옆에 있는 것처럼 말끔하게 출근한다. 나도 예전에는 저랬을까? 아무리 생각해보아도 기억나지 않는다. 그렇게 오래전 일이 아닌데도 말이다.

나보다 키가 작은 주임은 아무도 없는 흡연실에서 담배에 불을 붙였다. 사람은 그림자도 보이지 않는데 치와와처럼 동그란 눈으로 연신 주위를 살핀다.

"어떡할 거예요? 아마 오늘 회의에서 본격적으로 결정될 텐데."

'어떻게 하고 말고가 어딨어요? 이미 내정되었잖아요.'

그렇게 생각했지만 말을 하지는 않았다. 여직원들이 뒤에서 '사축'이라고 쑤군거리는 주임은 그 별명에 딱 어울릴 만큼 위쪽 방침에 절대 복종하여, 직속 상사가 바뀌면 손바닥을 뒤집은 것처럼 의견을 바꾸는 '회사 가축'이다. 지난달 부장이 바뀌고 부서의 인원이 바뀌면서 자신의 주특기인 손바닥 뒤집기를 또 보여줌으로써 그에 대한 신망은 더 희미해졌다. 솔직히 말해 이제 이 마음 약한, 그런 주제에 머릿속에 출세밖에 없는 주임의 말을 듣는 사람은 나밖에 없으리라. 하지만 그런 것은 아무래도 상관없다. 나는 단지 어느새 나의 직속 상사가 나보다 어리다는 것에 한숨을 내쉬고 싶을 뿐이다.

"일단 각오해두세요. 최대한 뒤를 봐줄 테니까."

"예."

나는 얌전히 대답하고 나서 먼저 책상으로 돌아왔다. 그런 나를 보지 않는 척하면서 흘끗거리는 사람들의 시선이 느껴졌다.

일주일에 한 번, 부서 회의가 열리는 회의실에는 시작하기 전부터 이미 무거운 공기가 내려앉아 있었다. 본부장, 부장, 과장, 과장대리, 주임, 주임보, 나 같은 말단직원까지 전부 스무 명쯤 될까? 몇 달 전까지 있던 본부장은 젊은 사람들이 자유롭게 일할 수 있도록 해주었지만, 그것이 화를 불러 라이벌 회사에 시장점유율을 빼앗기고 다른 부서로 밀려나면서 외부에서 새로운 본부장이 투입되었다. 마케팅 전략에서 사소한 업무 보고나 일일 보고까지 쓰게 하는 독재적인 본부장을 직원들 모두 싫어해서, 그가 참석하는 회의 분위기는 항상 무겁고 어둡다. 내 옆에 앉은 일 년 선배인 여직원도 안절부절못하며 손으로 볼펜을 빙빙 돌리고 있다.

나와 달리 그녀는 20퍼센트의 뛰어난 인재에 속하는 사람이다. 어쨌든 나처럼 연줄이 아니라 시험을 보고 들어왔으니까. 우리 회사는 최근 10년 동안 대학생들이 가장 들어가고 싶어하는 기업 상위에 랭크되어 있다. 대기업인 만큼 어느 정도 연고 입사가 허용되어, 아무 생각 없이 살아온 나는 내가 부정으로 입사한 것조차 한동안 알아차리지 못했다.

　철이 들기 전, 유명 사립 유치원에 들어간 나는 그 재단에서 운영하는 대학까지 어렵지 않게 졸업했다. 그리고 어린 시절부터 끔찍이 아껴주던 작은아버지가 "우리 회사에 들어와"라고 해서 그렇게 했을 뿐이다.

　처음에는 사람들과 지내기 거북하거나 괴리감을 느낀 적이 없었다. 하지만 나이가 들면서 내가 다른 사람들에 비해 얼마나 혜택을 받았는지 알게 되면서 콤플렉스로 느낄 만큼 양심의 가책을 받았다. 내가 아무것도 못하는 무능력한 사람이라는 사실은 스스로가 가장 잘 알고 있다. 그리고 내 옆에는 든든한 연줄이 아니라 자기 실력으로 들어온 사람이 노트에 빼곡히 메모하고 있다.

　"지금 말씀드린 것처럼 새로운 서비스팀의 현장 책임자는 가토 주임입니다."

　과장이 보고서를 보며 그렇게 말하자 사람들은 내키지 않는 듯 힘없이 박수를 쳤다. 무표정을 가장한 주임의 입가에는 자랑스러운 미소가 매달려 있다.

"그리고 주임보로서 요시즈미 씨가 가토 주임을 도와주세요. 정식 발령은 다음주에 있을 겁니다. 이상!"

다음 순간, 사람들은 일제히 깜짝 놀란 표정을 지었다. 주임보로는 누구나 내 옆에 있는 여성이 적임자라고 생각했을 터이고, 어제까지 나도 그렇게 생각했다. 옆에 있는 선배가 입을 떡 벌리고 노골적으로 나를 노려보았다.

"주임이 미리 손을 썼군."

머리가 좋은 사람은 냉정해지는 것도 빠르다. 그녀는 이미 놀란 감정을 수습하고, 희미한 미소와 함께 그렇게 말했다. 회의에 참석한 사람들은 모두 귀찮은 일에 휘말리지 않기 위해 총총히 사라졌다. 나도 가능하면 그 자리를 떠나고 싶었지만 그녀를 무시할 수는 없었다.

"나처럼 말을 안 듣는 사람보다 아무런 능력도 없는 당신 같은 사람이 회사로서는 부리기 편할지도 모르지."

그것은 빈정거림이라기보다 오히려 혼잣말에 가까웠다. 나는 잠자코 듣고 있는 수밖에 없었다.

"이제 알았어. 내가 있을 곳은 여기가 아니야. 이런 곳에 있으면 나까지 썩어버릴 거야. 사표를 내겠어."

나는 무슨 말인가 하려고 했지만 어떻게 말해야 좋을지 몰라서 신발 끝을 바라보았다. 자신의 예상과 달라서 충격을 받은 것은 이해하지만, 그렇게 심각하게 받아들일 필요는 없지 않을까? 아니면 월급보다 자존심이 더 중요한 것일까?

"언제까지 거기에 버티고 서 있을 거야? 잘난 척하지 마!"

그렇게 소리치더니 그녀는 돌연 울음을 터뜨렸다. 어린애처럼 목이 터져라 우는 그녀를 남겨두고 나는 허둥지둥 회의실에서 나왔다. 그리고 잊고 있었던 기억 속에서 중학생 때에도 비슷한 일이 있었던 것을 떠올렸다. 그때 나는 상대보다 겨우 한 표를 더 얻어서 반장이 된 적이 있다. 그랬더니 한 표 차이로 떨어진 여자애가 울음을 터뜨려서 친구들을 놀라게 만들었다. 스스로 입후보한 것도 아니고 추천을 받은 것이었기 때문에, 그렇게 반장을 하고 싶으면 바꿔주고 싶다고 담임선생님에게 말했더니 "이건 그렇게 하는 게 아니야"라고 말해서 곤란했던 적이 있었던 것이다.

"요시즈미, 왜 이렇게 늦었어?"

"미안미안. 퇴근할 때 이런저런 일이 있어서."

약속한 카페에 30분이나 늦게 도착하자 소꿉친구인 하타나카는 편안한 모습으로 이미 맥주 한 병을 비운 상태였다.

"웬일이야, 야근을 다 하고?"

"그게 말이야, 귀찮은 일을 떠맡게 되었거든."

"흐음, 지금까지도 그랬잖아."

전후 사정을 듣지 않아도 이해한다는 표정을 지으며 그녀는 소리 높여 웃었다. 유치원에서 대학까지 장장 18년간 같은 학교에 다니고, 중학교 시절부터 10년간 테니스부에서 같이 활동한 우리는 이미 정신적 레즈비언이나 부부의 권태기 같은 감정도 초월한 상태였다.

"그랬나?"

"그래. 네 장점이라고 하면 상대의 공까지 전부 줍는 거잖아. 그러면 공격하지 않아도 되니까. 그러다 쓸데없이 주장을 맡기도 하고."

거나하게 취한 얼굴로 웃음을 터뜨리는 그녀를 힐끔 쳐다보며 나는 힘없이 고개를 숙였다.

"그거, 칭찬이야?"

"선이라도 보고 결혼하는 게 어때?"

그렇다. 선은 아무리 거절해도 얼마든지 들어온다. 내가 왜 지금까지 선을 거절한 것일까?

"하타나카. 난 지금까지 회사가 이렇게 재밌는 곳인지 몰랐어."

가족을 부양하기 위해, 자기 능력을 살리기 위해 회사에 다니는 사람들이 들으면 기절하리라고 여기면서 나는 에스프레소를 입에 댔다.

그렇다. 내가 있을 곳은 여기다. 내가 여기 말고 어디에 있겠

는가? 지금까지도 그래왔듯, 나는 내 코트로 넘어온 공을 아무
것도 생각하지 않고 줍기만 하면 되는 것이다.

토끼 남자

　토끼는 외로우면 죽는다는 노래 가사가 있는데, 그게 사실이라서 깜짝 놀랐다. 여자 친구와 술을 마시다 곤드레만드레 취해서 전철 막차를 놓친 적이 있다. 그래서 그 친구 집에서 자고 황급히 첫차를 타고 집에 도착했는데 어제까지 건강했던 '토돌이'가 죽어 있었다. 나는 숙취로 지끈거리는 머리를 껴안고 이미 차갑게 식은 토돌이와 함께 저녁때까지 방에서 뒹굴었다.

　토돌이와의 밀월은 6개월 만에 막을 내렸다. 결혼을 약속했던 애인에게 배신당하고 우울한 마음으로 거리를 걷고 있을 때, 평소에 눈길도 주지 않던 길거리 장사꾼의 말에 넘어가 나도 모르게 샀던 토돌이.

"고양이와 달리 울지 않아서 아파트에서 길러도 아무도 몰라요. 보세요, 얼마나 귀여워요?"

이렇게 말하며 장사꾼이 내미는 토돌이를 흘깃 쳐다본 순간, 나는 케이오 펀치를 맞고 녹다운 상태에 이르렀다. 옷도 입어보면 거절하지 못하고 사버리는 내 성격상, 품 안에서 바들바들 떠는 사랑스러운 토끼를 두고 집에 갈 수는 없었다.

막상 길러보니 사람을 잘 따르고 애교도 부리는 토돌이는 실연으로 너덜너덜해진 내 마음을 위로해주었다. 살아 있는 동물의 따뜻한 감촉이 그토록 마음을 편안하게 만들어줄 줄이야. 그 이후 나는 일이 끝나면 곧장 집으로 달려가고, 특별한 약속이 없는 주말에도 토돌이만 있으면 공허함을 느끼지 않았다. 예민하고 스트레스에 약해서 내가 늦게 들어가면 즉시 피오줌을 싸는 연약한 토돌이. 그래서 특별히 신경 쓰고 있었지만 설마 하룻밤 집을 비웠다고 해서 죽을 줄이야.

나는 울었다. 사랑했던 토돌이를 잃어버리고, 5년이나 사귄 애인에게 서른 번째 생일에 결별 선언을 당하고, 이 나이가 되도록 하루 벌어 하루 먹고 사는 게 고작이고, 저축은 제로에 가깝고, 앞으로의 인생은 새카만 구름처럼 불안하고 슬프고……. 그게 모두 나 자신이 한심한 탓이라고 여기며 밤새도록 어린아이처럼 울고 또 울었다.

그것이 일 년 전의 내 모습이다.

"그러면 또 기르면 되잖아. 내가 사줄게. 토끼든 고양이든 거북이든 금붕어든 뭐든 사줄게."

"당분간 동물은 됐어요. 좀 넓은 데로 이사 가면 생각해볼게요."

오늘은 토돌이의 제삿날로, 나는 사진 앞에서 기도를 올리며 그렇게 말했다. 그리고 지금은 애완동물을 사주겠다는 애인도 옆에 있다.

"내 아들은 지금 햄스터를 기르고 있는데, 의외로 귀여워서 술을 마시며 계속 쳐다보게 되지. 내가 없는 동안 아내가 무슨 험담을 했지? 이렇게 묻기도 하고."

그는 내가 파견사원으로 일하는 회사의 과장으로, 40대 초반이다. 처음 사귈 때부터 그는 자신의 가족 이야기를 스스럼없이 해주었다. 억지로 숨기기보다 가족 여행이며 제사며 아이 생일에 대해 말해주는 편이 나로서는 쓸데없는 의심을 하지 않아서 좋다.

에너지가 넘쳐서 주체하지 못하던 20대 시절, 나는 이것만은 절대 하지 않겠다고 맹세한 게 몇 가지 있다. 애인 대신 애완동물을 기르는 것, 휴일에 하루 종일 잠옷을 입고 빈둥거리는 것, 혼자 쇠고기덮밥 가게에 들어가는 것, 그리고 결혼한 사람과의 불륜. 그런데 30대에 접어든 지금 나는 계속 타락의 길을 걷고 있다.

"배고픈데 뭐라도 시켜 먹을까?"

토요일 오후 1시, 금요일 밤부터 계속 나의 좁은 아파트에서 잠옷 차림으로 빈둥거리는 그가 태평하게 말했다.

"토요일 이 시간이면 피자집도 메밀국수집도 배달이 오래 걸릴 거예요."

"그러면 옷 갈아입고 중국집에라도 갈까?"

처음에는 조금이라도 오래 붙잡아두고 싶어서, 토요일 점심은 내가 만들어주든지 가까운 음식점에서 시켜 먹었다. 내 음모에 빠진 그는 정말로 토요일 저녁까지 잠옷 차림으로 지냈다. 그러자 이번에는 그 모습이 싫어서 최근에는 낮에 옷을 갈아입히고 있다.

문 건너편의 작은 욕실에서 들리는 그의 샤워 소리와 콧노래 소리를 들으며 나는 복잡한 심경으로 새 양말을 꺼냈다. 애인 집에서 양말을 갈아 신고 가면 부인에게 들키지 않을까? 하지만 그는 전혀 신경 쓰지 않는다. 애당초 잠옷과 양말, 면도기까지 가져온 사람은 그가 아닌가?

양복으로 갈아입은 그와 함께 집을 나오자 2월의 하늘은 구름 한 점 없이 쾌청했다. 바람은 차가워도 햇살은 포근하다. 우리는 전철역으로 이어지는 길을 손잡고 걸었다. 회사 근처가 아닌 곳에서 그는 늘 손을 잡아준다.

우리는 그가 좋아하는 전철역 뒷골목의 중국음식점으로 들어
갔다. 뒷골목에 있는 초라한 가게지만 고급 중화요리점의 주방
장이 나이 들어 시작한 곳으로, 점심도 두 사람에 5천 엔 이상
이다. 때문에 언제 가도 자리가 있으며 조용하고 느긋하게 식사
할 수 있다.

부드러운 소고기 등심을 포크로 찍으며 나는 "아아, 편안하
다!" 하고 혼잣말처럼 중얼거렸다. 돈을 걱정하지 않아도 되는
편안함, 그의 기분에 신경 쓰지 않아도 되는 편안함, 어떻게 하
면 그에게 프러포즈 받을 수 있을지 고민하지 않아도 되는 편안
함, 맛있는 음식을 아무 잡념 없이 먹을 수 있는 편안함.

"이제 곧 밸런타인데이군. 초콜릿 사줄 거야?"

벌써 맥주를 두 잔이나 비운 그가 말했다. 남자 쪽에서 먼저
밸런타인데이 이야기를 꺼낸 것은 처음이라서 나는 웃음을 터
뜨렸다.

"벌써 사놨어요. 데멜의 고양이 초콜릿."

"그럼 어디 놀러 갈까? 크리스마스 때 미안했으니까."

크리스마스 때, 그는 아이를 위해 집에 가지 않을 수 없었다.
하지만 같이 저녁을 먹었으니까 미안해할 것은 전혀 없다.

"괜찮아요."

그는 금요일뿐만 아니라 평일에도 종종 우리 집에서 자고 그
대로 회사에 출근하곤 한다.

"내가 가고 싶어서 그래. 어디가 좋아? 오다이바お臺場? 요코하마橫浜?"

"정말이에요? 우와, 신난다! 그러면 요코하마요!"

"그렇게 좋아? 인터콘티넨탈 호텔이면 되겠어?"

그렇게 말하며 들떠 있는 마흔두 살과 서른한 살의 우리는 틀림없이 '바보 커플'로 보이리라. 하지만 그런 것은 아무래도 상관없다. 배불리 먹고 중화요리점을 나온 나는 전철 개찰구까지 그를 배웅했다. 그는 몇 번씩 뒤를 돌아보며 손으로 키스를 보내거나 원숭이처럼 얼굴을 일그러뜨리며 플랫폼 계단을 올라갔다. 어린아이 같은 사람이지만 그는 역시 어른이다. 그 증거로, 헤어질 때 어떻게 하면 애인을 외롭게 만들지 않는지 알고 있다.

"조심해. 그 사람, 토끼 남자일지도 몰라."

그 다음주에 친구와 술을 마시며 과장과의 사이를 털어놓았더니, 그녀는 진지한 얼굴로 그렇게 말했다.

"뭐? 토끼 남자?"

"네가 예전에 말했잖아. 토끼는 외로우면 죽는다고. 요즘 그런 남자들 많거든. 다정하게 대해주는 여자가 옆에 없으면 외로워서 견딜 수 없는 남자들. 네 집에 틀어박히기 좋아하는 건 지금까지 그런 걸 반복해서 가정은 붕괴되기 직전이고, 집에 있기 거북해서가 아닐까?"

예전에 파견 나갔던 회사에서 알게 된 그녀는, 말투는 직설적이지만 심술궂은 사람은 아니다. 뿐만 아니라 멍하게 살아가는 나에게 항상 단호하게 바른 말을 해준다. 그러고 보니 그녀의 말이 맞는 것 같기도 하다. 그래서 그렇게 어린아이처럼 어리광 부리고, 남의 집에서도 자기 집처럼 편안히 있는 게 아닐까?

"그래도 괜찮아. 그 사람과 같이 있으면 편하니까."

"그럼 그냥 편하게, 다음 애인이 생길 때까지 땜빵이라고 생각해."

그날 밤, 나는 술을 많이 마시고 집으로 가는 길을 갈지자걸음으로 흐느적흐느적 걸었다. 친구는 위험하니까 자기 집에서 자고 가라고 했지만, 내일은 그와 약속한 밸런타인데이 데이트가 있다. 머리끝에서 발끝까지 치장을 하고, 가장 예쁜 속옷을 입고 싶다.

나는 술에 취해 몽롱한 머리로 생각했다. 만약 친구 말처럼 그가 토끼 남자라고 하면, 차라리 있기 거북한 집을 나와 나와 같이 살면 되지 않을까? 어라? 그렇게 생각한다는 건 내가 그와 결혼하고 싶다는 걸까? 아니다. 결혼하고 싶지 않다고 하면 거짓말이겠지만, 계속 이대로 '바보 커플'로 사이좋게 사는 것도 나쁘지 않으리라. 결혼해서 바람피우는 남편을 지켜보기보다 바람피우는 남자의 애인인 쪽이 즐겁고 편할지도 모른다. 불륜은 의외로 여자에게 편안한 제도가 아닐까?

나는 들뜬 마음으로 아파트의 철 계단을 쿵쾅거리며 올라갔다. 마지막 계단을 힘껏 뛰어올라간 순간, 갑자기 발이 미끄러졌다. 내가 기억하는 것은 그때까지다.

내가 눈을 뜬 곳은 병원이었다. 엄마가 침대 옆에서 분노와 울음이 뒤범벅된 얼굴로 나를 들여다보고 있었다. 머리를 다친 나는 꼬박 하루를 의식불명 상태로 있었다고 한다. 조금씩 기억이 되살아났다. 나는 안절부절못하며 벌떡 일어나 "휴대전화 어딨어?" 하고 엄마에게 다그쳤다. 그 모습이 너무도 절박했던지, 엄마는 화내는 것도 잊고 내 핸드백에서 휴대전화를 꺼내주었다. 예상한 대로 과장으로부터 부재중 전화가 몇 통 걸려와 있었다.

"병원에서는 휴대전화 사용하면 안 돼."

엄마의 잔소리에 혀를 끌끌 차며 나는 황급히 침대에서 내려왔다. 뒷머리와 발목이 욱신거렸으나 나는 붙잡는 엄마를 뿌리치고 "일 때문에 급히 연락할 데가 있어" 하며 공중전화로 달려갔다. 벽시계는 밤 9시를 가리키고 있었다. 예정대로라면 지금쯤 나와 그는 요코하마의 호텔에서 다정하게 밀회를 즐기고 있어야 하지 않는가?

그는 휴대전화를 받지 않았다. 설마, 라고 생각하면서도 나는 예약해놓았던 요코하마의 호텔에 전화를 걸어 그의 이름을 말했다. 그런데 전화기 건너편에서는 뜻밖에도 숙박하고 있다는 대답이 돌아왔다. 연결해주지 않아도 돼요, 라고 말하기 전에 교환원이 전화를 돌렸다.

"네?"

아무런 예고 없이 전화를 받은 사람은 여자였다.

"여보세요?"

그렇게 말하는 목소리는 젊고 달콤했다. 맥이 빠진 나는 힘없이 전화를 끊었다. 하지만 나도, 토끼 남자도 죽는 것보다 낫지 않은가? 나는 그렇게 생각하며 웃음을 터뜨렸다. 그리고 이럴 때 웃을 수 있는 내가 우스워서 배를 잡고 또 웃었다.

"너 혹시 머리 다친 거 아니니?"

뒤를 따라온 어머니가 당황한 표정으로 이렇게 말할 정도로 나는 정신없이 웃고 또 웃었다.

게임

    인간관계는 게임이다. 그리고 인생도 게임이라는 점에서 나와 그녀의 의견은 일치한다. 하지만 '그녀'는 내 애인이 아니다. 게이인 나에게 그녀는 성적 대상이 되지 않는 친한 친구다. 그녀는 미용전문학교 시절의 동창생으로, 만난 지 벌써 13년에 이른다. 10대 후반에서 30대에 이르기까지 정신적으로나 경제적으로 불안하고, 또한 넘치는 에너지와 행복한 시간 속에서 나와 그녀는 몇몇 친구들과 함께 수많은 밤을 지새웠다.

    그녀는 내가 알고 있는 여자들 중에서 가장 매력적이다. 어떤 모양으로도 만들 수 있는 가늘고 윤기 있는 생머리, 바비 인형 같은 균형 잡힌 몸매, 쌍꺼풀이 없는 가느스름한 눈, 큼지막한 입에 재미있게 생긴 얼굴······. 나는 물론이고 다른 동료들도 앞 다투어 그녀를 헤어모델로 쓰려고 해서 잡지의 헤어 카탈로그에도 종종 등장하곤 했다.

매력적인 외모에다 놀기 좋아하는 그녀는, 당연히 남자들에게 시쳇말로 인기 짱이다. 그녀 자신도 연애를 좋아하지만 성격은 오히려 남자 쪽에 가깝다. 그녀에게 연애는 항상 공격이며 사냥이다. 남자에게 유혹당하기보다 유혹하는 쪽을 좋아하고, 자기 방에 남자를 끌어들이지 않고(자기 방은 최전선 기지라서 그렇다고 한다) 오히려 남자 방을 습격한다. 쉽게 넘어오지 않을 남자를 대상으로 주도면밀하게 함정을 파고, 함락시킨 다음에는 뒤도 돌아보지 않고 버리는 것에 인생의 보람을 느낀다고 한다.

하지만 그것은 이미 과거형이다. 지난달 오랜만에 내 미용실에 나타난 그녀는 머리 색깔을 검게 물들이고 스트레이트파마를 하고 싶다고 했다.

"선이라도 봐?"

농담처럼 물으니 그녀는 고개를 좌우로 흔들며 말했다.

"좋아하는 사람이 생겼어."

그것은 늘 있는 일이다. 새로운 목표를 발견할 때마다 그녀는 머리 모양을 바꾸러 온다. 때로는 빨간색 베리쇼트로, 때로는 밤색의 굵은 파마로 변신하고 발걸음도 당당하게 미용실을 나가는 것이다. 그날은 오래전에 염색한 밝은 오렌지색 머리가 칙

칙하게 변하고, 옷도 그녀답지 않게 수수한 티셔츠 차림이었다.

"이번엔 어떤 남자야?"

"샐러리맨이야, 아주 평범한."

무슨 중공업의 무슨 냉각장치의 무슨 부서에 근무한다고 그녀는 담담하게 말했다. 나는 한순간 할 말을 잃었지만 이내 정신을 가다듬고 어깨를 들썩였다.

"가끔은 그런 사람을 만나는 것도 좋지 뭐."

"이번엔 진심이야. 결혼하고 싶어."

거울 속에서 그녀의 눈이 탐욕스럽게 빛났다. 그것은 사냥감의 맛있는 부분만을 파먹은 다음 버리려고 음모를 꾸미는 눈이 아니라 빨판상어처럼 상대에게 기생하려고 꾀하는 눈이었다. 이제 수비 자세로 들어가다니, 이 사람도 평범한 여자에 불과했던가? 나는 그렇게 여기면서도 얼굴에 불쾌감을 드러내지 않았다. 그리고 그녀의 주문대로 머리칼을 다시 염색하고, 어떤 회사의 면접에도 합격할 만한 머리 모양으로 잘랐다.

드라이어로 머리를 말리며 빗질을 하고 있자 시종 침묵으로 일관하던 그녀가 툭하니 내뱉었다.

"한심한 여자가 되었다고 생각하겠지만, 실은 선생님과 틀어지는 바람에 메이크업 일을 관뒀어. 일단 다른 미용실에 들어가긴 했지만 거기서도 인간관계가 최악이야. 난 너처럼 재능 있는 것도 아니고……."

몇 년 전에 그녀는 일하던 미용실을 그만두고, 어느 유명한 여성 메이크업 아티스트의 제자로 들어갔지만 말을 함부로 하고 손님을 손님으로 보지 않는 그녀에게 단골손님이 있을 리 없었다. 그것이 미용실을 그만둔 진짜 이유였다. 그래도 처음에는 "선생님에게는 연예인과 모델 손님이 많으니까 그 연줄을 훔치겠어"하며 의기양양했다. 그러나 그것은 오래 지속되지 않았다.

"그의 어머니가 요코하마에서 미용실을 하신대."

"그래?"

연애 게임에서는 항상 승리를 거두어도, 비즈니스 게임의 무대에서는 더 이상 올라갈 수 없다는 사실을 온몸으로 깨달은 모양이다. 그녀는 나와 똑같은 서른한 살이다. 하지만 남자의 서른한 살과 여자의 서른한 살은 상당히 다르다. 유행하는 옷을 입고 화장을 진하게 하고 새로 생긴 클럽을 돌아다니며 술에 취해 주정을 부려도 봐줄 수 있는 나이가 아니다. 그녀가 이제 게임을 끝내고 안식의 장소에 들어가고 싶다면, 내가 반대할 이유는 없으리라.

"보고 싶군, 그 월급쟁이."

다정한 마음 절반에 쓸쓸한 마음 절반으로 그렇게 말하자 그녀는 내가 들고 있던 브러시를 뿌리치며 나를 노려보았다. 그러고 보니 예전에 그녀의 남자친구를 빼앗은 적이 있었다.

"걱정하지 마. 이번엔 안 뺏을 테니까."

어이없다는 표정으로 그렇게 덧붙였으나 그녀는 웃지 않았다.

그로부터 석 달 후, 그녀는 의논할 일이 있다며 한밤중에 나를 불러냈다. 새벽 2시에 패밀리 레스토랑에서 만난 그녀는 얼굴을 찡그리며 끊었던 담배를 피웠다. 성실한 직장인과의 익숙하지 않은 만남으로 인해 고민하는 것이라고 여겼는데, 그녀의 입에서는 상상을 초월하는 말이 튀어나왔다.

"한 번 했더니 싫어졌어."

나는 내 귀를 의심했다. 내가 맞은편에 앉는 순간, 그녀가 불쑥 그렇게 말한 것이다.

"잠시만 기다려. 그러면 지금까지 안 했어?"

"그래. 자지 않아도 함께 있는 것만으로 행복했거든. 그쪽도 조르지 않았고. 아아, 날 이렇게까지 소중히 대해주다니! 그렇게 생각했어."

"멍청하긴."

"그래. 내가 그렇게 멍청할 줄이야."

눈물까지 흘리며 그녀는 입술을 깨물었다. 초라해 보이는 염색한 검은 머리칼, 두터운 화장과 색이 바랜 트레이닝복, 자포자기한 모습은 그녀에게 어울리지 않았다.

얘기를 들어보니 지난주 그 월급쟁이 생일에 둘이 처음으로 온천 여행을 갔다고 한다. 그리고 막상 그때가 되었을 때, 최고급 섹시한 속옷을 입은 그녀와 달리 그는 어린애나 입는 하얀색 팬티를 입고 있었다. 더구나 그는 분명히 동정童貞으로, 믿을 수 없을 만큼 섹스가 서툴렀다고 한다. 어설픈 섹스가 끝난 후, 그녀는 마법에서 풀린 신데렐라처럼(그녀는 이렇게 표현했다) 이불 속에 비참하게 남겨지고 그에 대한 애정은 차갑게 식었다는 것이다.

"뭐, 사람은 누구나 눈에 콩깍지가 씌는 일이 있으니까. 미안하다고 사과하고 헤어지는 게 어때?"

어이가 없어서 더 이상 들어줄 수 없었지만 나는 적당히 위로했다.

"나도 그렇게 말했어. 그런데 예전부터 결혼하고 싶다고 조르던 주제에 갑자기 헤어지자고 해서 그런지, 도저히 납득할 수 없다고 화를 내더군."

"그야 그렇겠지."

"헤어질 바에야 차라리 죽겠다는 거야. 그것도 찔찔 짜면서."

"그럼 죽으라고 해."

"죽고 싶은 건 오히려 내 쪽이야! 지금까지 하던 게임 같은 연애와는 다르다고 여겼는데. 그 사람이 아니라 나에게 실망했어."

눈물이 그녀의 뺨을 타고 흘렀다. 나는 맥이 빠져 담배를 비벼 껐다.

언젠가 그녀와 그 월급쟁이가 미슈쿠三宿의 카페에 있는 것을 본 적이 있다. 그렇게 멋진 남자는 처음이라고 입에 침이 마르도록 칭찬한 상대가 어떤 사람인가 했더니, 양복 차림의 평범한 샐러리맨일 뿐이었다. 탤런트처럼 얼굴 되고 몸매 되는 손님만 있는 그 카페에서 그는 어찌할 바를 모르고 거북한 표정으로 앉아 있었다. 그런데 그녀는 그것을 눈치 채지 못하고, 소녀처럼 뺨을 붉게 물들이며 테이블 밑에서 남자의 손을 잡았다. 나는 사자의 발밑에 깔린 상처 입은 사슴을 보는 듯한 기분이었다.

"기억해? 인생은 게임이고 우리는 게임에 참가한 선수라는 말."

"그래, 옛날에는 그런 말을 자주 했었지."

트레이닝복 소매로 눈물을 닦고 코를 훌쩍이며 그녀는 말했다.

"살아 있는 것에 의미 따윈 필요 없어. 그건 코끼리나 개미나 인간이나 마찬가지야. 하지만 행복하든 불행하든, 인간인 우리는 사회 속에서 살아갈 수밖에 없어. 그렇다면 게임이라고 생각하며 즐기는 편이 좋다고, 너도 그랬잖아?"

"하지만 그거, 허무하지 않아?"

"허무하긴 뭐가 허무해? 게임을 즐기려면 규칙이 필요한 법이야."

나는 안절부절못하며 숟가락으로 컵 끝을 두들겼다.

"이건 공평성의 문제야. 처음부터 승부가 뻔히 보였잖아. 그 남자는 사회 속에선 프로일지 모르지만 연애 게임에선 아무리 봐도 아마추어에 불과해. 그런데 네가 규칙을 무시하고 아마추어에게 주먹을 휘두른 거야. 똑같은 수준의 사람에게는 이길 수 없으니까 무의식적으로 약한 상대를 노린 거지. 게임이 아니었다고 판단했으면 무릎을 꿇고 사죄하며 위자료라도 지불해."

그녀는 오랫동안 입을 열지 않았다. 내 말이 지나친 것은 알지만 나는 왠지 화가 나서 견딜 수 없었다.

이윽고 그녀는 어색하게 고개를 끄덕인 다음 계산서를 들더니, "불러내서 미안해"라는 말을 남기고 먼저 패밀리 레스토랑에서 나갔다. 가엾다는 생각이 들었지만 내가 해줄 수 있는 것은 아무것도 없었다.

그 다음주, 한참 일하고 있을 때 그녀로부터 전화가 걸려왔다. 전화 건너편에서 그녀는 오열하며 말했다.

"아까 연락이 왔는데, 그 사람 죽었대. 목을 맸다나 봐. 어떡하지? 나, 어떡하면 좋지?"

그녀는 비명을 지르듯 말했다. 나는 손바닥으로 내 뺨을 어루만졌다.

'네가 죽인 거잖아!'

이렇게 말하면 그녀도 목을 맬까, 라는 못된 상상이 머리를 가로지른다.

"미안하지만 지금 일하는 중이야. 전화하려면 밤에 해."

그렇게 말하며 나는 전화를 끊었다. 그리고 다시 가위를 들고 머리칼을 자르며, 썰렁한 농담으로 손님을 웃겼다.

그러는 와중에 머릿속에 한 가지 생각이 떠올랐다. 게임의 어원은 투쟁agon이며, 투쟁에는 피와 죽음이 따른다는 것을. 내가 평소와 달리 썰렁한 농담을 하는 것도, 쓸데없는 생각을 하는 것도 모두 충격을 받았다는 증거이리라.

아들

최근 일 년 사이에 아들의 키가 10센티미터 이상 자랐다. 아직 162센티미터인 나보다 머리 하나는 작지만, 어린아이 특유의 젖살이 빠지면서 얼굴과 손발은 어른에 가까워지고 있다.

학원에 가기 위해 혼자 일찌감치 저녁을 먹는 아들의 옆얼굴을 황홀하게 바라보며, 나는 약간 치켜 올라간 큰 눈과 쭉 뻗은 콧등이 남편의 젊은 시절과 똑같다고 생각했다. 구태여 불만을 말하자면 인형처럼 새하얀 피부라고나 할까? 누구를 닮았는지 아들은 운동보다 공부를 좋아해서, 초등학교 저학년일 때 축구팀에 넣었더니 사흘 만에 그만두고 학원에 가고 싶다고 말했다. 하지만 턱에서 목, 목에서 어깨에 걸친 예리한 선은 여자아이들에게서 결코 찾아볼 수 없는 큰 매력이다. 이렇게 멋지게 자라다니! 나는 질리지도 않고 넋을 잃은 눈길로 아들을 바라본다. 10대 시절에 '못생긴 주제에 남자 얼굴만 밝힌다'고 친구들에게 놀림을 당했지만 조금 머리가 나빠도, 비록 가난하긴 해도 얼굴이 잘생긴 남편과 결혼해서 다행이라고 새삼스레 절감했다.

"엄마! 내 미피짱 펜, 못 봤어?"

딸이 큰소리로 묻는다. 나는 아들에게 시선을 떼지 않고 "아까 마유가 사용하던걸" 하고 건성으로 대답한다. 딸 A가 우당탕탕 계단을 올라가서 여느 때처럼 딸 B와 심하게 싸우는 소리를 들으며 나는 식사를 마친 아들의 얼굴을 들여다보았다.

"다 먹었어? 도라야키(팥을 넣은 최고급 과자) 있는데, 먹을래?"

"됐어!"

아들은 쌀쌀맞게 대답하더니 학원 가방을 들고 일어섰다.

"벌써 가? 아직 이르잖아."

나는 대답도 하지 않고 현관으로 향하는 아들의 뒤를 따른다. 성장과 동시에 말수가 많이 줄었다. 어른스러워진 것은 기쁘지만 이렇게 말을 하지 않는 것은 걱정이다.

"엄마 오늘 배구 연습하는데, 집에 오는 길에 데리러 갈까?"

스니커 끈을 묶는 아들에게 말하자 그 즉시 "됐거든" 하고 거절했다.

"차 조심해. 학원 끝나면 딴짓하지 말고 곧장 집으로 오고."

아들은 등을 돌린 채 하늘하늘 손을 흔들고 뛰어갔다.

"그래도 그 집 아들은 나은 편이에요. 우리 아들은 게임하고 있을 때 말을 걸면 '아줌마, 조용히 해!' 하며 버럭 소리를 지른다니까요."

기초 훈련을 마치고 휴식 시간에 같은 또래의 아들을 둔 주부에게 아들과 있었던 일을 말하자 그런 대답이 돌아왔다. 다행이다. 내 아들은 말은 없지만 그렇게까지 반항적이진 않다.

"아줌마란 말을 들으면 난 울어버릴 거예요."

그렇게 중얼거렸더니 체육관 바닥에 앉아 있던 주부들이 한꺼번에 웃음을 터뜨렸다.

"사에키 씨가 운다고요? 그거 보고 싶은데요."

"코치에게 '영감탱이는 입 좀 다무세요!' 하고 말해서 그만두게 한 주제에."

그렇다. 어릴 때부터 기가 세다고 소문난 나는 무서운 것이 없는 사람이다. 단독주택을 지어 3개월 전에 이사왔을 때, 아이들이 전학와서 잘 지낼 수 있을지 없을지는 불안해도 나 자신에 대해서는 전혀 걱정하지 않았다. '어머니 배구 팀'에 들어온 것은 두 달 전으로, 가장 신참인 나는 자원봉사 코치에게 영감탱이라고 말해서 그만두게 했다. 예전에 경륜선수였다는 코치가 너무도 거만하게 행동해서 도저히 눈 뜨고 봐줄 수 없었던 것이다. 하지만 다른 사람들도 나와 똑같은 불만을 가지고 있었는지, "그래, 속 시원하게 말 잘했어!" 하며 모두 좋아했다. 그런 내가 아들 문제에 이르면 왠지 소심해지고 불안해지는 것이다.

"좋아! 이제 후반 한 시간, 열심히 합시다!"

나는 시계를 보고 나서 사람들을 일으켜 세웠다. 서른한 살의 나는 주부들 중에서 제일 어리지만, 코치를 그만두게 한 패기와 중·고등학교 때 6년간 배구를 한 경험이 있다는 이유로 코치 겸 주공격수가 되었다.

우리 배구 팀은 특별히 시합에 나가기 위해 만든 게 아니라 이 지방의 자치단체가 주부들의 친목을 도모하기 위해 만들었다고 한다. 올해는 우연히 배구 팀이고, 작년에는 줄다리기 팀이었다. 다음달에는 다른 지방 팀과 시합을 하기로 해서 일주일에 세 번, 저녁에 2시간씩 초등학교 체육관을 빌려 연습하고 있다. 친목 모임이기 때문에 강제적이지는 않지만 대부분의 주부들이 참가하고 있고, 어린아이가 있는 사람은 아이를 체육관에 데려와 코트 옆에서 놀게 했다. 신흥주택지라고 하면 듣기에는 좋지만 이웃 사람들과 친하게 지내야 한다는 분위기는 내가 태어나고 자란 바닷가 마을보다 훨씬 심하다. 따라서 배구를 하고 싶지 않아도 어쩔 수 없이 와 있는 사람도 몇 명 있다. 나도 강한 팀으로 만들고 싶은 마음은 별로 없지만, 기왕 할 바에야 즐겁게 최선을 다하는 편이 좋지 않을까? 특히 배구는 팀워크에 따라 승패가 좌우되는 스포츠다. 못하면 못하는 대로 협조해주기라도 하면 되는데, 노골적으로 하기 싫은 표정을 짓는 주부가 있어서 내 예민한 신경을 자극했다.

"나라 엄마, 팔꿈치를 너무 벌렸어요."

연습 후반부는 시합 형식으로, 나는 네트 건너편에서 패스에 실수한 주부에게 주의를 주었다. 나보다 10살 정도 많은 그녀는 약간 미소를 지으며 고개를 갸웃거렸다. 그녀는 아무리 주의를 주어도 실수를 고치려 하지 않고 웃음으로 얼버무린다. 만약 학창시절의 배구부 후배였다면 주먹이 날아갔으리라.

"지난번에도 말했는데, 무릎에 힘을 주고 온몸을 사용하세요. 더 빨리 낙하지점으로 들어가고요."

다른 주부들과 달리 그녀는 절대로 대답하지 않는다. 남자처럼 거친 나를 싫어하는 것이다. 더구나 '멍청하긴! 겨우 아줌마들 배구를 왜 저렇게 악착같이 하는 거야?'라고 여기는 것 같아서 견딜 수 없다.

그렇게 생각했을 때 내 머리 위로 스파이크하기 적당한 토스가 올라왔다. 나는 반사적으로 점프해서 강 스파이크를 때렸다. 그 공이 엄청난 소리와 함께 그녀의 얼굴을 강타하면서 그녀는 엉덩방아를 찧고 말았다. 그녀의 어린 딸이 황급히 코트 밖에서 뛰어온다. 일부러 그러지는 않았지만 무의식이 작용한 것이라고 여기며, 나도 황급히 뛰어갔다. 일단은 사과하기 위해.

열아홉 살 때, 당시 사귀던 남편과의 사이에 아기가 생겨 결혼하면서 스물에 큰아들, 스물하나에 큰딸, 스물셋에 둘째딸을 낳았다. 쇼난湘南의 촌뜨기였던 나는 20대를 모조리 육아에 쏟아 붓고, 연약한 전문학교 선생님이었던 남편은 학교를 그만두고 트럭 운전수가 되었다. 그리고 우리는 양쪽 부모들이 절대 불가능하다고 했던 남부럽지 않은 가정을 만들었다. 좁은 임대 아파트에서는 툭하면 야간 근무를 하는 남편이 편히 잘 수 없기 때문에, 나는 무리라는 것을 알면서도 단독주택을 구입했다. 하면 할 수 있다! 젊고 아무 재주도 없고 밤이면 밤마다 놀러 다니던 나와 남편은 이렇게 해서 우리 손으로 굳건한 자존심을 손에 넣었다.

눈부신 햇살이 커튼 사이로 새어 들어오는 일요일 오후, 새벽에 들어온 남편은 2층에서 잠들어 있다. 딸 A와 B는 제각기 친구 집에 놀러 갔다. 거실에는 나와 아들뿐으로, 우리는 텔레비전을 보면서 푸딩을 먹고 있다. 아들은 여전히 최소한의 말밖에 하지 않지만, 나는 흐물흐물 녹아버릴 듯 행복하다.

딸들도 내 자식인 만큼 사랑스럽지 않을 리 없지만 아들은 역시 특별한 존재다. 초등학교에 들어가기 전까지 나는 남편을 내

쫓고 더블 침대에서 아들과 함께 잤다(남편은 작은 방에서 딸들과 함께 웅크리고 잤다). 잠에 취해 아들이 품으로 파고들면 이대로 세상이 끝나도 좋다고 여길 만큼 나는 충분히 만족했다. 아들에게 느끼는 사랑은 애인이나 남편에게 느끼는 사랑과는 자릿수와 종류가 다르다. 아들이 이런 달콤함을 느끼게 해주리라곤 젊은 시절에는 상상도 하지 못했다.

"엄마는 피카이치보다 네가 더 멋있는 것 같은데."

나는 텔레비전에 나오는 남자 어린이 탤런트를 보면서 넌지시 말했다. 그러자 스푼을 들고 있던 아들의 손길이 멎었다. 아들을 연예계에 내보내고 싶다고 생각한 적은 한 번도 없다. 하지만 그 누구보다 멋진 내 아들을 때로는 전국에 자랑하고 싶고, 때로는 아무도 몰래 꽁꽁 숨겨두고 싶은 복잡한 심경이다.

"넌 머리도 좋고, 노래도 잘하고……"

"아줌마, 시끄러워."

나는 내 귀를 의심했다. 목소리가 작기는 했지만 아들은 지금 분명히 그렇게 말했다.

"뭐?"

"학원에서 들었는데, 엄마가 배구하는 도중에 나라 엄마를 괴롭혔다며?"

한순간 아들이 무슨 말을 하는지 이해할 수 없었다. 나는 당황하면서도, 그러고 보니 나라 엄마에게 학교는 다르지만 아들과 같은 학년의 딸이 있다는 말이 떠올랐다.

"괴롭히다니, 그런……."

"뭐 그래도 상관없지만 말이야. 난 일부러 그걸 고자질하는 녀석도 싫고, 나에게 축구선수가 되라거나 탤런트가 되라는 눈으로 쳐다보는 엄마도 귀찮아. 난 이제 어린애가 아니니까 그냥 내버려둬!"

내 눈을 똑바로 쳐다보며 아들은 지겨운 듯이 내뱉었다. 나는 멍하니 입을 벌린 채 아무 말도 할 수 없었다.

"난 정말이지, 여자는 지긋지긋해."

그 말을 끝으로 아들은 먹고 있던 푸딩을 테이블에 내던지고 밖으로 나갔다. 거실에 남겨진 나는 아들의 말을 제대로 이해하지 못한 채, 휘청거리는 발길을 이끌고 2층으로 올라갔다. 정신없이 잠에 빠진 남편의 얼굴을 내려다보는 사이에 나는 한 가지 사실을 깨달았다. 내가 그토록 사랑하는 아들이 나를 싫어한다는 것이다. 나는 흐르는 눈물도 닦지 않고 남편을 흔들어 깨웠다.

"여보. 여보, 일어나봐."

투덜투덜 불평을 하면서 남편이 무거운 눈꺼풀을 들어 올렸다.

"아들이 하나 더 있었으면 좋겠어. 여보, 어서 만들자."

"갑자기 왜 이래? 미쳤어?"

나는 어이없어하는 남편의 잠옷 바지를 난폭하게 벗겼다.

'몇 명이라도 만들 거야. 최대한 많이 만들겠어!'

나는 마음속으로 그렇게 소리치며 잠에 취한 남편에게 매달려 울었다.

약

올해도 어김없이 꽃가루병 계절이 찾아왔다. 안 그래도 평소 약에 찌들어 사는데, 하루에 두 알씩 꽃가루병 약이 늘었다. 그런 탓인지 위까지 좋지 않아서 최근에는 위장약도 빼놓지 않는다. 약에 찌들어 산다곤 하지만 그렇다고 마약을 먹는 것은 아니다. 내가 먹는 약은 전부 동네 약국에서 파는 평범한 것뿐이다. 두통약, 감기약, 안약, 가래약, 위장약, 설사약, 멀미약, 자양강장제, 각종 비타민제, 프로폴리스, 멜라토닌 등이 항상 내 가방에 들어 있다.

아침 출근길의 전철 안. 안색이 좋지 않은 샐러리맨들이 말없이 전철의 흔들림에 몸을 맡기고 있다. 눈앞의 자리에서 이마를 찡그리고 잠들어 있는 쉰 살쯤 되어 보이는 남성은 아무리 봐도 성인병의 숙주宿主인 듯하고, 옆의 손잡이에 매달려 있는 나보다 젊어 보이는 여자에게는 손가락에서 손목에 걸쳐 아토피 증상이 보인다. 우리 부장은 관절염이고, 내 밑에 있는 젊은 남자 직원은 며칠 전에 간경변으로 입원했다.

그런 사람들에 비하면 나는 미안할 정도로 건강하다고 할 수 있으리라. 가끔 심한 편두통에 시달리고 생리 불순에다 택시를 타면 반드시 멀미를 하고 감기에 자주 걸리며 배탈도 자주 나고 잠도 잘 자지 못하며 아침에 일어나기 힘들기는 하지만. 게다가 꽃가루가 날리는 계절에는 두 눈이 새빨갛게 부어올라 손에서 휴지를 떼어놓지도 못하지만……

그래도 서른한 해 동안 한 번도 입원한 적이 없고, 감기에 걸려 학교나 회사에 사흘 정도 쉰 적이 있을 뿐 그 외에는 그럭저럭 잘 다니고 있다. 그렇다면 건강하다고 할 수 있지 않을까? 그런데 뒤에 있는 여자의 지독한 향수 냄새와 옆의 샐러리맨이 내뿜는 마늘 냄새를 맡는 사이에 위액이 치밀어올랐다. 나는 어금니를 꽉 깨물고 구토증을 참으며 주머니에서 꽃가루병용 마스크를 꺼내 양쪽 귀에 걸었다.

오늘도 여느 때처럼 기진맥진해서 회사에 도착했다. 오늘은 거래처와의 회의가 세 건이나 있는데 과연 이런 상태로 견딜 수 있을까? 불안한 마음을 안고 사무실 문을 열었더니, 아르바이트 여직원이 나를 보자마자 "팀장님, 오늘 오후에 출근한대요" 하고 말했다.

"아드님이 감기에 걸렸다나 봐요. 저녁 회의에는 예정대로 간다고, 다지마 씨에게 전해달라던데요."

또야? 짜증이 밀려왔지만 나는 말없이 고개를 끄덕였다. 직속 여자 상사에게는 두 살짜리 아들이 있다. 이해는 하지만 아이를 핑계로 늦게 출근하는 것에는 불쾌함을 참을 수 없다.

내가 일하는 중견 통신판매회사는 이 불황 속에서도 조금씩 실적이 좋아지고 있다. 그래서 그런지 월급은 나쁘지 않지만 상품기획부에서 액세서리를 담당하고 있는 우리 팀에는 항상 일손이 부족하다. 오늘 첫 번째 회의는 오랫동안 거래해온 업체이기 때문에 그나마 마음이 편했다.

"다지마 씨, 꽃가루병이에요?"

로비 옆에 있는 응접실에서 기다리던 거래처 직원이 내 얼굴을 보자마자 말했다. 그의 눈가와 코도 빨간 것을 보면 나와 같은 종류이리라.

눈이 부어 콘택트렌즈가 들어가지 않아서, 나는 오늘 은테 안경에 커다란 마스크를 쓰고 있다. 그런 상태에서 화장을 하는 것은 어리석은 일인 데다 늦잠까지 자는 바람에, 화장도 하지 않고 머리도 한 갈래로 질끈 동여맸다. 여자이기보다 일을 먼저 생각한 결과다.

"글쎄 말이에요. 올해는 일찍부터 약을 먹어서 조금 편하지만요."

"전 한약을 먹고 있는데 별로 효과가 없더군요. 요즘은 콧속의 점막을 태우는 수술이 있다고 하던데요."

"어머나, 끔찍해라!"

한바탕 꽃가루병에 대해 의견을 주고받고 나서 오늘의 주제인 귀걸이 이야기로 들어갔다. 박리다매를 내세우고 있는 우리 회사에서는 장난감 같은 액세서리밖에 취급할 수 없지만, 이번에 금속 알레르기가 있는 사람도 사용할 수 있는 제품을 최대한 비용을 줄여서 구입하기로 했다.

점심시간에 간단히 쿠키를 먹고 나서 책상 위에 엎드려 있자 회사 식당에 갔던 동료들이 우르르 몰려왔다.

"점심 안 먹어? 다이어트?"

"아니, 스트레스 탓에 식욕이 없어."

"말도 안 돼! 다지마 씨처럼 하고 싶은 말 다 하는 사람이 무슨 스트레스야? 내 생각엔 괜히 스트레스 핑계를 대거나 꽃가루병인 것 같은데."

속옷 전문 통신판매로 시작한 만큼 우리 회사에는 필연적으로 여성이 많다. 즉, 여자라고 해서 적당히 봐주지 않는다는 뜻이다. 약간 뚱뚱한 데다 일부러 난폭하게 말하기 때문에, 사람들은 어떤 경우에도 나를 동정해주지 않는다. 몸도 마음도 강하게 보이려는 이유는 두말할 필요도 없이 몸도 마음도 약하기 때문이다. 오후 회의의 상대는 성격이 고약한 데다 성적 농담을 좋아하는 중년 남자로, 긴장과 스트레스로 인해 점심이 목으로 넘어갈 것 같지 않았다. 하지만 설사약과 두통약을 먹어야 해서 어쩔 수 없이 쿠키로 뱃속을 달랜 것이다.

점심시간이 끝나자마자 나는 재빨리 회사를 나와 거래처로 향했다. 나는 긴장이 극에 달하면 배가 아프거나 편두통에 시달린다. 어젯밤 멜라토닌을 먹고도 잠을 못 잔 탓인지, 전철을 타고 있는 동안 머리가 몽롱해졌다. 한꺼번에 여러 가지 약을 먹은 탓일까? 아니면 잠이 부족한 데다 배가 고픈 탓일까? 그것도 아니면 우울한 회의에 참석하고 싶지 않은 탓일까? 짐작되는 것이 너무 많아서 오늘따라 유달리 강한 불안감이 가슴을 파고들었다.

"뭐야? 오늘은 다지마 씨 혼자 왔어?"

거래처의 중년 남자는 노골적으로 얼굴을 찡그렸다. 못생기고 뚱뚱한 독신인 나보다 결혼은 했어도 예쁘고 몸매도 좋은 팀장에게 마음이 있는 것이다.

이 대형 패션회사의 잡화 부문은 우리 통신판매회사의 대표 상품으로, 전속 계약을 맺고 있는 만큼 기분을 상하게 만들어서는 안 된다. 그는 겨울용 주문이 많지 않았던 것을 카탈로그의 사진이 나쁜 탓이라고 끈질기게 말했다. 그리고 비아냥거림의 화살을 나에게 향하더니 담배를 피우며 성희롱 발언을 했다.

"무슨 여자가 그래? 거래처와 회의를 하려면 적어도 화장 정도는 하고 와야지. 그리고 액세서리를 담당하면서 옷 입는 센스가 그게 뭐야? 그래서 남자가 안 생기는 거야. 요즘 남자들 눈이 높거든."

어깨가 새하얗게 보일 정도로 비듬투성이에 지저분한 옷차림의 중년 남자에게 그런 말을 들어도 잠자코 고개를 숙일 수밖에 없는 내가 너무 한심했다.

그래도 가까스로 여름용 샘플을 받아낸 나는 도망치듯 거래처를 빠져나왔다. 회의가 끝날 무렵부터 아랫배가 쿡쿡 쑤신 것이다. 나는 맨 먼저 눈에 띈 패스트푸드점으로 뛰어들어 주문도 하지 않고 화장실로 직행했다. 복통의 원인을 내보낸 다음, 나는 화장실 천장을 올려다보며 숨을 내뿜었다. 아무리 감정을 억제하려고 해도 몸은 지극히 정직하다.

저녁 회의까지는 조금 시간이 있어서, 나는 약국에 들러 비상약을 보충하기로 했다. 하루도 빠짐없이 약을 먹어서 그런지 약값도 무시할 수 없다. 예전에 내가 밥을 먹은 다음 비타민제와 진통제, 멀미약을 한꺼번에 먹는 것을 보고 팀장이 얼굴을 찡그리며 한 말이 떠올랐다.

"한번 병원에 가서 처방을 받는 게 좋겠어."

하지만 몸이 조금 약할 뿐 병에 걸린 것도 아닌데 병원에 갈 필요가 있을까? 그리고 현실적으로 평일에는 일 때문에 병원에 갈 시간이 없다.

약속한 커피숍에 도착하자 팀장이 먼저 와서 기다리고 있었다. 그녀는 커피숍 안에서도 큼지막한 마스크를 하고 있다.

"오늘은 정말 미안해."

"아니에요. 팀장님도 꽃가루병이에요?"

"아니, 아들과 같이 감기에 걸렸어."

마스크를 벗은 그녀의 얼굴은 분명히 열이 있는 사람처럼 불그스름하게 달아올라 있었다. 몸이 아픈데도 무리해서 나온 것이리라.

"괜찮겠어요? 감기약과 버터린 있는데 드시겠어요?"

"고마워. 하지만 지금은 약을 먹을 수 없어."

그렇게 말하고 그녀는 아랫배에 손을 올려놓았다. 처음에는 무슨 뜻인지 몰라서 눈을 동그랗게 떴지만, 그녀가 커피가 아니라 우유를 주문한 것을 보고 알아차렸다.

"혹시 둘째예요?"

"그래. 아기 낳기 직전까지 일하고, 아기 낳은 다음에 금방 돌아올 거야."

임신한 데다 감기로 인해 괴로워 보이는 그녀는 내가 아무리 먼저 돌아가라고 해도 "이번 약속, 겨우 얻어냈잖아" 하며 회의하러 가기 위해 자리에서 일어섰다. 그리고 회의가 끝난 순간,

영혼이 빠져나간 얼굴로 휘청거리며 집으로 돌아갔다.

그녀의 등을 바라보면서 나는 잠시 생각에 잠겼다.

"그렇구나. 만약 아기를 가지면 약을 먹을 수 없구나."

그리고 집에 가는 전철 안에서 '그러고 보니 요전에 생리한 것이 언제였더라?' 하는 생각이 스쳤다. 나는 수첩을 꺼내 황급히 들춰보았다. 까맣게 잊고 있었지만 벌써 3개월째 생리가 없다. 얼굴에서 핏기가 사라진다는 말은 이런 것을 가리키는 것이리라. 나는 현기증을 느끼며 무의식중에 바닥에 무릎을 꿇었다. 눈앞에 앉아 있던 중학생처럼 보이는 소녀가 황급히 자리를 양보해주었지만 나는 고맙다는 인사도 제대로 할 수 없었다.

그리고 집 근처에 있는 약국에서 임신검사약이라는 것을 샀다. 이 나이에 부끄러워할 일도 아니지만 나는 필요하지도 않은 입욕제와 비타민제를 함께 달라고 했다.

나에게는 대학시절부터 10년간 사귄 애인이 있는데, 그와 계속 만나는 것은 결혼하고 싶어서가 아니라 특별히 헤어질 이유가 없기 때문이다. 만약 임신했다면 그와 결혼해서 아이를 낳아야 할까? 손에 있는 스틱 하나가 그 현실을 내 눈앞으로 들이민다.

만약 임신했다면 어떻게 해야 할까? 그는 종종 "너하곤 결혼 안 할 거야" 하고 말했다. 나도 거만한 것에 비해서는 소심하고 신경질적인, 나와 똑같은 남자와 결혼하고 싶지 않다. 그렇다면 나 혼자 아이를 낳고 계속 회사에 다녀야 할까? 내 몸 하나도 간수하지 못하고, 약의 힘을 빌려서 겨우 살아가고 있는 내가? 그렇다고 이 나이에 아이를 지우고 앞으로 후회하지 않을 자신이 있을까?

　머리를 감싸고 고민한 끝에 나는 절벽에서 뛰어내리는 심정으로 화장실로 향했다. 그리고 결과가 나올 때까지 베란다에서 두 손을 꼭 쥐고 밤하늘에 떠 있는 달을 향해 기도했다.

　5분 후, 나는 천천히 화장실 문을 열었다. 새하얀 변기 위에 있는 플라스틱 스틱의 색깔은 변하지 않았다.

　다음 순간 온몸의 힘이 빠졌지만, 내일은 회사를 쉬고서라도 병원에 가보기로 결심했다.

여행

주말이 되면 나는 늘 여행을 떠난다.

평일에는 매일 아침 6시에 일어나 아파트에서 기르는 늙은 고양이에게 먹이를 주고, 밥을 지어 낫토(일본식 청국장)를 얹어 먹은 다음, 간밤에 남은 반찬으로 도시락을 만들어 출근한다. 내 직장은 시청 관할 공원협회라는 별로 바쁘지 않은 곳으로, 달력에 있는 빨간 날짜는 모두 쉴 수 있다. 또한 매일 오후 5시에 퇴근하기 때문에, 대부분의 집안일을 평일에 끝낼 수 있다. 우리 사무실에 젊은 여성은 나 하나밖에 없다(서른한 살이면 이미 젊은 나이는 아니지만). 나는 점심시간이 되면 5분 만에 도시락을 먹어치우고, 유니폼에 샌들을 신은 채 길거리로 나간다.

그 시점에서 내 여행은 시작된다. 사무실에서 걸어갈 수 있는 범위에 있는 금권상점(金券商店, 철도권·항공권 등 각종 티켓을 싸게 파는 상점)은 두 군데. 매일 그곳에 다니며 이번 주말에 이용할 수 있는 신칸센(新幹線, 일본의 고속철도)과 비행기 티켓을 물색한다. 항공권은 몇 달 전에 구입하면 금권상점보다 싸게 구할 수 있지만, 그것은 목적이 명확한 사람을 위한 것이다. 나는 주말이면 반드시 1박 2일 여행을 하는데, 특별히 어디에 가고 싶다는 목적은 없다. 다만 어딘가에 가고 싶을 뿐이다.

맨 처음의 계기는 텔레비전이었다. 어느 일요일 오후, 우연히 텔레비전을 켰더니 다트에 일본 지도를 그려놓고 화살을 던져 맞힌 곳에 가보는 프로그램을 방송하고 있었다. 전혀 예상치 못한 곳에 가는 것이 재미있을 듯해서 나도 그렇게 하기로 했다. 하지만 막상 몇 번 해보니 너무 산간벽지인 경우가 많아서, 시간도 많이 걸리고 숙박할 장소도 마땅치 않았다. 그보다 금권상점에서 파는 행선지와 출발시간, 지정좌석이 있는 티켓을 구입하는 편이 훨씬 편했다. 다트 여행이 금권상점 여행으로 바뀐 후 설날과 추석을 제외하고 벌써 2년 동안, 나는 주말마다 1박 2일 여행을 계속하고 있다.

오늘은 가고시마鹿兒島행 티켓을 특별히 싼 가격에 팔고 있었다. 나는 그 티켓을 구입한 다음, 여행사에 들러 돌아오는 항공권을 구입했다. 그리고 저녁에 집에 도착하자마자 『여성 혼자

머물 수 있는 온천 여관』이라는 잡지를 들추었다. 공항에서는 조금 멀지만 바다 쪽에 좋은 온천 여관이 있어서 전화로 예약했다. 공항에서 택시를 타고 가면 되리라.

사실 내 통장에는 상당한 금액의 돈이 들어 있다. 그래서 정규요금으로 티켓을 구입해도 되고, 낮에 도시락을 먹지 않아도 되며, 열여덟 살 때부터 살고 있는 낡은 아파트가 아니라 깨끗한 아파트로 이사해도 된다. 하지만 나는 되도록 저렴하게 여행하기 위해 금권상점에 다니고, 시청의 구내식당이 싫은 데다가 매일 점심때마다 외식하는 것도 마음이 내키지 않아서 도시락을 싸서 다닌다. 또한 이사하기도 귀찮고 필연성을 느끼지 못해서 계속 이 낡은 원룸 아파트에서 살고 있다.

토요일 아침, 나는 고양이 밥그릇에 음식을 산더미처럼 담아놓고 일찌감치 집을 나섰다. 짐은 평소 출퇴근할 때 사용하는 숄더백 하나다. 하네다羽田 공항까지 모노레일을 타고 간 다음, 나는 아무렇지 않은 얼굴로 고향에 가는지 여행을 가는지 알 수 없는 사람들과 함께 비행기를 탔다. 그리고 비행기 유리창 아래로 작아져가는 도쿄만東京灣을 바라보았다.

잠시 후, 스튜어디스가 나누어주는 종이컵 커피와 함께 공항에서 산 데니시 페스트리를 꺼내 먹었다. 어린아이가 앞자리에서 일어나 먹고 싶은 듯 쳐다보았지만 모르는 척했다. 그리고 도서관에서 빌린 안내 책자를 읽었다. 책을 사지 않고 빌리는 것은, 안 그래도 좁은 방에 더 이상 물건을 늘리기 싫어서다. 이런 식이기 때문에 일부러 절약하려고 하지 않아도 돈이 모이는 것이다.

가고시마의 날씨는 역시 도쿄보다 덥게 느껴졌다. 택시를 타고 시내로 가자고 하자 운전사가 물었다.

"관광 오셨나요?"

"예. 출장 온 김에 잠시 둘러보려고요."

나는 여행 간 곳에서 사람들이 물으면 반드시 이렇게 대답한다. 첫 번째 여행에서 별 생각 없이 혼자 여행 왔다고 솔직히 대답하자 "실연이라도 당했나 보죠?" 하고 말해 불쾌했던 적이 있기 때문이다. 그런 사람만 있는 게 아니라는 것은 알고 있지만, 그 다음부터는 귀찮아서 그렇게 대답하고 있다.

초로의 운전사는 예상한 대로 "관광 명소를 돌아다닐까요?" 하고 말했다. 말이 많지 않고 인상이 좋아 보여서, 나는 관광지를 몇 군데 돌아보고 숙소까지 데려다달라고 했다.

사이고 다카모리(西鄕隆盛, 정치가)의 동상을 구경한 후, 사쿠라지마櫻島가 잘 보이는 해변으로 가서 운전사가 추천해준 라면 가게로 들어갔다. 같이 먹자고 하자 그는 수줍은 미소를 지은 다음, 한 시간쯤 지나서 모시러 오겠다고 했다. 라면은 눈물이 나올 만큼 맛있었다. 식당 아주머니에게 도쿄에서 왔다고 했더니, 갑자기 귤과 군고구마를 주었다. 왜 주는지 영문을 알 수 없었지만 왠지 기분이 좋았다. 나는 평소의 습관대로 공항에서 산 그림엽서에 그 이야기를 썼다. 그리고 우표를 붙인 다음 식당 아주머니에게 우체통의 위치를 물어서 그곳까지 갔다.

바닷가에 있는 숙소까지는 택시로 2시간 정도 걸리는데, 나는 그동안 경치도 구경하지 않고 푹 잠들었다. 운전사가 깨우는 소리를 듣고 잠에 취한 눈길로 일어나자, 여관 주인이 밖에까지 나와서 맞이해주었다. 완만한 언덕에 별채가 있는 그 여관은 생각보다 훨씬 품격이 있었다. 저녁은 여관에서 일본식 요리를 먹기로 했다. 혼자 와서 그런데 방에서 먹을 수 있냐고 묻자 "물론 괜찮아요"라고 주인은 웃는 얼굴로 대답했다.

저녁식사까지는 한 시간 정도 여유가 있어서, 여관 안에 있는 두 개의 노천온천 중 한쪽에 가보았다. 아직 주위가 환할 때 혼자 벌거벗고 노천온천에 들어가려고 하니 불안과 신선함이 절반씩 밀려왔다.

노천온천에 들어가 하늘을 올려다보자 소나무에 물까치가 앉아서 짧게 울고 있다. 나는 여느 때처럼 작은 목소리로 오래된 가요를 읊조린다.

"아아~! 아아~! 이 땅 어딘가에 나를 기다리는 사람이 있네 ~!"

특별히 남자를 만나기 위해 주말마다 여행을 하는 것은 아니지만, 여행을 할 때마다 왠지 이 노래가 떠오르곤 한다.

노천온천에서 나온 다음에는 방에서 텔레비전을 보며 저녁을 먹었다. 술을 마시지 않는 나는 식사를 금방 끝내고, 특별히 할 일이 없어서 대욕탕大浴湯에 가보았다. 다른 손님들은 모두 식사하고 있는지 대욕탕에는 아무도 없었다. 나는 넓은 노송나무 욕탕에 들어가 다리를 쭉 뻗었다. 잠시 후, 중년여성 세 명이 시끌벅적 떠들며 욕탕으로 들어왔다. 눈으로 인사를 하자 인자해 보이는 아주머니가 "어디서 왔어요?" 하며 말을 걸었다.

"도쿄에서요."

"어머나, 그렇게 멀리서 왔어요? 우린 미야자키宮崎에서 왔어요. 여기, 가격에 비해서 괜찮죠? 우린 벌써 세 번째예요. 온천은 뭐니 뭐니 해도 벚꽃이 피는 봄이 제일 좋은 것 같아요. 노천온천에 하늘하늘 꽃비가 내리거든요."

"하긴 그렇죠."

나는 웃는 얼굴로 맞장구를 쳤다. 그리고 아주머니가 풀어놓는 수다를 들으며 웃기도 하고 감탄하기도 했다. 혼자 온천에 오면 종종 이런 일이 일어나곤 한다. 나도 잠깐 동안은 처음 보는 사람과도 밝고 명랑하게 얘기할 수 있다. 그리고 그런 시간이 기묘하리만큼 즐거웠다.

아주머니의 이야기를 듣는 사이에 온몸이 화끈 달아오르고 현기증이 나서, 나는 방으로 돌아와 청결한 이불 위로 쓰러졌다. 그리고 빳빳하게 풀을 먹인 새하얀 베갯잇에 얼굴을 묻고 누가 업어 가도 모를 정도로 아침까지 잠들었다.

다음날 아침, 평소처럼 일찍 잠에서 깬 나는 또 하나의 노천온천으로 향했다. 게다(下駄, 왜나막신)를 끌고 아침이슬에 젖어 있는 나무 사이를 거닐었다. 언덕 허리춤에 있는 또 하나의 노천온천에 도착할 즈음에는 숨이 헐떡였다.

갈대밭으로 둘러싸인 탈의실에서 주저 없이 유카타(浴衣, 목욕을 한 뒤, 또는 여름철에 입는 무명 홑옷)를 벗고 바위 사이에 있는 욕탕 속으로 들어갔다. 머리 위에는 초록의 나뭇잎이 드리워 있다. 아마 이것이 벚꽃나무이리라. 활짝 피면 얼마나 아름다울까?

아침을 먹고 나면 이제 공항으로 가야 한다. 유급휴가나 연휴를 사용하지 않고 1박밖에 하지 않는 것은 고양이 때문이다. 물론 이것은 나 자신을 위한 변명에 불과하다. 나는 돌발적인 상황을 싫어하고, 똑같이 반복되는 규칙적인 날들을 좋아한다.

예전에 직장 동료가 나를 향해 '마음의 문을 열지 않는 사람'이라고 말한 적이 있다. 몇 년 전 나는 결혼할 예정이었던 남자와의 연애가 끝난 뒤 마음의 문을 닫아버렸다.

이대로 담담하게 정년퇴직을 맞이하든지, 부모님의 건강이 나빠지면 고향으로 내려가 아버지가 하는 세탁소를 이어받을지도 모른다. 그런 체념과 무기력함 같은 것이 나를 장기 여행과 비슷한 연애며 결혼 등 돌발적인 상황이 가득한 인간관계에서 멀어지게 하는 것이 아닐까?

멍하니 생각에 잠겨 있을 때, 등 뒤에서 문 열리는 소리가 들렸다. 수건으로 조심스럽게 앞을 가린 여성이 들어온다. 무의식 중에 넋을 잃고 바라볼 만큼 아름다운 여성이었다.

"어머나, 나구라 씨. 일찍 일어나셨네요."

나는 내 이름을 부르는 알몸의 여성을 똑바로 쳐다보았다. 그녀는 부끄러워하지 않고 천천히 욕탕 속으로 들어왔다. 가까이 다가오고 나서야 겨우 그녀가 여관 주인이라는 것을 알아차렸다.

"편히 주무셨어요?"

느긋한 목소리로 그녀가 묻는다. "예" 하고 나는 황급히 대답한다.

"일을 시작하기 전에 여기 들어오는 걸 좋아하거든요. 물론 가끔 이렇게 손님을 만나면 어색하지만요."

그렇게 말하며 웃는 얼굴에는 소녀의 흔적이 남아 있다. 어제 기모노(着物, 일본의 전통 옷) 입은 모습을 봤을 때는 나보다 나이가 많다고 생각했는데.

"저기, 실례되는 질문을 해도 될까요?"

"예, 뭔데요?"

"올해 나이가 어떻게 되세요?"

"지난달에 서른한 살이 되었어요. 세상에선 이미 젊지 않을

지도 모르지만 이 세계에선 아직 햇병아리예요."

그녀는 하얗게 드러난 어깨를 들썩이며 대답했다. 나는 어떻게 말해야 좋을지 몰라서 "먼저 나갈게요" 하고 말하며 황급히 욕탕에서 나왔다.

나는 허겁지겁 방으로 들어와 옷을 갈아입은 다음, 아침을 먹고 여관을 떠났다. 그리고 공항까지 택시를 타고 가서 예약해놓은 비행기를 탔다.

다음날인 월요일, 나는 평소처럼 아침 일찍 일어나서 출근했다. 보통때와 똑같은 시간에 아파트로 돌아오자 녹슨 우편함 바닥에 내가 보낸 사쿠라지마의 그림엽서가 떨어져 있었다. 내가 내 앞으로 보낸 그림엽서를 손에 들고, 나는 언제까지나 그 자리에 서 있었다.

밴드

텔레비전 방송국 스튜디오의 조명은 몇 년이 지나도 익숙해지지 않는다. 마치 피부관리실에서 선탠을 하는 것 같다. 실내는 건조하지만 손바닥에서 땀이 배어 나왔다. 나는 기타의 목 부분에서 왼손을 떼고 청바지 엉덩이에 땀을 닦았다.

담담하게 있는 다른 멤버들에게 신경도 쓰지 않고, 롤리타(lolita, 미성숙한 소녀에 대해 정서적 동경이나 성적 집착을 갖는 일) 만화에서 빠져나온 것 같은 옷차림의 보컬이 마이크를 향해 멜로디인지 발성 연습인지 알 수 없는 소리를 지르고 있다. 달콤하면서도 성량이 풍부한, 음정이 틀린 것 같으면서도 틀리지 않는 신비한 목소리.

"그러면 부탁합니다."

FD가 손가락을 꼽으며 카운트를 시작한다. 드러머가 탁, 탁, 탁, 세 번을 치자 연주가 시작된다.

한 시간짜리 생방송 음악 프로그램의 리허설. 한 번뿐인 리허설은 좋지도 나쁘지도 않고, 그럭저럭 봐줄 만한 상태에서 싱겁게 끝났다. 당연하다. 거물 프로듀서가 만든 귀에 익숙한 멜로디, 수만 명의 오디션에서 선택된 보컬, 베테랑 경지에 오른 뮤지션의 연주와 여기에 들어간 수억 엔의 돈. 생방송 때는 녹음할 때의 음악을 그대로 재현하는 게 아니라 내 마음대로 멜로디를 바꾸기도 하고, 그것에 맞추어 다른 멤버들도, 심지어 신인 보컬조차 애드리브를 통해 생생한 음악을 만들어낸다. 그것조차 프로듀서의 예상대로다. 하지만 연주가 시작되면 여기저기서 끌어 모은 상업 밴드인 우리의 소리도 하나가 되는 순간이 있다. 그때는 쓸데없는 생각을 모두 잊은 채 음악 속에서 행복을 느낄 수 있는데, 음악이 끝나면 커다란 허무감에 사로잡히곤 한다. 이것은 밴드가 아니다.

"하나마루. 왜 이렇게 기운이 없어요?"

대기실에 들어선 순간, 보컬인 미쿠리가 말했다. 우리 밴드 중에선 그녀와 나만이 여자이기 때문에, 둘이 대기실 하나를 배정받았다. 단지 백밴드에 불과한 나는 남자들과 같이 있어도 된다고 매니저에게 말했지만 그는 오히려 미쿠리를 피하지 말라고 명령하듯 말했다. 서른한 살인 나보다 열두 살이 적은 롤리타 얼굴의 소녀가, 가슴의 계곡을 훤히 드러내며 나를 빤히 쳐다보았다.

"방송국에서 준 에클레어(표면에 초콜릿을 얹은 가늘고 긴 슈크림) 있는데요."

"난 단 것은 딱 질색이야."

"빵이라도 사다 드릴까요?"

네가 내 매니저냐? 넌 레코드 회사 사장과 대등하게 밥을 먹을 수 있는 최고의 아이돌 스타가 아니냐?

"괜찮아. 식당에 가서 메밀국수라도 먹을게."

"나도 같이 갈래요."

그때 노크를 하는 둥 마는 둥 하더니 매니저가 얼굴을 내밀었다. 그리고 부드러우면서도 단호하게 말했다.

"미쿠리, 잡지사에서 인터뷰 나왔어."

취재는 하루에도 몇 건씩 있는데, 가엾긴 하지만 그것이 그녀의 일이다.

그녀가 마지못해 밖으로 나가는 것을 보고, 나도 뭐라도 먹기 위해 대기실을 나섰다. 그러자 마침 옆 대기실에 있던 다른 멤버들이 우르르 몰려나왔다.

"여어, 하나마루. 공주님 호위는 어떡하고 혼자야?"

제일 나이가 많은 베이시스트가 놀리듯 물었다. 인터뷰하러 갔다고 말하자 그러면 같이 식사하러 가자고 했다. 여기저기서 끌어 모은 밴드라도 우리 사이는 결코 나쁘지 않다. 분위기가 험악해질 만큼 음악성이 부딪치는 일 없는, 단지 이익이 일치되는 직업 뮤지션들.

방송국 안에 있는 구내식당 한쪽에 자리를 잡고, 우리는 말없이 메밀국수며 스파게티며 돈가스덮밥을 먹는 데 열중했다.

"하나마루, 후반부가 좀 빠르지 않아요? 그래선 미쿠리가 노래 부르기 힘들 것 같은데."

어린 나이에 비해서 보수적인 키보디스트가 다 먹은 돈가스덮밥의 나무젓가락을 내던지며 말했다. 미쿠리의 숨은 팬인 데다 소리를 정확히 살리고 싶어하는 그의 마음은 충분히 이해할 수 있다.

"하지만 잘 불렀잖아. 그 애, 머리가 나쁘게 보이지만 의외로 보통이 아니야."

"하긴 그래. 음감이 뛰어나."

드러머와 베이시스트가 무표정하게 말했다. 키보디스트가 반론을 제기하지 않자 대화는 그곳에서 끊어졌다. 지금 가장 시청률이 높은 음악 프로그램에 처음 출연하는데, 긴장감은 조금도 찾아볼 수 없다. 데뷔 싱글 앨범이 5위 안에 들어갔다고 하는데도 말이다. 드러머는 휴대전화를 받기 위해 자리에서 일어나고, 키보디스트는 담배를 사러 간다며 어딘가로 사라졌다. 옛날부터 알던 베이시스트와 둘이 남게 되자 조금 마음이 편해졌다.

"그나저나 하나마루가 지금까지 살아남을 줄 몰랐어."

빈정거림으로 들을 수 있는 말이었지만, 적갈색의 긴 머리칼 사이로 보이는 그의 눈은 한없이 다정했다.

"여자 기타리스트 따위는 인정하지 않는다고, 날 처음 만났을 때 그랬지? 그게 10년 전이었나?"

"그 말이 꽤 섭섭했나 보군."

여자 기타리스트는 불리하다. 기술은 밤새도록 연습하면 어떻게든 따라갈 수 있다. 하지만 아무래도 비주얼적인 면에서 남자 기타리스트 쪽이 더 멋있다. 음악에서도 비주얼적인 면은 매우 중요하다. 그래서 내 최초의 메이저 데뷔는 모두 여자로 구성된 밴드였다. 세 번째 싱글 앨범이 히트했지만, 그 이후 사람들 기억 속에서 사라지다가 3년 만에 레코드 회사와의 계약이 끊어졌다. 분하지 않았다고 하면 거짓말이리라. 하지만 그 여자 밴드도 기획사에서 만든 것이므로 어쩔 수 없다는 마음이 더 컸던 게 사실이다.

정말로 분했던 일은 그보다 더 예전에 일어났다. 나는 고등학교 시절부터 나보다 나이 많은 남자들과 프로를 지향하는 밴드를 만들었다. 중학교를 졸업할 때 내 키는 이미 175센티미터를 넘었다. 그리고 떡 벌어진 어깨와 평평한 가슴, 작은 엉덩이가 무대 위에서 기타를 치는 데 장점으로 작용할 것이라는 사실을 깨달았다. 그 밴드의 보컬이 "이제 그만 평범하게 살겠어"라고 선언하며 그만둔 후 내가 정면에 나서자, 라이브 카페에는 젊은 여자들이 앞을 다투어 모여들었다. 남자처럼 보이지만 여자다. 그것이 내 무기가 되면서 레코드 회사에서도 손짓을 했다.

하지만 메이저 데뷔를 제안한 프로듀서가 스카우트하고 싶은 사람이 나뿐이란 사실을 안 순간, 그토록 함께 음악을 하자고 맹세하던 멤버들이 손바닥 뒤집듯 나를 매도하며 떠났다. 타협할 여지도 없이 밴드는 공중분해되고 말았다. 나중에 곰곰이 생각해본 결과, 나는 새로운 사실을 깨달았다. 멤버들의 자존심을 건드린 것은 나만 스카우트되었다는 것이 아니라 여자 기타리스트에게 여자 팬이 모였다는 것이다. 그러고 보니 나에게 열을 올리는 여자들을 보고 우리 밴드의 리더가 "우리가 다카라즈카(寶塚, 여성으로만 이루어진 극단)인 줄 알아?" 하고 중얼거린 적이 있다.

그래도, 아니 그렇기 때문에 나는 음악을 그만둘 수 없었다. 아무리 상업주의에 더럽혀져 있을지라도 기타를 칠 수 없는 것보다는 낫지 않은가?

하지만 서른 고개를 넘어서자 어렴풋이 한계를 느끼기 시작했다. 여자 밴드를 해산한 후 다른 밴드를 도와주거나 스튜디오의 녹음 등으로 그럭저럭 먹고살아왔지만, 서른 줄에 접어들면 이미 소년 같은 보이시한 이미지로는 팔리지 않는다. 다행히 죽을 만큼 기타를 좋아해서 한시도 떼어놓지 않았기 때문에 기술은 누구에게도 뒤지지 않고 자존심(그런 것은 이 업계에 들어오기전에 이미 버렸다)도 없기 때문에 악보에 있는 대로, 프로듀서가 원하는 대로 칠 수 있다. 그래서 주제넘게 나서지도 신경질적으로 반응하지도 않는 나는 '그래서 여자는……' 이라는 말을 듣지 않고 지금까지 일하고 있다. 걸핏하면 싸우고 앞으로 내달리기만 하던 내 기타 소리가 어느새 지성적이라는 말까지 듣게 되었다. 그러나 앞으로 5년, 10년…… 계속 무대 위에서 기타를 칠 수 있을까 하는 불안이 머리를 가로지른다. 노래도 그저 그렇고, 외모도 시들기 시작하고, 만드는 곡도 싱글 앨범으로 나올 정도가 아닌, 한낱 기타쟁이에 불과한 나에게는 프로듀서가 되는 길도 만만치 않다. 역시 스튜디오에 틀어박히는 수밖에 없다고 어둡게 생각하던 찰나, 미쿠리의 백밴드 이야기가 나온 것이다. 나는 기타만 칠 수 있으면 뭐든 상관없었다.

"미쿠리는…… 역시 이쪽이야?"

베이시스트가 빙빙 돌려서 묻는다. 웃을 때가 아니지만 나는 웃음을 터뜨렸다.

"바이(bisexual, 양성애자)인 것 같아."

"사랑한대?"

"동거해달라고 하더군. 본인과 매니저가 모두."

사방팔방으로 뻗쳐 있는 긴 머리칼을 흔들며 그는 크게 숨을 토해냈다. 그리고 분개하지도, 동정하지도 않고 평탄하게 말했다.

"뭐 그렇게 드문 일은 아니잖아."

대기실로 들어가자 미쿠리가 시디플레이어에 헤드폰을 연결해서 노래를 들으며 슈크림을 먹고 있었다. 그녀는 화들짝 놀란 얼굴로 나를 쳐다보더니 시디플레이어를 재빨리 치맛자락에 숨겼다. 자니스(일본의 대표적인 아이돌 그룹)의 노래라도 듣고 있었던 것일까? 나는 그렇게 생각하며 카펫이 깔린 바닥에 털썩 주저앉아 옆에 세워놓은 어쿠스틱 기타를 껴안았다. 적당히 기타를 퉁기고 있자 항상 웃는 얼굴의 그녀가 창백한 얼굴로 나를 쳐다보았다.

"말할까 말까 고민했는데요."

그녀가 연극적인 말투로 입을 열었다.

"뭔데?"

"이거, 내 보물이에요."

그녀가 내민 시디를 본 순간, 그토록 냉정한 나도 눈을 크게 뜨지 않을 수 없었다. 내가 인디밴드였을 때, 처음으로 내놓은 단 한 장의 앨범이었다.

"너 그거……."

"언니를 따라 처음으로 라이브 하우스에 갔을 때, 난 겨우 초등학교 5학년이었어요. 그때부터 계속 하나마루를 좋아했어요. 제가 레즈비언이라서 기분 나쁘다면 어쩔 수 없지만요."

그 말을 남기고 미쿠리는 자리에서 일어섰다. 유혹적인 새하얀 다리가 대기실 밖으로 사라졌다.

온 에어On Air. 사회자의 가벼운 질문에 약간 오버해서 대답하는 미쿠리를, 자리에 서서 대기하고 있던 나는 반쯤 얼이 빠진 얼굴로 바라보았다.

방송국 복도에서 걷고 있을 때, 옆을 지나가던 사람들이 "요즘 어린애들은 대부분 립싱크를 하는데, 립싱크가 아닌 게 어디야?" 하고 말했다. 내가 맨 처음 텔레비전에 출연했을 때 학창 시절의 동창생이 전화를 걸어, "굉장해! 너, 연예인 됐구나!" 하고 수화기 건너편에서 소리를 질렀었다. 그런 생각을 하는 사이에 미쿠리가 포즈를 취하고, 무대 앞에서 왼손을 높이 치켜들었다.

밴드는 언젠가 끝난다. 하지만 음악은 계속된다.

캐러멜처럼 달콤쌉싸름한 보컬의 노랫소리가 서치라이트처럼 내달리는 순간, 내 두 손이 멋대로 움직여 마법을 만들어냈다. 그 뒤에는 연주되기를 기다리는 미래의 소리가 자리하고 있다.

정원

어머니가 갑자기 세상을 떠난 지 석 달이 지났다. 사람은 언제 어떻게 될지 모른다. 이 최고의 명제를 머리로는 알고 있었어도 어머니의 죽음은 너무도 갑작스러웠다.

나는 최근 몇 년 동안, 특히 며칠씩 쉴 수 있는 연말연시에는 집을 떠나 외국에서 보내는 일이 많았다. 어차피 부모와 같이 살아서 매일 얼굴을 부딪치는 만큼, 설날이라고 해서 특별히 가족과 보내고 싶지 않았다. 올 설날에도 애인과 따뜻한 남쪽나라에 가서 보내다 시무식이 시작되기 전날 서둘러 귀국했다. 어머니는 내가 좋아하는 말린 청어알과 다테마키(다진 생선과 달걀을 섞어서 두껍게 부친 식품)를 남겨두어서, 새해 첫 출근하는 날 아침에 어머니의 잔소리를 들으며 그것을 먹었었다. 지난 몇 년간 어머니와 함께 새해를 맞이하지 않은 것을 새삼스레 후회해도 소용없으리라. 이제 두 번 다시 어머니가 만드는 설날 음식을 먹을 수는 없다.

성년의 날(매년 1월 둘째주 월요일) 다음날이었다. 아침에 어머니가 오한과 두통이 난다고 해서, 정년퇴직을 코앞에 둔 한가한 아버지가 회사를 쉬고 어머니를 병원에 데려갔다. 나는 그때 "날씨도 추운데 정원 손질 같은 것을 하니까 감기에 걸리는 거야"라고 말했다.

그런데 그날 점심때쯤 아버지가 회사로 전화를 걸어왔다. 어머니 상태가 급격히 나빠졌으니 빨리 오라는 것이었다. 황급히 병원으로 달려갔을 때는 이미 어머니의 눈꺼풀이 굳게 감겨 있었다. 아침까지만 해도 어제와 다름없는 모습으로 꽃에 서리가 끼는 것을 막기 위해 신문지를 씌우던 어머니가…….

나보다 한 살 적은 남동생이 전근 간 오사카大阪에서 급히 돌아와 장례식을 치렀다. 가까운 사람을 떠나보내는 일은 처음이었지만, 아버지는 물론 나와 동생도 사회에 나온 지 10년쯤 지났기 때문에 장례식 절차는 알고 있었다. 그리고 코앞에 닥친 일을 어떻게 합리적으로 처리할지 생각하느라 한동안 슬픔을 느낄 여유가 없었다. 눈물은 흘렸지만 그것은 회사 문제를 처리할 때의 마음과 비슷해서, 어머니의 장례식이라는 마음이 들지 않았다. 황급히 조문객에게 고개를 숙이면서, 내 옆에 왜 어머니가 없을까 의아하게 여기기도 했다.

납골과 사십구재를 마치자 별안간 할 일이 없어졌다. 내 눈앞에는 소녀적인 어머니의 취향으로 지은 큰 유리창에 레이스 커튼이 달린 단독주택과, 역시 어머니의 취향으로 꾸민 정원과, 그곳에 전혀 어울리지 않는 정년퇴직을 맞이한 아버지, 한창 일에 빠져서 잠자기 위해 집에 들어오는 딸이 남았다. 남동생은 재빨리 회사가 있는 오사카로 돌아간 뒤, 소식을 끊었다.

"이 정원, 어떻게 하지?"

화창한 봄의 어느 일요일, 점심때가 지나서 일어난 내게 아버지가 물었다.

"어떻게 하다뇨?"

"꽃이 너무 많이 피었잖아."

그동안 꽃에 관심이 없던 나와 아버지는 차분히 본 적이 없지만, 봄의 화단에는 색색가지 아름다운 꽃들이 흐드러지게 피어 있었다. 튤립, 크로커스, 수선화, 프리지어, 그리고 이름도 모르는 수많은 꽃들.

"지금부턴 아빠가 가꾸세요. 시간 많잖아요."

잠에 취해 몽롱한 상태에서 가볍게 말한 다음, 나는 아버지의 불쾌한 얼굴을 보고 나서야 실언임을 깨달았다. 정년퇴직만으로도 엄청난 스트레스일 텐데, 아버지는 퇴직 후의 오랜 시간을 함께 보낼 어머니를 잃어버린 것이다.

"나는 꽃 따위에는 관심 없어. 이런 단독주택에서 시집 안 간 딸과 둘이 사는 것도 창피해 죽겠는데. 이 집을 팔고 따로따로 아파트에서 사는 게 어때냐? 그게 훨씬 편할 것 같은데."

아버지는 밝게 말했지만 나는 무표정한 얼굴로 고개를 갸웃거렸다. 정년퇴직을 한 아버지만큼 대하기 힘든 사람이 없다는 말을 들었는데, 그것은 사실이다. 골프 외에 취미다운 취미가 하나도 없는 아버지는 남아도는 시간을 주체하지 못했다. 요리나 컴퓨터를 배우라고 해도 필요 없다는 말이 돌아올 뿐이다. 애당초 이 역할은 어머니가 떠맡아야 하는데, 내가 왜 아버지의 울분을 고스란히 받아야 하는 것일까? 나는 마음속으로 천국에 있는 어머니를 원망하는 수밖에 없었다.

그래도 어머니가 사라진 집에서 아버지는 필요에 의해 혼자 청소와 빨래, 간단한 요리를 직접 하게 되었다. 지금까지 바깥일에 정신이 팔려 집안일을 전혀 못하는 사람이라고 여겼는데, 막상 이렇게 되자 의외로 제법 솜씨가 있다. 한 가지 곤란한 점은, 예전에는 내 귀가 시간에 대해 전혀 잔소리하지 않았는데, 지금은 저녁을 지어놓고 기다리다 "왜 이렇게 늦었지? 지금까지 어디서 뭐 했어?" 하며 꼬치꼬치 캐묻곤 한다.

어머니가 세상을 떠난 후, 당연히 내 가사 분담도 늘었다. 속옷을 아버지에게 빨아달라고 할 수는 없지 않은가? 속옷을 빠는 김에 세탁소에 가는 것과 다림질은 내 차지가 되었다. 아침은 내가 만들고 저녁은 아버지가 만든다. 그리고 설거지는 식사를 준비하지 않는 쪽이 한다. 나는 일이 끝나면 아버지에게 전화를 걸고, 늦게까지 문을 열어놓는 전철역 앞 슈퍼마켓에서 필요한 물건을 사서 집에 온다.

이런 식으로 자연히 일상생활의 역할 분담이 정해졌다. 시간이 지나면서 나와 아버지는 그동안 어머니에게 얼마나 많은 부담을 주었는지, 반대로 어머니가 우리를 얼마나 편안하게 해주었는지 깨닫게 되었다. 벌써 서른한 살이나 되었는데, 아침에 깨워주는 사람이 없어지자 회사에 몇 번 지각을 했을 정도다.

"사귀는 남자 있지? 어서 결혼하거라."

정원의 꽃을 바라보며 아버지는 말했다. 나는 카디건을 걸친 아버지의 등을 바라보았다. 양복과 골프웨어를 입지 않았을 때의 아버지는 한층 늙어 보인다. 그동안 어머니와는 이런저런 이야기를 나누었지만 아버지와는 특별한 것 빼고는 별로 이야기한 적이 없었다. 오랫동안 같은 집에서 살아왔음에도 아버지가 무슨 생각을 하고 있는지조차 모른다.

"내가 결혼하면 아버지 혼자 살 수 있어요?"

"당연하지. 지금도 혼자 사는 거나 마찬가지잖아."

나는 마음속으로 고개를 끄덕였다. 하긴 그렇다. 어머니의 죽음을 극복하려고 나름대로 노력해왔으나 아버지와 함께 살아서 기쁘다는 느낌은 별로 없다. 아버지가 걱정되지 않는다고 하면 거짓말이지만 가까운 곳에 아파트를 얻어 따로 사는 편이 좋을지도 모른다. 어쨌든 어머니가 가꾸어놓은, 꽃이 만발한 정원만은 두 사람 다 손질할 마음이 들지 않을 테니까. 로라 애슐리(Laura ashley, 영국의 종합 브랜드 회사)의 꽃무늬 벽지에 둘러싸여 무뚝뚝한 아버지와 덜렁거리는 내가 사는 것은 뭔가 이상하다. 여기는 어머니 집이었던 것이다.

아버지가 아파트 모델 하우스를 돌아다니기 시작한 5월 초, 어머니 앞으로 편지 한 통이 날아들었다. 광고물인 것 같아서 열어보니, 영국 관광청에서 일본인을 위해 만든 정원 손질 강좌 안내서였다. 그러고 보니 작년 말에 "일본인을 위한 정원 손질 강좌가 있다는데, 한번 가보고 싶구나" 하며 어머니가 팸플릿을 보여준 적이 있다. 편지를 읽어보니 어머니는 이미 예약금을 납부했고, 이제 잔금을 내기만 하면 된다. 6개월 전에 신청해놓고 얼마나 즐거운 마음으로 기다렸을까?

아버지에게 보여주자 아버지는 담배를 꺼내 물며 뜻밖의 말을 꺼냈다.

"내가 다녀올까?"

"하지만 아버지, 이거 홈스테이예요."

"그래서?"

아버지는 비행기와 영어를 몹시 싫어해서, 어머니에게 억지로 끌려가다시피 하와이에 다녀온 후 앞으로 외국에 가면 성을 갈겠다고 말한 적이 있다.

"그리고 정원 손질을 배우러 온 사람들은 모두 아줌마나 할머니들일 거예요."

아버지는 입술을 삐죽거리며 잠시 생각에 잠기더니, 신청서를 탁자 위에 난폭하게 내던졌다.

"네 엄마가 손꼽아 기다리던 여행이니까 내가 대신 가서 사진이라도 찍어 오마. 어차피 난 시간이 남아도는 사람이니까."

취미나 취향이 맞지 않은 어머니와 아버지는 결코 사이좋은 부부였다고 할 수 없지만, 인생의 동반자를 잃어버리고 나니 그런 생각이 드는 것이리라. 이것을 계기로 정원 손질에 취미를 가지면 나에게도 좋은 일이기 때문에 나는 더 이상 반대하지 않았다.

아무래도 내 예상은 빗나갔는지, 열흘간의 영국 여행에서 돌아온 아버지의 모습은 특별히 달라지지 않았다. 어땠냐고 물어봐도 "정원 손질이라서 그런지 역시 네 말처럼 할머니들이 많이 왔더구나" 하고 비아냥거릴 뿐이었다. 사진 속의 아버지는 아름다운 장미 정원을 배경으로 넉넉한 미소의 할머니들 옆에서 불퉁한 표정을 짓고 있었다. 홈스테이한 곳의 사진에서도,

외국 사람들에게 둘러싸인 아버지는 곤란한 표정으로 희미한 미소를 짓고 있다.

그런데 여행에서 돌아온 지 얼마나 지났을까, 아버지에게 변화가 일어나기 시작했다. 예전에는 집을 팔고 각각 살자고 입버릇처럼 말했는데, 언제부턴가 그런 말이 쑥 들어갔다. 그리고 내 눈에 띄지 않는 곳에서 몰래 마당의 잡초를 뽑기도 했다.

7월의 첫 번째 일요일, 영국에서 국제전화가 걸려왔다. 마침 슈퍼마켓에 간 아버지를 대신해서 나는 서툰 영어로 진땀을 흘리며 전화를 받았다. 아무래도 아버지가 홈스테이한 곳에 사진을 보내서 그 답례로 전화를 건 듯하다. 그 집의 할머니인 상대는 내가 알아듣기 쉽게 천천히 말해주었다.

"아버님은 괜찮아요?"

건강하냐는 뜻으로 받아들인 나는 물론 건강하다고 대답했다.

"그분이 영어를 못해서 이유는 잘 모르지만, 아버님은 매일 밤만 되면 어린애처럼 큰소리로 울었답니다."

그녀는 '어린애처럼'이란 부분을 유달리 강조해서 말했다. 나는 흠칫 숨을 들이마시고 나서, 잠시 망설이다 올해 초 어머니가 돌아가셨다고 말했다. 아득히 먼 나라에 사는 할머니는 잠시 말을 잇지 못하더니 이내 울음을 터뜨렸다.

전화를 끊었을 때, 아버지의 차가 차고로 들어오는 소리가 났다. 나는 황급히 눈물을 닦았지만 이미 때는 늦었다.

"왜 울었어?"

아버지는 내 얼굴을 보자마자 그렇게 물었다. 어떻게 대답해야 좋을지 몰라서 나는 고개를 가로저을 뿐이었다.

"리코리스licorice 사왔는데, 같이 심지 않겠니?"

"……리코리스라뇨?"

"허브의 일종이야. 너도 이 집에 살 생각이라면 꽃에 대해서 좀 공부하거라."

아버지는 가벼운 발걸음으로 거실 유리문을 열고 정원으로 나갔다.

모험

나는 태어나서 서른한 해 동안 살면서 한 번도 모험을 한 적이 없다. 대학에 진학할 때 지방에서 상경해 혼자 살기 시작한 것이 유일한 모험으로, 그후의 13년간은 스스로도 어처구니가 없을 만큼 성실하게 살았다.

사회에 발을 내디뎌 내 손으로 돈을 벌기 시작한 이후에도 내 월급만으로 생활하는 것이 몹시 불안했고, 웬만큼 월급을 받을 수 있게 되어서도 그 불안감은 해소되지 않았다. 그래서 나는 결혼하고 싶었다. 남편 돈으로 밥을 먹으며 편안하게 살고 싶은 게 아니라 누구라도 좋으니까(물론 될 수 있으면 믿음직한 사람이 좋겠지만) 진심으로 내 편이 되어줄 사람이 필요했던 것이다.

그러나 인생은 내 뜻대로 되지 않는 법이다. 내가 일하는 곳은 주로 학습참고서를 내는 출판사로, 나는 그곳 총무부에 근무했다. 회사 안에서의 인간관계는 바늘구멍처럼 좁았다. 특히 총무부에는 정년퇴직 때까지 절대 그만두지 않을 중년의 여성이 두 명이나 있었는데, 그녀들과 잘 지내는 것이 내 일이라고 할 수 있었다. 이대로는 안 된다는 판단에 저렴한 영어회화학원에 다니기도 했지만 기대하던 이성과의 만남은 얻을 수 없었다. 더구나 동기가 불분명한 나는 목표를 가지고 열심히 공부하는 사람들에게 뒤처질 수밖에 없었다.

"벤처기업에서 사람을 구하고 있는데 안 갈래?"

이 말을 들은 것은 나의 서른한 번째 생일날이었다. 생일을 축하해주는 사람도 없이, 타성으로 계속 다니던 영어회화학원에서 만난 여성과 수업이 끝나고 가볍게 식사할 때였다. 특별히 친하지는 않았지만, 오히려 그렇기 때문에 정체되어 있던 내 생활에 대해 불평을 늘어놓았다. 잠자코 듣고 있던 그녀가 "그러면 아는 사람이 같이 일할 사람을 찾고 있는데 만나볼래?"라고 불쑥 이야기를 꺼낸 것이다.

그녀가 그 회사의 사정을 알고 있었는지 모르고 있었는지 이제 와서 따져봤자 어쩔 도리가 없지만 나는 그때 길을 잘못 들어섰다. 왜 그토록 많은 사람들이 어리석게 다단계판매에 걸려드는 것일까 항상 고개를 갸웃거렸는데, 나도 그 벤처기업으로 전직하고 나서 사람은 이렇게 간단히 속는 법이라는 사실을 비로소 깨달았다.

이야기를 들어볼 요량으로 나는 다음 토요일에, 이제 막 창업했다는 정보서비스회사를 방문하기로 했다. 벤처 비즈니스라는 말에 꿈과 희망을 가질 만큼 무지하지는 않지만 '벤처기업'이 무엇을 뜻하는지 사전을 찾아보기도 했다. 신기술이나 고도의 지식을 가지고 대기업에서는 하기 힘든 창조적이며 혁신적인 경영을 실시하는 중소기업. 사전을 옆에 놓고, 그런 회사에서 나처럼 무능한 사람을 고용해줄 리가 없다고 쓴웃음을 지은 것도 지금 생각하면 하나의 함정이었다.

땅값이 비싸기로 유명한 비즈니스 가街에 자리한 그 벤처기업은 예상과 달리 넓고 현대적인 곳이었다. 눈앞에 펼쳐진 사무실은 하나하나의 책상이 파티션으로 가로막혀 개인 사무실에 가깝고, 각각의 부스에 컴퓨터가 놓여 있었다. 인테리어도 회색과 빨간색으로 통일되어 있어서 마치 할리우드의 영화 세트장 같았다. 안으로 들어가니 비서처럼 보이는 여자가 나타나서, "사장님께서 기다리고 계십니다" 하고 말했다. 그녀의 뒤를 따라 걸으면서 나는 내부를 둘러보았다. 토요일인데도 몇몇 사람들이 내 쪽을 쳐다보지도 않고 컴퓨터를 향해 앉아 있었다. 문득 발밑을 쳐다본 순간, 나는 흠칫 놀라며 몸을 웅크렸다. 한쪽 구석에 있는 침낭 속에서 몸을 반쯤 내밀고 죽은 것처럼 사람이 잠들어 있었기 때문이다.

비서는 나를 응접실이 아니라 사장실로 안내했다.

나를 맞이한 사람은 올려다봐야 할 만큼 키가 큰 남자로, 브랜드는 알 수 없으나 비싸 보이는 양복과 손목시계를 차고 있었다. 사장은 인자한 미소를 지으며 정중히 명함을 내밀었다. 명함을 쳐다보자 '존 A. 사카이'라는 이름이 쓰여 있었다. 아무리 봐도 일본인 같은데, 화교의 피라도 섞여 있는 것일까?

"굉장해요!"

그가 권하는 소파에 앉아서 나는 유치하게도 자신의 감정을 솔직하게 드러냈다. 사장은 "뭐 이 정도 가지고요" 하고 겸손인지 자랑인지 알 수 없는 표정을 지으며 고개를 가로저었다. 그런 다음 속사포처럼 이야기를 쏟아냈다. 회사를 창업한 경위와 홍콩에 있는 본사, 출자기업의 이름을 늘어놓은 다음, 벤처 캐피털, 상장 예정, 인센티브, 스톡옵션 등 벤처기업에서 자주 사용하는 단어를 나열하며 나 같은 일반 서민에게 열변을 토한 것이다. 분명히 일본어로 말하고 있는데 영어학원의 리스닝 코스 listening course보다 이해할 수 없어서, 나는 알아듣기를 포기하고 사장의 얼굴만 쳐다보았다. 50대 전후처럼 보이는 사장은 이목구비가 뚜렷했다. 중후한 느낌의 체구는 지방 덩어리가 아니라 근육이리라. 촌스러운 대머리 아저씨인 우리 회사 사장과는 질적으로 다르다.

"그런데, 언제부터 출근하실 수 있죠?"

사장의 그 한마디에 나는 정신을 차렸다. 아니, 제정신을 차린 게 아니라 제정신을 잃어버린 것이다.

"세상에! 나도 깜빡 속았지 뭐야?"

자물쇠를 채운 회의실 안에서 목소리를 낮추고 미즈키가 말했다. 같은 시기에 입사한 스물일곱 살의 그녀는 앞머리를 쓸어 올리며 땅이 꺼져라 한숨을 내쉬었다.

"벤처기업은 어디나 비슷해요. 그래도 여기는 좀 나을 줄 알았는데."

회의실 컴퓨터 앞에 앉아 일을 하는지 장난을 치는지, 3D의 선명한 화상畵像을 만들며 나카지마가 말했다. 나와 미즈키보다 조금 먼저 입사한 스물다섯 살의 남자다. 입사 시기가 비슷한 데다 사장에게 똑같이 당했다는 공통점을 가진 우리는 이렇게 한통속이 되어 종종 불평을 나누었다.

사장이 시키는 대로 예전에 다니던 회사를 때려치우고 이 회사로 전직한 지 석 달. 하지만 '태어나서 첫 모험'에 가슴 두근거린 것은 첫 달뿐이었다.

사장이 처음에 한 말은 대부분 거짓말이며 완전한 사기였다. 첫 달의 월급명세서를 받았을 때, 일단 사장이 얘기했던 기본급보다 10만 엔이나 적어서 깜짝 놀랐다. 야근뿐만 아니라 휴일에 출근한 수당도 보이지 않고, 통근비도 들어 있지 않았다. 사장이 시키는 대로 몸이 가루가 되도록 일했는데. 다소 저축이 있다고 해도 이 돈으로는 도저히 생활할 수 없었다.

더구나 우리는 인터넷상에서 여성잡지를 운영하는 회사인데, 내가 봐도 사이트 자체에 아무런 매력이 없다. 사장은 세계적인 여성잡지를 만든다고 하며, 일본어 버전보다 영어 버전의 콘텐츠에 더 신경을 썼다. 그런데 그것을 만드는 사람은 영어검정시험 3급에 해외여행이라고는 꽤 외에는 다녀온 적이 없는 나였다. 그것을 스물다섯 살의 컴퓨터 마니아인 나카지마가 최신 프로그램을 구사해서 겉으로 보기에 그럴 듯하게 만들고 있다. 사장의 요구는 한마디로 말해서 독자가 아니라 광고주가 좋아할 만한 사이트를 만들라는 것이다. 하지만 우리가 가지고 있는 낡은 컴퓨터로 그 사이트를 보려면 최소한 10분의 시간과 지치지 않는 인내심이 필요하다.

독불장군에다 독재자인 사장의 머릿속에는 오직 어떻게 하면 회사를 주식시장에 상장할 수 있을까 하는 생각밖에 없었다. 아르바이트 학생들을 동원한 엄청난 클릭 수, 언뜻 보기에 최첨단으로 보이는 사이트, 투자를 받기 위한 사기성 프레젠테이션. 그런 것에 속는 투자자가 의외로 많다는 것이 가장 이해할 수 없는 부분이었다.

"독립할까?"

허탈감에 휩싸인 얼굴로 미즈키가 내던지듯 말했다. 어제 어느 예술인을 초대해서 이벤트를 벌였는데, 가장 중요한 예술인을 누구로 하느냐가 막판까지 정해지지 않았다. 손님을 끌어 모을 수 있는 유명한 사람들은 한결같이 "너무 급하게 말하는 바람에 시간을 낼 수 없어요" 하고 거절했다. 결국 이미 예순이 넘은 여류작가에게 직접 담판하러 가서 겨우 성사시킨 사람이 그녀였다.

그녀는 예전에 중견 인터넷 서비스업체 영업부에 근무했다고 한다. 연봉제인 그 회사에서 그녀는 막강한 실력을 발휘하여 눈 깜짝할 사이에 아버지의 연봉을 뛰어넘었다고 한다. 그런데 그것이 화근이 되어 가족들 사이가 어색해지고, 회사에서는 남자 사원들의 노골적인 질투를 받아 이곳으로 전직했다는 것이다. 처음에 그 말을 들었을 때는 어디까지 진실인지 의아했지만, 사장과 함께 투자자들에게 거짓말을 늘어놓는 모습을 보고서야 완벽한 거짓말은 아닐지도 모른다고 생각했다. 그렇게 뛰어난 그녀조차 월급을 제대로 받지 못하고 있다. 물론 불만을 제기했지만 상대는 시쳇말로 산전수전 공중전까지 겪은 사장이다. 때로는 한 귀로 듣고 한 귀로 흘리고, 때로는 야쿠자처럼 위협하며 사원들의 불만을 물리쳤다. 당연하지만 내가 입사했을 때의 사원들은 절레절레 고개를 흔들며 퇴직금도 받지 않고 모두 그만두었다. 그리고 매일 사장의 유혹에 넘어간 신입사원이 끊임

없이 들어왔다. 그만두어야 한다는 것은 알고 있지만 내 능력으로 독립은 상상도 할 수 없었다.

"광고주도 몇 군데 끌어올 수 있고, 나카지마만 와준다면 그 염병할 사장보다 투자자를 많이 끌어올 자신 있어."

나카지마는 예전에 설계회사에서 도면을 그렸다고 한다. 왜 그만두었냐고 물었더니 "질려서요"라는 한마디가 돌아왔다.

"그게 좋겠어요. 나도 한탕하고 싶어요."

모니터에 시선을 향한 채 나카지마가 중얼거렸다. '한탕한다'는 말을 나도 모르게 혼잣말처럼 중얼거렸다. 인터넷을 좋아하는 것도, 사회를 위해 일하고 싶은 것도 아니다. 다만 대박을 터뜨리는 것에만 모든 정열을 쏟는 두 사람이 내 눈에는 사장과 똑같이 보여서 그저 잠자코 있을 수밖에 없었다. 예전에 다니던 회사를 괜히 그만두었다고 후회해도 이미 때는 늦었다. 모든 것은 내가 저지른 일이다.

그때부터 미즈키와 나카지마는 노골적으로 나를 피하기 시작했다. 최근 석 달 동안, 거의 세 끼를 같이 먹으며 함께 밤을 지새운 나로서는 커다란 충격이었다. 독립하려고 생각하니 나처럼 아무것도 할 수 없는 평범한 사람은 필요 없는 것이리라. 나는 당연하다고 여기면서도 가슴속에서 억제할 수 없는 분노가 싹트는 것을 느꼈다.

그러던 어느 날, 사장이 나를 내선전화로 호출했다. 두 사람이 힐끔 쳐다보는 것을 느끼면서, 나는 정신없이 순정만화를 읽고 있는 사장 애인인 비서의 뒤를 지나 사장실을 노크했다. 존은 만면에 환한 미소를 담고 나를 맞이했다. 입사를 권했을 때 말고 그의 미소를 보는 것은 처음이었다. 존은 무슨 존이야? 본명은 사카이 이치로인 주제에.

"나도 내 사랑하는 직원에게 이런 말을 묻고 싶지 않고, 자네도 동료를 나쁘게 말하고 싶지 않을 거야. 그건 너무도 잘 알고 있어."

사장의 책상 앞에서 고개를 숙이기 싫어 나는 창밖에 있는 거대한 광고 간판을 쳐다보았다.

"미즈키 씨와 나카지마 씨 말인데, 자네는 그들과 친하니까 뭔가 알고 있지 않을까 해서."

그들은 지금 부지런히 회사에 있는 비싼 소프트웨어와 고객 명단을 자기 컴퓨터에 옮기는 작업을 하고 있어요. 나는 마음속으로 그렇게 중얼거렸다.

"자네에게는 나쁘게 하지 않을게. 스톡옵션에 대해서는 지난번에도 얘기했지만……."

"아니에요. 그 두 사람은 저를 무능한 사람으로 취급해서, 저에게는 아무 말도 하지 않아요."

사장의 말을 가로막고 나는 단숨에 그렇게 말했다. 다시 입을 벌려 말하려는 그에게 고개를 숙이고, 나는 뒤도 돌아보지 않고 사장실을 나왔다.

그대로 성큼성큼 책상으로 돌아온 다음, 나는 턱으로 두 사람을 불렀다. 그들은 전전긍긍해하는 표정으로 황급히 내 뒤를 따라왔다. 적당한 장소가 생각나지 않아서 나는 엘리베이터를 타고 옥상으로 올라갔다. 아직 코트를 걸쳐야 하는 추운 계절이지만, 처음으로 올라온 옥상은 길거리가 내려다보여서 상쾌하기 그지없었다.

"존이 뭐래?"

미즈키가 불안한 표정으로 다그쳤다. 사실은 "너, 뭐라고 했어?" 하고 묻고 싶은 주제에.

"독립할 거라면 나도 끼워줘."

무슨 말을 하냐는 식으로 미즈키와 나카지마는 서로 얼굴을 쳐다보았다.

"나 같은 사람은 아무것도 할 수 없을 거라고 생각하겠지만 천만의 말씀이야."

"무슨 뜻이야?"

"너희들, 너무 수상해."

두 사람은 다시 서로의 얼굴을 바라보았다.

"너희들은 모르겠지만, 그렇게 얼굴에 '돈 돈 돈!' 이라고 쓰여 있으면 머리가 정상적인 사람은 금방 알아차릴 거야. 너희들에게 부족한 걸 난 가지고 있어. 난 너희들이 모르는 보통 감각을 가진 보통 사람의 마음을 알고 있으니까. 정말로 한탕하고 싶다면 수상쩍게 보이지 않는 나를 고용해야 할 거야. 너희가 만들 수 있는 것은 바깥 세계뿐이잖아. 안은 내가 만들게."

내가 나 자신을 주장한 것은 태어나서 처음이다. 지금 말하는 사람이 정말 나일까? 이상한 사람들과 같이 있다 보니 내 몸속으로 이상한 영혼이 들어온 게 아닐까?

바람결에 머리칼을 날리며 멍하니 입을 벌리고 있는 미즈키 옆에서 나카지마가 웃음을 터뜨렸다. 나는 입술을 깨물고 고개를 숙였다. 건물 밑에서 맥주광고 간판에 있는 여배우가 생긋 웃으며 나를 올려다보았다.

첫사랑

　나는 열두 살 때 첫사랑을 경험했다. 중학교 입학식 날, 반장으로 임명된 남학생에게 한눈에 반한 것이다.

　각 지역의 초등학교에서 모여든 공립 중학교 1학년 1학기의 반장으로는 교사가 성적이 가장 좋은 학생을 지명하는 법이다. 부반장은 희망하는 사람이 있으면 손을 들라고 해서 나는 잠시도 망설이지 않고 손을 들었다. 교실 전체에서 '쟤 뭐야?' 하는 시선이 쏟아졌다. 지금 돌이켜봐도 얼굴에서 뜨거운 불길이 솟구치는 것 같지만, 부모의 사랑을 듬뿍 받고 자란 어린 시절의 나는 정말 순수하고 무서운 게 없는 아이였다.

　그리고 사람이 무섭다는 것을 태어나서 처음 알았다. 좋아하는 남자는 무섭다.

'혹시 날 미워하면 어떡하지? 혹시 날 싫어하면 어떡하지?'

그래서 첫눈에 반한 남학생과 학교 행사에 참가하거나 학급 회의를 진행할 때도 기쁘다는 마음보다 긴장감으로 위축되어, 그의 무시하는 눈길을 온몸으로 받아야 했다. 2학기 때부터는 제대로 선거를 통해 임원을 뽑기 때문에, 그는 계속 반장을 했지만 나는 당연히 부반장 선출에서 떨어졌다. 그때 실망보다 안도감이 먼저 찾아온 것을 나는 지금도 똑똑히 기억하고 있다. 그 이후 3년간의 중학생 시절은 은밀히 그를 관찰하는 행복으로 채워졌다. 그는 공부뿐만 아니라 운동도 잘해서, 1학년 때부터 축구부 주전으로 뛰었다. 축구부는 우리 학교에서 가장 인기 있는 운동부였기 때문에 연습이나 시합을 구경하는 여학생들이 많았고, 나는 그런 여학생들에 섞여서 그의 사진을 많이 찍을 수 있었다.

좋아하고 좋아하며 또 좋아하는 그. 좋아하는 이유조차 알 수 없을 만큼 좋아하는 그. 하지만 무뚝뚝해서 여학생들과 거의 말을 하지 않는 그에게 나는 초콜릿을 줄 용기조차 없었다. 내가 할 수 있는 일은 그와 같은 고등학교에 가는 것뿐이라서, 나는 말 그대로 죽을힘을 다해 공부했다. 1학년 1학기뿐이었지만 반장과 부반장 사이였던 만큼, 가끔 등교할 때 인사하면 "안녕!" 하는 대답이 돌아오곤 했다. 그것이 나에게는 최고의 상償으로,

그것만으로 일주일은 기분 좋게 지낼 수 있었다.

그런 그가 서른한 살이 된 지금, 이자카야(居酒屋, 일본식 선술집) 카운터에서 내 옆에 앉아 있다. 그를 만날 때마다 감동의 물결에 휩싸이는 나는 아무도 몰래 달콤한 숨을 내뿜는다.

"한숨 쉬지 마. 힘든 건 너뿐만이 아니니까."

담배에 불을 붙이며 그가 얼굴을 찡그렸다. 나는 황급히 미소를 지었다.

"미안해. 나도 모르게 그만."

"정말이지, 왜 개나 소나 다들 그러는지 몰라."

담배 연기를 내뿜는 그의 옆얼굴을 나는 넋을 잃고 바라본다. 그는 학창 시절과 조금도 달라지지 않았다. 약간 치켜 올라간 또랑또랑한 눈망울. 매끈하게 뻗은 코 위에는 지금 안경이 걸려 있지만, 턱 선도, 손가락 끝도, 큼지막한 손바닥도, 백팔십에 가까운 키도, 어깨 폭도, 내가 예전에 세심하게 관찰했던 것과 똑같다.

"그런 회사와는 한시라도 빨리 인연을 끊어야 하는데. 내가 직접 경영하는 편이 돈도 많이 벌 테고."

"하긴 넌 남에게 지시받는 것보다 지시하는 편이 어울리니까."

"쉽게 말하지 마. 회사 하나 만드는 데 돈이 얼마나 많이 드는지 알아?"

자기가 의견을 말해놓고 그 의견에 찬성하면 재빨리 부정하는 그. 그렇게 제멋대로 행동하는 것조차 나에게 마음을 허락하기 때문이라고 생각하는 나. 그렇다, 나는 좀 이상한 사람일지도 모른다.

나는 결국 그와 같은 고등학교에 들어갔지만 그는 중학교 때와 마찬가지로 여전히 나를 무시했다. 내가 그를 좋아한다는 것은 이미 모르는 사람이 없을 정도였지만 그는 다른 여학생과 사귀면서 내게 고백할 틈도 주지 않았다. 나는 슬픔에 젖어 밤새 눈물을 흘렸다. 하지만 익숙해진다는 것은 참으로 무서워서, 그러는 사이에 '영원한 짝사랑'이라는 것이 내 안에서 하나의 보통명사로 굳어졌다. 그가 누구와 사귀든 누구와 헤어지든, 고등학교 졸업을 앞두었을 때는 복도에서 편하게 이야기를 나누게 되었다. 좋아하지만 친구로 머무는 것, 사랑을 잃는 것보다 친구로 남는 것이 좋다는 경지에 도달해서, 언젠가는 그 외에 좋아하는 남자가 생길 것이라고 여기게 된 것이다. 따라서 대학은 그가 가는 곳과 똑같은 데에 가려고 하지 않았다. 그림을 좋아한 나는 미술대학에 갔고, 공대를 지원했다 떨어진 그는 프리터(free와 arbeit의 합성어. 아르바이트로 생활하는 사람)로 살아갔다.

그런데 신은 왜 그렇게 심술궂은 것일까? 고등학교를 졸업한 지 3년 후, 힘들게 포기의 경지에 들어간 나는 고향의 전철역에서 우연히 그와 재회했다. 그와 차를 마시던 중 분위기가 좋아져서 술자리로 옮기고, 결국 우리는 그날 밤 호텔로 직행했다.

그것은 오랫동안 짝사랑하던 내게 꿈같은 사건이었다. 어쨌든 내 방에는 여전히 그의 사진이 아이돌 스타의 포스터처럼 덕지덕지 붙어 있고, 나는 미술대학에서도 연애 감정을 가질 수 있는 남자를 발견하지 못한 것이다.

나는 자연히 그에게 빠지고, 나를 가볍게 만나려고 했던 그는 내 집착에 넌덜머리를 내며 떠났다. 겨우 3개월. 사귀었다고 할 수 없는 기간이지만 그는 내게 "두 번 다시 연락하지 마!" 하고 말했다. 친구들은 모두 그를 나쁜 남자라고 매도했지만 나는 그렇게 여기지 않았다. 맨 처음 순결을 바친 사람이 열두 살 때부터 좋아한 사람이라니! 그것은 내게 성취감을 안겨주었고, 또 쓸데없는 기대를 갖게 하기보다 확실히 거절하는 편이 정신적으로도 좋기 때문이다.

그런데 두 번 다시 만나지 못할 것 같던 사람이 지금 내 옆에 앉아 있다. 대학을 졸업하고 사회인이 된 지 5년째, 문득 생각이 나서 연하장을 보냈더니 그에게서 연락이 왔다. 그때부터 우리는 이렇게 한 달에 몇 번씩 만나고 있다. 물론 만나자고 연락하는 사람은 항상 그 사람으로, 작은 디자인 사무실에 근무해서 비교적 시간이 자유로운 나는 그가 부르면 회사 일도 선약도 내팽개치고 뛰어나간다.

그래도 나는 행복하다. 그와 함께 있으면 항상 긴장감을 느끼고, 중학생 시절의 무능했던 나로 돌아간다. 그는 이미 결혼해서 아이도 있다. 그런데 마음이 내킬 때마다 호텔에 가자고 해도 나는 거절하지 못한다. 그는 나를 불러내서 회사와 가정에 대해 일방적으로 불평을 늘어놓지만, 술값과 찻값은 항상 절반씩 지불한다.

"정말 지겨워 죽겠어. 이 세상에 내 편은 너뿐이라니까."

술에 취하면 그는 늘 이렇게 말한다. 좀처럼 웃지 않는 그가 이렇게 말하며 미소를 지으면 내 가슴은 어느새 쿵쾅거리기 시작한다. 내 서글픈 인생이 행복으로 가득 차는 순간이다.

어느 토요일 오후, 고등학교 때 같은 미술부였던 여자 친구의 결혼식이 있었다. 당시 친했던 세 명 중 마지막 한 사람이 결혼한 것이다. 결혼식 피로연에서 신부는 여기저기에 인사하느라 바빴기 때문에, 나와 또 한 명의 여자 친구는 오랜만에 느긋하게 이야기를 나누었다.

"신혼생활은 어때?"

이제 막 돌이 지난 아이가 있는 그녀는 오늘 친정집에 아이를 맡겼다면서 연신 술을 들이켰다.

"결혼한 지 2년이나 지났는데 신혼은 무슨 신혼? 신혼은 예전에 끝났어."

"말은 그렇게 하지만 얼굴은 행복해 보이는데 뭐."

지금까지 누구에게도 털어놓은 적이 없지만 술이 몇 잔 들어가자 나도 모르게 속마음이 튀어나왔다.

"실은 말이야, 나 지금 히나타와 사귀고 있어."

그녀는 접시만큼 커진 눈으로 나를 바라보았다.

"히나타라니, 그 히사마(様, 님이라는 뜻의 사마는 이름 뒤에 붙는 최고의 경칭)?"

그렇다. 나는 고등학교 시절에 그를 항상 '히사마'라고 불렀다.

"세상에! 언제부터?"

"말하자면 아주 길어. 자주 만나게 된 건 3년 전이야."

"그거 불륜이잖아? 히사마가 있는데 왜 다른 남자와 결혼했어?"

"히사마도 벌써 결혼해서 아이가 둘이나 있는데 뭐."

놀란 것인지 어이가 없는 것인지, 그녀는 한동안 말을 잇지 못했다.

"실은 조금 이따가 만나기로 했어."

오늘 친구 결혼식이 있어서 집에 늦게 들어가도 된다고 그의 휴대전화에 문자 메시지를 보냈더니, 예상한 대로 만나자고 했다.

"너 괜찮아?"

"뭐가?"

그녀는 고개를 설레설레 가로저은 후 중얼거리듯 말했다.

"나도 히사마를 만나보고 싶어."

그녀와 히나타는 같은 반이었던 적이 있다. 나도 자랑하고 싶은 마음에 고개를 끄덕였다. 그는 불쾌한 표정을 지을지도 모르지만 어차피 기분 좋은 표정은 별로 본 적이 없으니까.

"히사마, 지금 뭐 해?"

"평범한 샐러리맨이야. 하지만 옛날과 하나도 안 변했어. 얼마나 멋있는지 몰라."

그녀가 재촉하는 바람에 우리는 피로연 자리를 몰래 빠져나와 그와 약속한 장소로 옮겼다. 얼마 기다리지 않아서 그가 나타나고, 손을 흔드는 내 옆에서 그녀는 다시 멍하니 입을 벌렸다.

다음날인 일요일 오후, 그녀에게서 전화가 걸려왔다. 그녀는 웬일로 "잠시 얘기할 시간 있어?" 하고 진지하게 말했다. 남편은 마침 편의점에 갔기 때문에 나는 괜찮다고 대답했다.

"히사마가 뭐가 안 변했어?"

왜 화를 내는지 잘 모르지만 그녀는 분노에 가득 찬 목소리로 말을 이었다.

"안 변한 건 키뿐이잖아. 머리카락은 듬성듬성해서 이제 곧 대머리가 될 거고, 배는 개구리처럼 볼록 튀어나왔고, 우리는 알지도 못하는 말을 하며 연신 투덜거리고……. 아무리 첫사랑이라지만 너, 그런 사람을 만나고 싶어?"

"당연하지. 열두 살 때부터 계속 좋아했으니까."

"이런 말 하면 화낼지도 모르지만 너 이상해. 안 변한 건 히사마가 아니라 너 아니야? 자기 편한 대로 널 이용하는 히사마가 정상이고, 네가 비정상인 것 같아."

약간 불쾌했지만 전화를 끊은 후 생각해보니 그녀의 말이 지극히 옳았다. 그때 남편이 집에 들어왔다. 잡지, 주스와 함께 부탁하지도 않았는데 내 몫까지 만두를 사 들고. 나는 차를 타서 소파에 나란히 앉아 남편과 함께 만두를 먹었다. 그리고 자동차 잡지를 뒤적이고 있는 남편에게 말을 걸었다.

"여보, 내가 이상해?"

"뭐? 이상하긴 당신이 왜 이상해?"

남편의 시선이 나를 향했다.

"오늘 저녁에 잠시 회사에 가봐야 하는데, 괜찮아?"

"그럼! 내가 데려다줄까?"

조금 전 그에게서 문자 메시지가 왔다. 어제는 방해꾼이 있었으니까 오늘 다시 만나자고. 다정하고 따뜻하며, 내가 늦게까지 일하거나 술을 먹어도 싫은 표정을 짓지 않는 남편. 이 사람을 선택한 것도 그를 위해서였다. 그가 독신인 나를 경계하는 것 같아서 서둘러 결혼한 것이다. 내가 결혼한다고 하자 말은 하지 않았지만 그의 얼굴에는 안도하는 표정이 역력했다. 나는 남편을 좋아하지만 죄책감은 전혀 없다. 남편은 무섭지 않다. 무섭지 않은 것은 사랑이 아니다. 나중에 천벌을 받는다고 해도 그를 사랑하는 것에 대한 천벌이라면 얼마든지 받으리라.

술

아직 오전 11시밖에 안 되었는데, 나는 약속한 패밀리 레스토랑에 앉아 잠시도 망설이지 않고 생맥주를 주문했다. 날씨는 쾌청해도 12월의 바람은 싸늘해서, 실은 차갑지 않은 술을 마시고 싶었지만 패밀리 레스토랑의 알코올은 맥주밖에 없었다. 나는 아침에 일어나 아직 뱃속에 아무것도 집어넣지 않은 것을 떠올리고 맥주와 함께 샐러드를 주문했다. 오른쪽에는 어린아이 둘을 데려온 4인 가족, 왼쪽에는 정신없이 떠들어대는 젊은 커플로 인해 소란스러웠으나, 패밀리 레스토랑인 만큼 포기하는 수밖에 없으리라.

담배를 물고 있는 내 앞에 맥주와 샐러드가 놓이자 한순간 양쪽의 소란스러운 목소리가 멎었다. 오른쪽의 아이 아버지에게는 부러운 시선이, 왼쪽의 갈색머리 남자에게는 경멸하는 시선이 양쪽 뺨에 느껴졌다.

맥주를 절반쯤 마셔도 만나기로 한 상대는 나타나지 않았다. 반년 만에 남편을 만나기로 해서 나름대로 꼼꼼히 화장도 하고 멋도 부렸는데, 이러다 바람맞는 게 아닐까?

"저기, 실례지만 가요코 씨인가?"

입구에 있는 자리에서 나와 마찬가지로 생맥주를 마시던 초로의 남성이 다가와서 불쑥 말을 걸었다. 어디선가 본 적이 있는 얼굴이다.

"그런데요……."

어떻게 성도 아니고 이름을 아는 것일까…… 하고 고개를 갸웃거린 순간 생각이 났다.

"아, 아버님이세요?"

"그래그래. 아아, 몰라봐서 미안하구나. 아, 이봐요. 나 이쪽으로 옮길게요. 아아, 너도 맥주 마시니? 오늘처럼 화창한 날에는 맥주가 최고지."

그는 기분 좋게 말하고 내 앞에 앉았다. 남편의 아버지, 즉 시아버지와는 5년 전 결혼식 때 얼굴을 본 이후 처음이라서, 대담하기로 소문난 나도 당황하지 않을 수 없었다.

"저기, 그게……."

"아내가 시간 있으면 다녀오라고 하더구나. 원래 마사카쓰가 와야 하는데, 갑자기 일이 생기는 바람에……. 정말 미안하구나. 아, 이 어니언링 좀 먹어보겠니?"

나는 어정쩡한 미소를 지으며 마음속으로 한숨을 내쉬었다. 갑자기 일이 생겼다는 것은 새빨간 거짓말이다. 고지식하기 짝이 없는 시어머니가 오는 것보다는 나을지 모르지만, 남편으로부터 들은 시아버지의 캐릭터는 '되는 대로 지껄이는 못 말리는 주정뱅이'다. 술을 좋아하는 것이야 어쩔 수 없지만 '되는 대로 지껄이는 못 말리는 사람'이어서는 곤란하다.

남편이 집을 나간 지 6개월이 지났다. 예전부터 외박은 많았지만 일 때문인지 여자 때문인지 알 도리가 없고, 일에 쫓겨서 알아보려는 마음의 여유도 없었다(참고로 남편과 나는 회사는 다르지만 같은 매스컴 계통에서 일하고 있다). 그리고 어느 날, 꼬박 일주일 동안 남편이 집에 들어오지 않아 전화했더니, 너무도 간단히 잠시 별거하자고 했다. 남편은 별거하자는 이유도, 지금 어디에 있는지도 말하지 않고, 나도 묻지 않았다. 그것이 지난여름의 일로, 연말의 바쁜 일을 마치고 겨우 숨을 돌리자 남편에 대해서 생각할 시간이 생겼다.

계속 별거하고 싶은지, 아니면 이혼하고 싶은지 속마음을 묻고 싶어서 전화했는데 연결되지 않았다. 아무래도 전화번호를 바꾼 듯하다. 그러자 새삼스레 분노가 치밀었다. 어쨌든 두 사람의 생활비로 사용하던 은행 계좌에서는 지금도 그의 휴대전화 요금이 한 달에 3만 엔 가까이 빠져나가고, 3년 전에 구입한 아파트 대출금도 빠져나간다. 그런데 남편은 6개월 전부터 한 푼도 입금하지 않는다. 회사에 전화해볼까 하다가 예전에 회사에 전화했을 때 크게 화낸 기억이 떠올라서 그만두었다. 더 이상 불쾌한 기분에 사로잡히는 것은 딱 질색이다. 서른한 살이라는 모호한 나이에 이혼하는 것이 두렵기도 했지만, 이렇게 된 것은 내 쪽에도 잘못이 있고 무엇보다 남편의 침묵에 어이가 없어서 과감하게 이혼하기로 결심했다. 그래서 남편의 본가에 연락한 것이다.

나는 시어머니에게 전후 사정을 간단히 설명하고 "이혼하고 집도 팔고 싶으니까 그에게 연락해주세요"라고 말했다. 시어머니는 계속 침묵을 유지하다 마지막에 "그동안 많이 힘들었겠구나"라고 말할 뿐이었다.

다음날, 남편은 어이없게도 오늘의 약속 장소와 시간을 팩스로 보내왔다. 다른 말은 한마디도 덧붙이지 않은 워드프로세스로 입력한 팩스를 보고, 내가 그렇게 남편에게 심하게 대했는지 왈칵 눈물이 쏟아질 뻔했다. 물론 일 때문에 바빴다. 하지만 그것은 피장파장이 아닌가?

나는 그동안 바쁘다는 핑계로 집안일을 대충 처리했다. 술을 싫어하는 그는 내가 술에 취해 집에 들어오는 것을 싫어했다.

하지만 그것뿐이다. 고작 그것 가지고 꼭 이렇게까지 해야 하는가?

"배도 고프고 여긴 시끄러우니까 메밀국수집이라도 가지 않으련?"

시아버지는 히죽히죽 웃으며 그렇게 말했다. 이미 두 사람의 맥주잔은 비었고, 옆자리의 아이가 어머니에게 야단맞고 주위가 떠나가라 울음을 터뜨린 참이라서 나는 고개를 끄덕였다.

좋은 메밀국수집이 있다고 해서 나는 전철을 타고 시아버지 뒤를 따라갔다. 식욕은 별로 없었지만 메밀국수 정도라면 먹을 수 있을 것 같았다. 전철역에서 십 분 정도 걸어간 곳에 있는 식당에 도착했을 때, 멀리 가리라곤 생각지도 못하고 얇은 코트를 입고 나온 내 몸은 완전히 차가워졌다. 시아버지의 양털 점퍼가 매우 따뜻하게 보였다. 메밀국수집은 특별히 고급스럽지도 않고 독특한 실내장식도 없었으나, 일단 따뜻하고 점심시간이 지난 탓에 빈자리가 많았으며 식당 종업원들의 느낌도 나쁘지 않았다.

"뭐 먹을래?"

술 종류가 적힌 메뉴를 보여주며 시아버지가 웃었다. 내게 알코올 중독 증상이 있다는 말을 아들에게 들은 것일까?

"따뜻한 정종이요."

"그거 좋지. 그러면 나도 그걸로 할까?"

그는 식당 여주인에게 익숙한 표정을 지으며 "따뜻한 정종 한 병과 안주는 적당히 주시구려" 하고 주문했다. 그 순간 내 입에서는 안도의 한숨이 새어나왔다. 이 사람은 어른이고, 술 마시는 방법도 나보다 잘 알고 있다. 그에게 맡겨두면 된다고 생각하니 왠지 어깨의 힘이 빠졌다.

"아버님은 정말 술을 좋아하시는군요."

"술보다 여자를 더 좋아하지."

"며느리한테 그런 말을 하셔도 돼요?"

웃으면서 그렇게 말하자 그는 앞머리가 없는 둥근 얼굴을 테이블 건너편에서 바싹 들이밀고 개구쟁이처럼 속삭였다.

"실은 지난달에 이혼했거든."

"예?"

"거짓말 같지? 미안하지만 사실이야. 네 시어머니가 이혼 서류를 들이밀더구나. 그래도 인정머리가 있어서 아직 그 집에 살게 해주고 있지만 지금 아파트를 구하고 있는 중이야."

다른 사람 이야기라도 하듯 그는 태연하게 말했다. 어디까지 진심이고 어디까지 농담일까?

"갑자기 왜요?"

"그야 술만 마시면 주정을 부리고 또 직장에서 해고된 탓이 겠지 뭐. 길거리에서 자다 유치장에 들어간 것이 몇 번째인지 모르고."

"우와! 두 손 들었어요!"

"그렇지? 너보다 한수 위일걸. 크하하하하."

장단에 맞춰 웃는 그를 보며, 그와는 기묘하게 성격이 맞을 것 같다는 생각이 들었다. 부자지간이니까 당연하지만 하얗고 둥근 얼굴은 남편과 많이 닮았다. 예전에는 남편과도 이렇게 마주 보며 웃은 적이 있었는데.

술병과 함께 나온 안주는 소금을 뿌린 다시마와 생선조림, 구운 김이었다.

"자아, 어서 마시렴."

그가 내 술잔에 술을 따라주었다. 술이 목을 타고 넘어가자 모세혈관까지 단숨에 따뜻해지는 것 같았다.

"우와, 온몸이 짜릿해요!"

"맛있지? 여기 술은 너무 뜨겁지 않고 온도가 적당하지. 사람 체온과 똑같은 온도야."

"그래요?"

"술꾼인 주제에 그런 것도 몰랐어?"

"전 집에서 전자레인지로 적당히 데워 먹거든요."

시아버지는 그날 처음 진지한 표정으로 정종의 온도에 대해 설명해주었다. 차가운 정종에는 눈처럼 차가운 것, 꽃처럼 차가운 것, 바람처럼 차가운 것이 있고, 따뜻한 정종에는 양지처럼 따뜻한 것, 사람 체온처럼 따뜻한 것, 미지근한 것, 적당히 따뜻한 것, 뜨거운 것, 아주 뜨거운 것 등이 있다고 한다.

"아무리 뜨겁게 해도 55도까지야. 그 이상 뜨거우면 술이 아니지."

맛있는 김을 먹으며 나는 쓴웃음을 지었다. 똑같은 술꾼이라고 해도 나는 그와 달리 알코올이라면 뭐든 사양하지 않는 최저 수준이다. 최근 2년 동안 술을 마시지 않고 잠드는 날이 하루도 없어서, 밖에서 마시지 않은 날은 반드시 집에서 술을 마셨다. 언제였던가, 한번은 아무리 찾아도 술이 보이지 않길래 일 년 정도 사용하지 않은 요리용 술을 전자레인지에 데워 마셨다. 그때 나를 노려보던 남편의 차가운 눈길을 지금도 잊을 수 없다.

둘이 술 세 병을 비우고, 시아버지가 권하는 대로 굴튀김을 넣은 메밀국수를 먹었다. 그릇을 비웠을 때, 그가 아파트를 보러 갈 시간이 되었다고 했다. 정작 해야 할 중요한 이야기는 꺼내지도 못한 채 우리는 헤어질 수밖에 없었다.

"조만간에 또 만나자꾸나. 다음에는 좋은 정종을 가지고 네 아파트로 가도 되겠니?"

그 말을 듣고 오랜만에 집안 청소라도 할까, 생각하며 즐거워하는 나를 발견했다.

그날 밤에 시아버지에게서 전화가 걸려왔다.

"만약 괜찮으면 12월 31일에 가도 되겠니?"

한순간 망설였으나 그래도 아직 남편의 아버지이며 나이도 이미 예순에 가깝다. 이상한 일이 벌어질 리 없다고 생각하며 그렇게 하라고 했다.

그는 12월 31일 오전에 내 아파트로 찾아와 간단한 요리를 만들어주었다. 내가 옆에 있으면 오히려 방해된다고 해서, 나는 창문을 닦으며 평온한 한때를 보냈다.

그날 밤 그는 갓파하시かっぱ橋에서 샀다는 주석 물병 같은 그릇과 온도계로 따뜻한 정종을 만들어주었다. 테이블에는 간단한 안주가 놓이고, 우리는 또 해야 할 중요한 이야기도 하지 않은 채 시시한 텔레비전 프로그램을 보면서 그 해 마지막 날을 함께 보냈다.

"그러고 보니 집은 구했어요?"

홍백가합전(紅白歌合戰, 12월 31일, 일본 최고의 가수들이 나와서 펼치는 노래 경연장)에서 고바야시 사치코(小林幸子, 일본의 가수)의 차례가 끝났을 때, 거나하게 취해서 물으니 그는 고개를 설레설레 가로저었다.

"이 나이에 직업도 없는데 어떻게 구하겠어?"

"그러면 여기서 사시는 게 어때요?"

"그렇게 할까? 며느리에게 얹혀살까?"

시아버지가 데운 술은 30도 정도 되는 따뜻한 햇살 같은 술이었다. 우리는 소파에 나란히 앉아, 그가 만든 유자후추를 곁들인 해넘이 메밀국수를 먹으며 새해를 맞이했다. 그런 다음엔 목이 말라 맥주로 바꾸어 한밤중까지 계속 마셨다.

나는 화장실에 다녀오면서 거실에 불을 끄고, 비틀거리는 걸음으로 텔레비전 불빛만이 희미하게 비치는 소파로 걸어가 시아버지의 어깨에 머리를 기댔다. 희미한 어둠 속에서 보름달처럼 환한 그의 얼굴이 보였다. 내가 굶주렸던 것. 사람의 체온과 따뜻한 햇살. 그것이 그의 따뜻한 품 안에 있다.

징크스

최근 들어 그녀가 이상해졌다. 의아할 정도로 내게 다정하게 대하는 것이다. 좋은 일이긴 하지만 하고 싶은 말을 거침없이 하는 딱 부러진 그녀를 좋아하는 나로서는, 화가 났음에도 억지로 미소를 짓는 그녀를 보면 아무래도 온몸에 닭살이 돋는다.

토요일인 어제, 그녀의 집에 가기로 약속했는데 갑자기 대학 시절 친구에게서 전화가 걸려왔다. 나는 그녀에게 전화를 걸어 오랜만에 친구와 한잔 마시기로 해서 그런데 일요일에 가도 좋으냐고 허락을 구했다. 그러자 그녀는 잠시 침묵한 뒤, "오랜만에 만나는 거잖아. 나는 상관없으니까 즐겁게 놀아" 하고 그녀답지 않게 말했다. 약속을 취소하면 화를 내며 최소한 일주일은 만나주지 않던 그녀가.

빨리 가겠다고 철석같이 약속했음에도 눈을 떠보니 이미 오후 3시가 지났다. 전화하면 분명히 화를 낼 것 같아서 나는 연락도 하지 않고 그녀의 집으로 향했다. 그녀의 집까지는 전철을 두 번 갈아타고 한 시간 정도 걸린다. 예전에는 가까운 곳에 살았는데, 몰래 고양이 키우는 것을 주인집에 들키는 바람에 지난달에 이사했다. 기왕에 이사할 바에야 애완동물도 기를 수 있고 예전보다 넓으며 회사 가기도 편하고 집세도 비싸지 않은 곳으로 옮기기 위해, 우리는 부동산중개소를 수도 없이 돌아다녔다. 그리고 고생한 보람이 있어서 좋은 집을 발견했다. 약간 변두리이긴 하지만 넓은 다가구주택으로, 계단을 오르내릴 수 있어서 고양이도 좋아하고 그녀가 푹신한 더블 침대를 들여놓아서 나도 좋아한다. 조금 멀긴 해도 밤에는 재워주기 때문에 특별한 문제는 없다. 솔직히 말하면 "이번 기회에 같이 사는 게 어때?" 하고 그녀가 말해주지 않을까 내심 기대했지만 일곱 살 연하의 나 따위는 동거 상대로 생각하지 않는 듯하다.

"어서 와. 간만에 푹 잤나 봐."

화를 내리라고 여겼는데, 현관문을 연 그녀는 환한 미소로 맞이해주었다. 집 안에서 맛있는 국물 냄새가 코끝을 스쳤다.

"미안해. 오늘 새벽까지 술 마시는 바람에."

나로서는 거금을 털어서 산 2천 엔짜리 와인을 건네주자 그녀는 또 미소를 지었다.

"고마워. 속은 괜찮아? 밥 지어놨는데 먹을래?"

"으, 응."

나는 무표정한 얼굴로 고개를 끄덕이며 재킷을 벗었다. 그리고 발밑에 매달리는 고양이를 껴안았다. 와인을 가지고 주방으로 들어가는 그녀의 등을 바라보며 고양이에게 "너희 누나, 무슨 일 있어?" 하고 물었다. 하지만 고양이는 끄륵끄륵 기묘한 소리만 낼 뿐이었다.

청바지 차림의 그녀는 휴일임에도 보기 드물게 화장을 했다. 사귄 지 일 년 반이 지난 지금도 나는 여전히 그녀의 늪에서 헤어 나오지 못하고 있다. 동안童顔인 탓도 있지만 아무리 봐도 서른한 살로 보이지 않는다. 원래 피부가 좋아서 화장을 하지 않는 편이 더 예쁜데.

우리는 회사 신입사원 연수에서 만났다. 내가 신입사원으로 들어간 회사의 강사가 사원연수기업에서 파견된 그녀였던 것이다. 일주일의 연수가 끝난 후, 잘못하면 평생 만날 수 없을 것 같아서 밑져야 본전이라는 속셈으로 식사라도 하자고 했더니, 차라면 괜찮다고 대답했다. 처음에는 이메일 주소밖에 가르쳐 주지 않아서 이메일을 통해 휴대전화번호를 알아내고, 식사를 하자고 해서 무릎을 꿇고 교제 신청을 했다.

"너보다 일곱 살이나 많은데 괜찮겠어?"

그 말을 듣고 깜짝 놀랐지만, 좋아하는데 나이가 무슨 상관이랴!

연상의 여인을 사귀는 것이 처음인 만큼, 한동안은 적잖이 당황해야 했다. 불쑥 전화를 걸어 만나자고 하면 일단 거절당했다. 최소한 전날 전화하지 않으면 만나주지 않았던 것이다. 또처음 6개월은 아무리 늦어도 재워주지 않았다. 겨우 재워주게되었어도 다음날 절대로 직접 요리해주지 않았다. 그녀가 내놓은 것은 미리 사다놓은(하지만 아주 맛있는) 빵과 치즈 정도였다. 노래방에도 게임방에도 가지 않고, 크리스마스이브에도 일이있다고 하면서 만나주지 않았다. 가끔 싸울 때에도 내 또래의여자들처럼 울거나 소리치지 않았다. 연하의 여자밖에 사귄 적이 없는 내게는 그 모든 것이 신선한 충격이었다.

그 나이의 여성은 모두 그런지 모르지만, 그녀는 매우 규칙적으로 살고 있다. 휴일에도 아침 일찍 일어난다. 아침에 하는 일은 빨래와 구두 닦기로, 그녀의 펌프스는 모두 꼼꼼하게 손질되어 신발장에 들어 있고, 욕실에는 새하얀 수건이 반듯하게 걸려있다. 일로 인해 야근을 하지 않는 이상, 그녀는 매일 밤 9시에목욕한다. 반신욕을 하며 30분 정도 책이나 잡지를 읽고, 서른번째 생일에 직접 샀다는 바카라(프랑스의 최고 수제 크리스털 브랜드)잔으로 물을 한 잔 마신 다음, 얼굴과 몸에 여러 가지 크림을 꼼꼼히 바르고 나서 겨우 텔레비전을 켠다. 뉴스와 일기예보를 보면서 와인이나 시원한 술을 약간 마시고 늦어도 11시에는 침대로 들어간다. 그것이 그녀의 일상생활로, 갑자기 만나자고 하거나 약속을 취소해서 페이스가 흐트러지는 것을 몹시 싫어했다.

친구에게 그렇게 얘기했더니 이상한 여자라고 했는데, 과연 그녀가 이상한 여자일까? 내가 어디서 무엇을 하고 있는지에 일일이 신경 쓰는 여자보다 훨씬 좋은 여자가 아닐까?

그런 그녀가 이사를 하고 나서 별안간 이상해졌다. 식사 시간이 되면 거실 테이블 위에 계속해서 요리를 늘어놓는다. 나를 위해 갑자기 '어머니의 손맛'이 담긴 요리를 하게 된 것이다. 본인은 주방이 넓어져서 요리에 눈을 떴다고 변명하지만 이것은 분명히 이상하다. 그렇게 여기면서도 향긋한 음식 냄새를 맡으면 나도 모르게 입이 헤벌어졌다. "맛있어 보이는데" 하고 말하자 그녀는 요리를 하나씩 가리키며 일일이 설명해주었다.

"이건 햇양파와 아스파라거스 튀김이고, 이건 양배추를 레몬에 절인 거야. 이건 모시조개찜이고, 이건 산초나무 싹을 넣어 튀긴 닭가슴살이야. 그리고 완두콩 밥도 지어놓았어."

"이거 완전히 봄이네!"

칭찬할 생각으로 말했는데 그녀는 별로 기뻐하지 않는다. 그녀 앞에 마주 앉아서 "잘 먹겠습니다" 하고 말하며 요리에 젓가락을 댔다. 맛있다. 맛있지만 왠지 온몸에 닭살이 돋는다.

"어제는 몇 명이 마셨어?"

"꽤 많았어. 일곱 명, 아니 여덟 명인가?"

"여자도 있었어?"

"당연하지. 동창들 모임이니까."

잠시 침묵이 흐른다. 뭐지, 이 숨 막히는 공기는? 나는 분위기를 바꾸기 위해 화제를 짜내었다.

"그해 처음 나온 농산물을 먹을 때, 동쪽을 향해 웃으면 며칠 오래 산다고 하지?"

"75일."

웃기려고 말했는데 그녀가 너무도 태연히 대답하는 바람에 나는 할 말을 잃어버렸다.

"알고 있네."

"당연하지. 나잇값 하는 거야."

얼굴은 웃고 있지만 말에 가시가 있다. 술자리에 여자가 있었냐든지 나이 얘기를 꺼내며 빈정거리는 사람이 아니었는데.

"밤에 손톱을 깎으면" 하고 중얼거리자 "부모의 임종을 지켜보지 못해" 하고 또 즉시 대답했다. 그리고 그녀는 도전적인 눈길로 내 얼굴을 들여다보며 물었다.

"팥밥을 차에 말아 먹으면?"

"뭐? 그렇게 먹으면 맛있어?"

"시집가는 날 비 온대."

별로 험악한 화제도 아니었는데 집 안 공기가 무거워졌다. 그때 고양이가 야옹 하고 우는 것을 보며 그녀가 말을 이었다.

"고양이에게 오징어를 먹이면?"

"글쎄……."

"기겁하며 놀라지."

내 마음속에서 이유를 알 수 없는 분노가 뭉게뭉게 피어올랐다. 내가 "지렁이에게 오줌을 뿌리면?" 하고 말을 꺼냈을 때, 그녀가 돌연 의자를 박차고 일어섰다. 그리고 한숨을 크게 내쉬더니 무너지듯 소파에 주저앉았다.

"왜 그래? 요즘 이상해. 내가 무슨 잘못이라도 했어? 어제 일 때문이라면 사과할게."

옆에 앉아 얼굴을 들여다보자 놀랍게도 그녀는 울고 있었다.

"울잖아? 왜 우는 거야?"

"왜 그렇게 놀라? 여자 보면서 놀라면 실례라는 것도 몰라?"

"하지만 말이야, 도무지 이유를 모르겠어."

그녀의 어깨를 껴안자 그녀는 한동안 훌쩍훌쩍 눈물을 흘렸다. 회사에서 무슨 일이라도 있었어? 가까운 사람이 죽었어? 그렇게 물어보아도 고개를 가로저을 뿐이다. 설마 아닐 거라고 생각하면서도 도저히 영문을 알 수 없어서 마지막에 이렇게 물어보았다.

"그러면 결혼해?"

그 순간, 그녀는 벌떡 몸을 일으켰다. 그리고 재빨리 소파 끝으로 이동하더니 겁먹은 얼굴로 나를 쳐다보았다.

"왜 그래? 그냥 말해봤을 뿐이야. 내가 당신에게 어울리지 않는다는 건 알고 있어."

"그게 아니라 지금 보이드 타임void time이야!"

그녀는 절규하듯 소리치고 나서 머리칼을 쥐어뜯었다. 그렇게 흐트러진 모습은 처음 본다. 보이드 타임?

"그것도 몰라? 서양 점성술에서 말하는 '흉한 날'이야. 그 시간에 결정하면 백지가 될 확률이 높대. 그래서 자기를 만나는 건 되도록 보이드 타임이 아닐 때를 선택했는데, 왜 오늘 온 거야?"

무슨 뜻인지는 알 수 없지만, 어쨌든 지금의 그녀가 평소의 그녀가 아니라는 것만은 분명하다.

"잠시만! 보이드 타임인지 뭔지 모르지만 그날에도 결혼식 올리는 사람이 있잖아."

"하지만 도모비키(友引, 일본에서는 이날 장사를 지내면 친구의 죽음을 부른다고 하여 꺼림)에 장례를 치르는 사람은 없잖아."

나는 고개를 끄덕였지만 그렇다고 납득한 것은 아니다.

그녀는 코를 훌쩍이며 말했다.

"징크스야. 아침에 구두를 안 닦으면 일하다 반드시 실수해. 하얀색 외의 수건을 사용하면 컨디션이 망가지고, 이사하면 사귀던 애인에게 차이고…… 그래서 불안함을 뿌리치기 위해 어울리지 않게 요리를 장만한 거야."

휴지로 눈물, 콧물을 닦으며 그녀는 말했다. 지나치게 진지한 모습에 웃음이 목구멍까지 치밀어 올랐지만, 여기서 웃으면 어떻게 될지 상상하니 등골이 오싹했다.

"그런 걸 믿는 사람인 줄 몰랐어."

"실제로 그런 걸 어떡해? 이해할 수 없겠지만 난 무서워서 견딜 수 없어. 어이가 없지? 내가 바보 같지? 이런 아줌마와 결혼하고 싶지 않지?"

그렇게 말하며 계속 흐느끼는 그녀를 나는 침대로 데려갔다. 실은 처음 보는 그녀의 우는 모습에 나의 남성이 자극을 받은 것이다. 나는 옷을 벗기고 그녀를 껴안았다. 일을 치르는 동안에도, 그리고 잠의 세계로 들어갈 때까지 그녀는 계속 눈물을 흘렸다.

다음날 아침, 그녀는 일찍 일어나서 나를 깨웠다.

"회사에 가려면 집에 가서 옷을 갈아입어야지."

잠에 취한 얼굴로 거실로 나가자 어제 먹다 남은 저녁 식탁은 깨끗이 치워지고, 커피와 토스트가 놓여 있었다. 나는 잠에 취한 눈으로 토스트를 입에 집어넣었다.

"아아, 졸려 죽겠어. 오늘은 우리 둘 다 회사 쉬면 안 돼?"

"당연히 안 돼! 어서 빵 먹고 집에 가."

"네네, 알겠습니다."

그렇게 중얼거리며 나는 식빵 테두리를 남기고 일어섰다.

"아아, 이걸 왜 남겨? 식빵의 영양가는 모두 테두리에 있다는 것도 몰라?"

그녀는 너무도 진지하게 말했다. 나는 더 이상 참지 못하고 배를 껴안은 채 웃음을 터뜨렸다. 정말 다행이다. 그녀에게도 내가 채워주어야 할 공간이 있어서.

금욕

21세기의 막을 여는 첫 해에 나는 중대한 결심을 했다. 올 일 년간 섹스하지 않겠다는 결심이다. 내 금욕생활은 지난 석 달 동안 이어지고 있는데, 솔직히 말하면 그동안 나는 많은 놀라움에 휩싸였다. 고작 섹스하지 않겠다고 선언했을 뿐인데 내 주위에서 이렇게 많은 변화가 일어나다니!

일단 애인 랭킹 1위였던 나보다 다섯 살 많은 남자로부터 "그러면 일 년간 안 만나겠어"라는 통보를 받았다. 내가 섹스하지 않겠다고 결심한 계기를 만든 것이 그 사람으로, 그 말이 성의 있는 대답인지 비열한 대답인지 나로서는 판단하기 힘들다. 작년 크리스마스 날, 우리 집 소파에서 나와 그가 벌거벗은 모습으로 하나가 되었을 때 그의 부인이 집으로 쳐들어왔다(그에게 준 열쇠를 부인이 몰래 복사했다고 한다). 그리고 우리는 그녀가 가져온 30센티미터 플라스틱 자로 치가 떨릴 만큼 얻어맞았다. 나중에 생각해보니 부엌칼이 아니라서 다행이었지만 가슴과 엉덩이에 뚜렷이 남은 사각의 붉은 흔적을 보면 어린 시절 어머니에게 대나무 자로 얻어맞은 기억이 떠올라서 한심하기 짝이 없었다. 불륜은 불륜이지만 내가 유혹한 게 아니라 그쪽이 뻔질나게 우리 집에 드나들며(케이크 한 조각도 가져온 적이 없다) 섹스만 하고 돌아갔을 뿐인데, 왜 내가 얻어맞아야 하는 것일까?

그것은 단순한 계기에 지나지 않는다. 얼마 전부터 막연하나마 내 인생이 이대로는 안 된다고 생각하게 되었다. 열여섯 살에 첫 경험을 하고 나서 서른한 살인 지금까지 15년간, 내 생활의 중심은 섹스였다. 섹스하고 싶어서 견딜 수 없었던 것은 아니다. 물론 싫어하지는 않았지만 상대가 원하면 거절할 수 없고, 또 섹스하면 기분이 좋아지기 때문에 섹스란 원래 그런 것이라고 여겼다.

내가 보통 사람(무엇으로 보통 사람이라고 하는지는 잘 모르지만)보다 섹스를 많이 한다는 사실을 안 것은 스물다섯 살 때였다. 나는 그때까지 몰랐던 경악할 만한 사실을 알게 되었다. 나의 내부에는 관능소설에 자주 나오는 지렁이 천 마리가 들어 있고, 질 안쪽에는 좁쌀이 달려 있다는 것이다. 즉, 나의 질은 흔히 말하는 명기名器인 것이다.

그 사실을 가르쳐준 사람은 어느 날 술집에서 약속시간에 나타나지 않는 남자친구를 기다리고 있을 때 말을 걸어온 품위 있는 중년 아저씨로, 그는 러브호텔이 아니라 멋진 일류 호텔로 나를 데려가주었다(남자 친구와의 약속은 당연히 휴지통으로 들어갔다). 고층 호텔의 청결한 침대 위에서 남자가 나의 질 안에 손가락을 넣은 순간 "어럽쇼?"라고 말한 것을 지금도 똑똑히 기억하고 있다.

그는 매우 신중하게 나의 몸속으로 자신의 물건을 삽입한 후, 일을 마치고 나서 자신이 예전에 AV(adult video, 성인용 비디오) 배우 일을 했다고 말해주었다. 몸을 도사린 나에게 걱정하지 말라고 고개를 가로저은 다음, 너는 이른바 명기를 가지고 있다고 말했다. 그리고 간절한 표정으로, 자신도 지금까지 그런 여자를 한 명밖에 만난 적이 없다고 덧붙였다. 말은 들었지만 그런 것이 실제로 존재하리라곤, 그것도 내가 가지고 있으리라곤 믿기 어려웠다.

그는 매우 좋은 사람으로, "앞으로 조심하지 않으면 네 인생은 엉망이 될 거야" 하고 경고했다. 그 말을 듣고 나니 짐작되는 점이 있었다. 그동안 사귄 애인들은 모두 일반적인 데이트보다 한시라도 빨리 침대로 들어가고 싶어했다. 그리고 일을 마치고 나면 차가워지는 그들의 태도를 보고 분노를 참지 못해 내가 먼저 헤어지자고 하는 식이었다.

하지만 그의 경고는 조금 늦은 데다가 젊은 내게는 불에 기름을 붓는 격이었다. 그 무렵 이미 여러 명의 잠자리 친구가 있었고, 거의 매일이라고 할 만큼 누군가와 섹스를 했다. 그것이 인간으로서 사랑받는 게 아니라 명기이기 때문인 것 같아서 불쾌하기는 했지만, 한편으로 생각하면 그것은 아무런 특기도 없고 외모도 평범한 내게 주어진 유일한 장점이 아닐까?

솔직히 말해서 내 외모는 자타가 공인할 만큼 지극히 평범하다. 섹스할 때 외에 섹시하다든지 아름답다는 말을 들어본 적이 한 번도 없다. 패션도 평범하고 일도 평범한 판매사원이다. 다만 내게 빈틈이 있는지, 아니면 이 세상에 후각이 좋은 남자가 많은지, 직장을 옮길 때마다 그 회사의 누군가가 유혹했다. 결국 거절하지 못해서 잠자리를 같이 하면, 그것이 직접적 또는 간접적 원인이 되어 단기간에 그만두게 된다. 업무가 끝나면 대부분 데이트 약속이 잡혀 있기 때문에 동성 친구가 생기지 않고, 그것이 어떤 직장에도 익숙해지지 않는 원인이 되기도 한다.

어느새 여자 친구를 잃어버린 나는 유일하게 이런 의논을 할 수 있는 두 살 어린 여동생에게 그 말을 했다. 나와 달리 사교적이며 친구가 많은 동생은 일요일 낮 커피숍에서 친언니에게 지렁이 천 마리니 좁쌀 천장이니 하는 이야기를 듣고 당황한 모습을 감추지 못했다. 그렇다고 웃지도 않고 경멸하지도 않았으나 동생은 곤혹스러운 얼굴로 이렇게 설교했다.

"나는 그렇지 않아서 뭐라고 말해야 좋을지 모르지만, 언니가 이 남자, 저 남자 품으로 나비처럼 날아다니는 원인을 그런 탓으로 돌리는 건 안 좋은 것 같아."

동생의 그런 말을 순순히 받아들일 만큼 나는 어른스럽지 못했다. 나는 완전히 돌변해서 그렇다면 내 멋대로 살겠다고 선언했다. 명기라는 사실을 알게 됨으로써 기묘한 자신감이 생겼고 결혼을 꿈꾼 적도 없는 만큼, 섹스의 길을 향해 똑바로 달려간 것이다. 또한 그렇게 사는 것도 좋지 않으냐고, 나는 조금 남아 있던 망설임마저 과감하게 버렸다.

결혼한 남성과의 섹스에 있던 희미한 죄책감도 사라지고, 돈은 받지 않지만 식사비와 호텔비는 남자가 내는 것이 당연하다고 여겼다. 양다리는 물론이고 세 다리, 네 다리를 걸치는 일도 많아서, 한번은 내 아파트에서 회사 아르바이트 대학생과 그의 상사가 마주친 적도 있었으나 양쪽 모두 나를 비난하지 않았다. 비난받지 않음으로써 큰 상처를 입게 된 나는 점점 더 섹스에 몰입하게 되었다.

어떤 일도 경험이 많으면 능숙해지는 법으로, 나는 남자를 만족시킬 뿐만 아니라 나 자신도 쾌락을 얻는 방법을 터득했다. 매일 꼬박꼬박 밥을 먹는 것처럼 나는 매일 꼬박꼬박 섹스를 했다. 물에 밥을 말아 먹는 간단한 섹스도 했고, 맛있는 프랑스식 풀코스 섹스도 했다. 구태여 비유하자면 식도락가가 아니라 색도락가라고 할까? 자보고 싶은 남성이 있으면 넌지시 접근해서 재미있게 '먹어치웠던 것'이다.

그리고 서른을 넘어섰을 때, 섹스에 식상해진 나를 발견하고 깜짝 놀랐다. 진정한 미식가가 되고 싶었으나 언제부턴가 누구를 봐도 맛있게 보이지 않았다.

어쩌면 섹스에 질린 것일지도 모른다. 하지만 습관이란 것은 참으로 무서워서, 누군가가 만나자고 전화하면 거절할 이유를 찾지 못했다. 거절하기보다 빨리 일을 마치고 돌려보내는 편이 편한 것이다.

그런 와중에 크리스마스 날 '플라스틱 자 구타사건'이 일어났다. 내 마음속에서 막연히 껴안고 있던 허무감이 윤곽을 드러낸 것이다. 깊이 생각하는 것을 싫어하는 내가 연말연시에 부모님 집에서 빈둥거리고 있을 때 문득 머리에 떠오른 것이 '일 년간의 금욕'이었다. 나는 고타쓰(火燵, 일본의 전통적인 난방기구의 하나) 건너편에서 역시 나무늘보처럼 게으른 모습으로 텔레비전을 보던 동생에게 말했다.

"있잖아, 나 올해 목표를 세웠어."

"흐음, 뭔데?"

"올 일 년 동안, 섹스를 하지 않겠어."

텔레비전에서 시선을 떼지 않던 동생이 내 쪽을 쳐다보았다. 부엌에서 무엇인가 자르고 있던 어머니가 칼질을 멈추는 기척이 느껴졌다.

"언니, 바보 아냐?"

"바보라니, 무슨 소리야? 난 진심이야."

"절대로 불가능할걸. 5만 루피 걸게."

"그거, 일본 엔으로 하면 얼마야?"

우리의 대화는 어머니의 울음이 섞인 질책으로 중단되었다.

"너희들, 제발 결혼해서 이 엄마를 안심시켜 줄 수 없겠니?"

그러나 나는 진심이었다. 이대로 있으면 섹스밖에 할 수 없는 여자가 되어버린다. 그렇다고 몸을 팔며 살아갈 만큼의 배짱도 없는 주제에, 섹스만 하고 살아갈 수 있을 리가 없다. 그리고 섹스가 없는 생활이 어떤 것인지, 일 년간 섹스하지 않으면 어떻게 되는지, 과연 참을 수 있는지 궁금했다.

오랜만에 온몸에 의욕이 가득 차올라 나는 일단 휴대전화를 해약했다. 잠자리 친구들은 집 전화가 아니라 휴대전화로 연락하기 때문이다. 새해가 밝자 잇달아 남자들이 아파트로 찾아왔고, 나는 '섹스 중단 선언'에 대해 절실하게 설명했다. 내 동생처럼 나를 바보 취급하는 사람도 있고, 다른 남자가 생긴 것이라고 비난하는 사람도 있었다. 나는 다른 남자가 있는 것은 예전부터라는 말이 목구멍까지 치솟았지만 간신히 집어삼켰다.

그런 것으로 남자를 발끈하게 만들면 나만 손해다.

내 예상과 다른 것은 그들이 의외로 끈질겨서, 애인 랭킹 1위인 유부남처럼 깨끗하게 물러서지 않았다는 것이다. 역시 1위인 사람은 그만큼의 값어치가 있다. 그가 나를 진심으로 이해하고 좋아했을지도 모른다고 생각하니 왠지 눈물이 앞을 가렸다.

2월 중순에 접어들자 잠자리 친구들의 집요한 유혹과 오랜 습관으로 인해 새해의 맹세가 흔들리는 것을 느꼈다. 섹스 자체보다 사람의 살 냄새가 그리워서 견딜 수 없었다. 남자와 손을 잡거나 딱딱한 무릎에 뺨을 부비며 애교를 부리고 싶었다. 하지만 지금이 인생의 막다른 골목이라 여기고, 나는 과감하게 이사와 전직을 하기로 했다. 저축을 털어서 새 집을 얻고, 지금까지 눈도 돌리지 않던 수수한 사무직을 선택하여 면접을 보러 갔다.

예상은 했지만 서른이 넘은 나이에 제대로 된 경력이 없는 나는 가는 곳마다 떨어졌다. 불합격 통지가 두 자릿수에 이르렀을 때 동생이 도저히 지켜보고 있을 수 없었는지, 아는 사람을 통해 대형 서점의 사무직 일을 소개해주었다. 오랜만에 만난 동생은 머리를 짧게 자르고 감색 옷을 입은 나를 보고 "더 섹시해졌는데"라고 실례의 말을 했다.

면접을 보기 위해 서점의 사무실로 들어가자 마음씨 좋아 보이는 중년 남성이 웃는 얼굴로 나를 맞이해주었다. 그 순간, 엄청난 식욕이 솟구쳐서 입맛을 다셨지만 나는 어금니를 악물었다. 일 년. 딱 일 년만 참자고 나는 스스로를 타일렀다.

하늘

어려운 기상예보관 시험에 합격해서 겨우 들어간 회사를 나는 너무도 쉽게 그만두었다. 예상한 대로 주위에서 나를 이해해주는 사람은 아무도 없었다. 부모님은 한탄하고, 친구나 회사 사람들은 아이가 생긴 것도 아닌데 퇴사하는 것은 아깝다고 말렸다. 아무리 설명해도 이해해주지 않을 것 같아서, 나는 겨우 찾은 평생의 반려자에게 홀딱 반한 서른한 살의 여자인 척하며 어색한 웃음을 지었다.

나는 매일 하늘을 보고 싶을 따름이다. 내 남편이 된 남자는 그렇게 하도록 해준다. 다만 그것뿐이다. 하지만 그렇게 말하면 틀림없이 이상한 사람으로 취급할 것이다. 그래도 상관없지만 도저히 이해할 수 없는 사람이 무언가 만족한 표정으로 웃고 있으면 다른 사람들이 불쾌해한다는 것을 너무도 잘 알고 있다.

처음의 계기는 어린 시절에 본 UFO다. 나는 그것을 두 번 보았다. 첫 번째는 초등학교 3학년 여름방학으로, 아버지 심부름으로 담배를 사러 갔을 때였다. 사탕처럼 생긴 태양이 멀리 산등성이로 떨어지고 그 다음에 빛나기 시작한 금성을 황홀하게 보고 있을 때, 작고 새하얀 물체가 반짝 빛을 발했다. 그 물체는 엄청난 속도로 지그재그로 날아다닌 후, 아무런 예고도 없이 불현듯 사라졌다. 깜짝 놀란 나는 부모님에게 그 상황을 설명했지만, 아버지는 프로야구 중계에서 눈을 떼지 않았고 어머니는 곤혹스러운 표정을 지었다. 텔레비전 화면이 광고로 바뀌자 아버지는 벌떡 일어서서 갑자기 내 뺨을 때렸다. 원래부터 다정한 아버지는 아니었지만 별안간 화를 내며 때린 것은 처음이었다.

"이 세상에 UFO가 어딨어? 담배 사러 보냈더니 한 시간이나 걸려? 담배공장에서 담배를 만들어 왔냐? 대체 지금까지 어디서 뭐 했어?"

나는 울면서 잘못했다고 빌었지만 사실은 아버지가 왜 그렇게 화를 내는지 이해할 수 없었다. 그 일이 있은 후 나는 학교 친구들에게도 UFO를 보았다고 말할 수 없었다. 하지만 분명 비행기가 아니었다는 확신은 있었다. 그후, 틈만 있으면 하늘을 바라보는 게 습관이 되었다.

두 번째로 UFO를 본 것은 중학교 2학년 때였다. 사촌오빠 결혼식에 참석하기 위해 처음으로 비행기를 탔다. 작은 창밖으로 펼쳐져 있는 구름바다, 땅 위에서 바라보았을 때와 전혀 다른 푸른 하늘. 그 아름다운 모습에 나는 할 말을 잃었다. 그때 어떤 예감이 머리를 스치고 지나갔다. 비행기가 고도를 낮추기 시작하면서 지상의 논밭이 투시화처럼 보였을 때 UFO가 나타났다. 산자락에 걸린 희미한 안개구름 위에서 가느다란 빛이 날고 있었다. 나는 그것을 부모님에게 말하지 않았다. 그 대신 일종의 기상현상일지 모른다는 이성理性과 나에게만 보일지도 모른다는 환상幻想을 은밀히 품은 것이다. 가장 친한 친구에게 털어놓자 그녀는 진지한 얼굴로 이렇게 충고했다.

"널 이상한 사람으로 여길 테니까 딴사람에겐 말하지 않는 게 좋을 거야."

그래도 나는 하늘을 좋아해서 어떻게든 하늘에 있기를 원했다. 그래서 선생님과 진학에 대해 상담할 때, 장차 스튜어디스가 되고 싶다고 말했다. 부모님은 의외일 만큼 좋아하며, 내가 겨우 정신을 차렸다고 재빨리 영어 가정교사를 붙여주었다.

조금씩 어른이 되면서 스튜어디스가 되고 싶다는 내 생각이 잘못되었다는 것을 알았지만 이미 때는 늦었다. 공부는 싫어하지 않았으나 단기대학 영문학과에도, 그후에 다닌 스튜어디스 양성 전문학교에도 나는 적응하지 못했다. 그러나 겁쟁이인 나는 내가 꺼낸 말을 철회할 만큼의 용기도 없었다. 전문학교를 졸업할 무렵에는 항공업계 경기가 좋지 않아서, 아버지가 여기저기 연줄을 찾은 끝에 대형 항공회사의 계약직 스튜어디스로 일하게 되었다.

결과적으로 그 일은 일 년밖에 지속되지 않았다. 하늘에 있고 싶다는 바람과 스튜어디스라는 직업은 전혀 관계가 없었던 것이다. 그런 사실을 이미 알고 있었으면서 왜 진로를 바꾸지 못한 것일까? 나는 멍청히 있다가 선배들에게 저능아 취급을 당하고 창밖이 아니라 손님을 보라고 야단맞는 등 시도 때도 없이 괴롭힘을 당한 끝에 절반쯤 노이로제에 걸려 스튜어디스 일을 그만두었다.

그 무렵 기상예보관 국가자격시험이 생겼다는 소식을 텔레비전 뉴스를 통해 들었다. 딸 때문에 체면이 구겨졌다고 낙담하던 아버지에게 조심스레 그 시험을 보고 싶다고 하자, 네 멋대로 하라는 대답이 돌아왔다.

어쩌면 이것이야말로 천직일지 모른다고 여겼지만, 처음 시험문제집을 펼쳤을 때는 절망보다 오히려 웃음이 터졌다. 아무리 구름의 모양이나 별자리 이름을 알고 있어도, 지리학도 물리도 제대로 공부한 적이 없는 내가 고층일기도高層日氣圖나 데이터를 분석할 수 있을 리 없었다. 다만 스튜어디스 연수기간에 약간 배운 것도 있어서, 집에서 빈둥빈둥 지낼 바에야 최선을 다해 공부해보자는 마음이 들었다.

　단기대학과 스튜어디스 시절에 마음이 맞지 않는 사람들과 억지로 친해지거나 성격에 맞지 않는 서비스업 일을 한 탓으로 완전히 대인공포증에 시달리던 나는 독학으로 2년간 기상에 관해 공부했다. 시험에 두 번 떨어졌을 때, 역시 합격률 10퍼센트가 안 되는 시험에 독학으로 합격한다는 것은 무리라는 사실을 깨닫고, 통신 강좌를 듣거나 학원에 다녀야겠다고 결심했다.

　기상학 학원에 다니는 사람은 매우 다양했지만, 역시 여성보다 남성이 많고 남성 중에서도 '천문 마니아'적인 사람이 많았다. 강의가 끝나면 술 마시러 우르르 몰려가는 일이 많아서, 그토록 질색이었던 술자리를 처음으로 즐겁게 받아들일 수 있었다. 사람들에게 어린 시절 본 UFO 이야기를 했더니 모두 흥미롭게 들어주고, 어떤 기상현상이었는지 토론하기도 했다. 나는 다 큰 어른들이 UFO의 존재 가능성에 대해 진지하게 이야기하는 것을 듣고 깜짝 놀랐다. 그때 내 옆에 앉아 있던 사람이 지금의 남편이다.

　"다들 안 웃네요."

　그렇게 중얼거리자 덩치가 큰 그는 코끼리처럼 눈을 가늘게 뜨고 나를 쳐다보았다.

　"왜 웃어요? 하늘에는 여러 가지 물체가 날아다니는데요."

　"다른 사람한테 말하면 이상한 사람으로 취급해서, 거의 말한 적이 없거든요."

"보통 사람이 하늘을 보는 시간은 하루에 2분도 안 될 거예요. 하지만 당신은 매일 몇 시간씩 바라보니까 뭔가 발견하는 게 당연하지 않을까요?"

그 말에 나는 고개를 끄덕였다. 나는 텔레비전도 일기예보밖에 보지 않고, 학교 수업 외의 책은 거의 읽지 않는다. 요리나 유행, 데이트에도 관심이 없다. 시간이 날 때면 베란다에 내놓은 의자에 앉아, 더운 여름에도 추운 겨울에도 정신없이 하늘만 쳐다본다.

그는 자신을 산악사진가라고 소개한 후, 사실은 그것만으로 먹고살 수 없어서 연예인의 사진도 찍는다고 말하며 웃었다. 처음에는 같은 강의를 듣는 사람인 줄 알았는데 친구와 함께 온 사람으로, 나는 나중에서야 그의 연락처도 모른 채 헤어진 것을 후회했다.

강의를 통해 기상도에 익숙해지고 모르는 것을 편하게 물을 수 있는 선배가 생기면서, 나는 안개가 걷힌 것처럼 전문서를 읽을 수 있게 되었다. 하지만 스튜어디스 시절에 저축해놓은 돈이 바닥을 드러내면서 어쩔 수 없이 부모에게 신세지는 형편이 되었다. 합격할지 떨어질지 모르는, 또한 합격해도 취직할 자리가 있을지 없을지 모르는 기상예보관 자격시험의 비용 대주는 것을 아버지는 노골적으로 싫어했다. 어머니는 그런 아버지를 달래며 그 대신 선을 보라고 잇달아 남자 사진을 가져왔다.

아버지 말처럼 한심한 사람인 나는 항상 식탁에서 고개를 숙이며 몸을 웅크려야 했다. 이 나이에 자립하지도 않고 결혼도 하지 않다니, 나는 언제부턴가 별자리를 올려다보며 눈물을 흘리곤 했다. 그래서 다음 시험에 떨어지면 어머니 말대로 선을 보고 결혼하기로 마음먹었다. 결혼을 해서 아이를 낳으면 부모님이나 세상 사람들도 나를 한 사람의 인간으로 인정해줄 것이고, 나도 더 이상 스스로를 책망하지 않으리라.

그런데 세 번째 본 시험에서 나는 학과에도 실기에도 합격했다. 더구나 그동안 가르쳐준 학원 강사에게 감사의 편지를 보냈더니, 새로 생긴 기상서비스회사에서 일하지 않겠냐고 직장까지 알선해주었다. 부모님은 박수까지 치지는 않았지만 일단 기뻐해주었다.

"넌 어릴 때부터 고집이 셌지."

아버지는 체념한 얼굴로 그렇게 말했다.

그 회사 생활은 결코 나쁘지 않았다. 월급은 많다고 할 수 없지만 내가 좋아하는 날씨에 관계된 일인 만큼 앞뒤 재지 않고 정신없이 일했다.

나는 그 민간 기상서비스회사에서 처음의 일 년은 영업부에, 2년째부터는 희망하던 일기예보부서에 배속되었다. 텔레비전

일기예보와 달리 건축회사나 유통회사에 3시간마다 날씨를 전해주는 것이다. 고객에게 일어날 수 있는 위험을 피하게 해주는 것이 그 회사의 일로, 당연하지만 일기예보가 빗나가면 미안하다는 말로 끝나지 않는다. 그래도 스튜어디스 시절에 비하면 일하는 보람도, 야단맞는 보람도 있었다.

그러나 내 마음속에서는 점점 허무감이 증폭되었다.

"원하던 일자리를 얻었는데, 허무하다고 여기는 것은 정신적 사치야."

이렇게 생각했지만, 새벽에 출근해서 밤늦게 퇴근하는 생활을 반복하는 사이에 하늘과 공기가 그리워 견딜 수 없었다. 슈퍼컴퓨터를 이용해 지구의 날씨를 알고 있어도, 외로움과 쓸쓸함은 피부의 세포 속까지 파고들었다.

그러던 어느 날, 회사에 사진전 안내장이 도착했다. 안내장에 있는 작은 사진은 분명히 그 코끼리처럼 생긴 남자였다. 나는 어렵사리 휴가를 내고, 나가노 현長野縣까지 사진전을 보러 갔다. 머리가 아니라 온몸으로 그를 만나고 싶었다. 수많은 산과 하늘과 고산식물의 이파리 끝에서 빛나는 물방울 사진을 보고 있을 때, 갑자기 눈에서 눈물이 흘러내렸다.

나는 폐관 직전에 겨우 그를 만났다. 그리고 식사를 하며 많은 이야기를 나누고 웃으며 내가 진정으로 원하는 것을 겨우 깨달았다. 두 번밖에 만난 적이 없는 나의 갑작스러운 프러포즈에 그는 적잖이 당황했다. 그러면서도 예전에 만났을 때 마음이 맞을 것 같아 일부러 직장을 알아내 개인전 안내장을 보낸 것이라고 수줍게 털어놓았다.

나는 지금 통나무집이라고 하면 듣기에는 좋지만 숲속에 있는 허름한 오두막집에서 살고 있다. 일본의 산들을 돌아다니며 사진을 찍는 남편과는 매일 함께 있을 수 없지만 더할 수 없이 행복하다. 부모님은 또다시 땅을 치며 한탄했지만, 나는 이제야 겨우 부모님의 의도대로 사는 것에서 해방되었다. 인간의 인생은 날씨와 마찬가지로, 예상은 할 수 있어도 어떤 힘으로도 바꿀 수는 없지 않을까?

때로는 작은 텃밭에서 농사를 짓고 때로는 무전으로 기압 정보를 들으며 나는 매일 하늘을 올려다보고 있다. 뭉게구름이 천천히 미끄러져가는 하늘의 수면 끝에서, 나는 오늘도 작고 하얀 빛을 발견하고 조용히 미소 짓는다.

자원봉사

전철역에서 표를 사려고 했을 때, 자동발매기를 손으로 어루만지는 사람이 있었다. 자세히 쳐다보니 그 사람은 옅은 갈색 안경을 끼고 지팡이를 들고 있었다. 점자 표시 찾는 것을 보면 앞이 보이지 않는 것이 분명했다.

"도와드릴까요?"

나는 별로 주저하지 않고 자연스럽게 말을 걸었다. 언뜻 까다롭게 보이는 그 사람은 놀랍게도 빙긋이 미소를 지었다.

"고맙습니다. 그러면 표를 사주시겠어요?"

그는 들고 있던 지갑을 건네주면서 그곳에서 세 번째 역 이름을 말했다. 다른 사람의 지갑을 손에 들자 심장이 쿵쾅거렸다.

나쁜 짓을 할 생각은 눈곱만큼도 없지만, 앞이 보이지 않는 사람이 이렇게 무방비하게 지갑을 내주어도 좋은지 잠시 당황한 것이다.

"자동발매기 기종이 바뀐 것 같군요."

"예. 저도 처음엔 어떻게 해야 할지 몰랐어요."

새로운 자동발매기는 버튼식이 아니라 현금입출금기처럼 화면을 보고 조작하는 것이다. 나는 표를 사고 나서 먼저 지갑을, 그리고 표를 그에게 건네주었다.

"저도 같은 방향 전철을 타는데, 같이 가시겠어요?"

"그러세요? 고맙습니다."

그는 사양하지 않고 내 오른팔을 살짝 잡았다. 맨 처음 여자가 팔짱을 꼈을 때, 남자는 이렇게 부끄러워하지 않을까? 누군가가 내게 완전히 의지하는 느낌이 조금 쑥스러웠다.

개찰구를 빠져나온 후 플랫폼까지 계단을 올라가 열차를 타는 동안, 우리는 서로 이름을 말하고 이런저런 이야기를 나누었다. 다카노라는 그 노인은 어린 시절부터 시약視弱으로, 성인이 되었을 때 시력을 잃어버렸다고 한다. 그래서 웬만한 일은 혼자 할 수 있고 어디든지 갈 수 있지만, 아직 이사 온 지 6개월밖에 되지 않아서 당황하는 일이 종종 있다는 것이다. 나도 이사 온 지 한 달밖에 안 되었다고 하자 "그러세요?" 하고 반가운 표정을 지었다. 똑같은 도서관과 똑같은 슈퍼마켓을 이용한다는 사실을 알고 그는 내게 가볍게 점심 먹을 수 있는 곳을 묻고, 싸고 좋은 세탁소와 맛있는 케이크 가게를 가르쳐주었다.

"케이크를 좋아하시나 봐요?"

"그렇답니다. 손자 몫까지 먹어서 어제도 아내에게 혼났지요."

잠시 후, 목적지에 도착한 그는 고맙다고 인사하고 익숙한 발걸음으로 전철에서 내렸다. 나는 마치 애인을 배웅하듯 그가 계단에서 사라지는 것을 창문에 매달려서 바라보았다.

오랜만에 마음이 밝아졌다. 왠지 편한 사람이다. 친구가 될 수 있을까? 서른한 살의 가정주부가 손자까지 있는 할아버지와 친구가 되고 싶다고 하는 것이 이상할까? 전철을 타고 있는 동안, 나는 약간 들뜬 마음으로 그렇게 생각했다.

그날 밤 침실 불을 끄고 꾸벅꾸벅 졸고 있을 때, 현관에서 자물쇠 돌아가는 소리가 들렸다. 벌떡 일어나서 시계를 쳐다보니 머리맡의 시계는 1시를 가리키고 있었다.

"깼어? 그냥 자도 되는데."

양복 윗도리를 벗으며 남편이 희미하게 웃었다. 식탁 위에 놓인 편의점 봉투 속에서 주먹밥과 캔 맥주가 살짝 보였다. 미리 말했으면 밥과 맥주 정도는 준비해두었을 텐데, 하는 말이 튀어나올 뻔했지만 그만두었다. 남편이 왜 아내인 내게 기대려고 하지 않는지, 그것은 내 자업자득으로 한 번 말을 꺼내면 끝이 없다.

"요즘 바빠요? 언제까지 바쁠 것 같아요?"

"이벤트가 끝나면 일단락될 거니까 앞으로 얼마 안 남았어."

"몸은 괜찮아요?"

"응, 신경 써줘서 고마워. 난 괜찮으니까 어서 자. 샤워하고 나서 나도 잘게."

사실은 오늘 일어난 일에 대해서 말하고 싶었으나 남편은 부드럽게 나를 밀어냈다. 적어도 귀찮게 하지 않는 것이 내가 남편에게 해줄 수 있는 유일한 일이기 때문에 나는 고개를 끄덕이고 침실로 들어갔다.

남편은 세상에서 흔히 말하는 전근족轉勤族으로, 결혼하고 나서 거의 2년마다 전국의 주요 도시를 전전했다. 이 도시에 온 지는 얼마 되지 않았지만, 복지 이벤트의 책임을 맡아 매일 전철 막차를 타고 귀가하고 휴일에도 출근한다.

전근도 많고 일도 많다는 것은 결혼할 때 이미 알고 있었다. 그래도 다정한 남편만 있으면 어떤 상황도 헤쳐 나갈 수 있으리라 믿어 의심치 않았다.

그러나 이사 갈 때마다 그 집에 맞게 커튼을 다시 만들고, 생활비를 벌기 위해서라기보다 그 지역의 인간관계를 만들기 위해 아르바이트를 하고, 그것이 익숙해질 무렵에는 또 다른 곳으로 전근 가는 것은 예상보다 훨씬 피곤한 일이었다. 점점 성격의 기복이 심해지고 우울한 날이 늘면서 가벼운 신경 안정제를 먹고 있지만, 심할 때는 최소한의 집안일도 할 수 없다. 때로는 이유도 없이 슬픔에 휩싸여서 하루 종일 눈물을 흘리기도 했다. 나를 그렇게 만든 사람은 자기라고 남편은 위로해주었지만, 전근 갈 때마다 새로운 직장에서 새로운 스트레스를 받는 그에게 나에게만 신경 써달라고 할 수는 없다. 그래서 나는 아무 생각도 하지 않기로 결심했다. 무엇 때문인지 생기지 않는 아이와 내가 여기에 있는 의미, 주기적으로 습격하는 우울증의 원인을 생각하지 않기로 하자 마음이 조금 편해졌다.

오늘은 시내에 나가 파트타임 면접을 보고 왔다. 이사를 하면 제일 먼저 일을 찾고 면접을 본다. 나는 학력도 경력도 짧은 편이고 무엇보다 의욕이 없기 때문에 떨어지는 경우가 많다. 면접에서 떨어졌다고 하면 남편은 풀 죽은 내게 "그냥 집에 있어도 돼" 하고 말한다. 나 또한 그 말을 기대하고 있다. 일하고 싶지 않은 것은 아니지만 새로운 인간관계 속으로 들어가는 것이 귀찮다. 하지만 전철역에서 기분 좋은 사람을 만나서인지, 오늘은 보기 드물게 또박또박 대답할 수 있었다. 남편의 샤워하는 소리를 들으며 나는 눈을 감고 어쩌면 채용될지도 모른다고 생각했다.

그 다음주에 도착한 것은 불합격 통지였다. 다른 때 같으면 이제 집에 있어도 된다는 면죄부를 받았다고 안도하겠지만, 이번에는 왠지 낙담한 자신을 발견했다. 머리에서 잡념을 쫓아내기 위해 밖으로 나가자 나도 모르게 발길이 도서관으로 향했다.

'우연히 다카노 씨를 만날 수 없을까?'

도서관에서 낭독 테이프를 듣거나 잡지를 들추어도 그는 나타나지 않았다. 기다림에 지친 나는 그가 가르쳐준 세탁소와 케이크 가게를 들여다보았다. 연애 감정을 가지고 있는 것도 아닌데, 내가 왜 이러는 것일까? 나는 고개를 흔들며 잠시 쉬기 위해 점심시간이 지난 커피숍으로 들어갔다. 그런데 입구 근처에서 생각지도 못하게 그의 모습을 발견했다. 내 눈에서는 기쁨의 눈물이 흘러넘쳤다. 나는 코를 훌쩍이며 그의 이름을 불렀다.

"다카노 씨."

"아아, 요전의 부인이신가요?"

목소리를 기억해준 것이 기뻐서, 나는 또 어린애처럼 눈물을 흘렸다. 커피숍 종업원이 내 모습을 훔쳐보는 것이 시선 끝으로 들어왔다.

"왜 우세요? 자아, 일단 앉으세요."

"죄송해요. 귀찮지 않으세요?"

"귀찮으면 그렇다고 말할게요. 어쨌든 눈물을 닦으세요."

그는 막 점심을 끝냈는지, 종업원이 커피를 내려 놓고 그 대신 깨끗이 비운 접시를 가져갔다.

오늘은 특별한 볼일이 없어서 어슬렁거리고 있을 뿐이라고 말하며 그는 내 이야기를 들어주었다. 뭣 때문에 그렇게 흥분했는지, 나는 스스로도 어이가 없을 만큼 횡설수설했다. 하지만 그는 적당히 맞장구를 치면서 조용히 귀를 기울여주었다. 그동안 내 안에 토해내고 싶은 게 가득 담겨 있다고 생각했지만, 막상 말로 표현하자 그렇게 많은 시간이 걸리지 않았다. 내 입을 뚫고 나온 것은 단지 사소한 불만뿐이었다.

"어쨌든 파트타임은 채용되지 않았군요."

그의 질문에 나는 풀 죽은 모습으로 대답했다.

"예."

"시간이 있다면 자원봉사를 해보지 않겠어요?"

앞이 보이지 않기 때문인지, 그는 내 얼굴에 초점을 맞추지 않고 다만 빙긋이 웃으며 그렇게 말했다.

그가 소개해준 곳은 그의 친구가 운영하고 있는 자원봉사 단체로, 내가 할 일은 앞을 못 보는 사람이 외출할 때 동행해주는 것이다. 물론 시간이 있을 때만 하면 된다. '자원봉사'라는 단어를 처음 들었을 때, 솔직히 말해서 마음이 내키지 않았다. 집안일이나 내 앞가림도 못하는 사람이 과연 그런 일을 할 수 있을까? 그리고 우연히 그를 도와준 것과 달리 자원봉사 단체에 등록하면 책임이 발생할 것이다. 아무런 각오도 없이 심심풀이로 한다면 그것은 위선에 지나지 않으리라.

"마음이 내키면 전화하세요."

그 말을 마지막으로 그와는 커피숍 앞에서 헤어졌다. 그런데 일주일이 지나고 열흘이 지나도 대답을 재촉하는 전화는 없었다. 생각해보면 당연하다. 자원봉사는 강요가 아니라 자발적으로 하는 것이니까.

나는 2주일이 지난 후 그에게 연락해서 자원봉사를 하겠다고 했다. 그는 매우 기뻐하면서도 다시 한 번 강조했다.

"그쪽에서 아무리 부탁해도 본인이 싫으면 안 해도 돼요. 언제 그만두어도 상관없고요."

그 다음주부터 나는 일주일 중 이틀을 자원봉사에 할애했다. 남편에게는 왠지 말하기 쑥스러워서 입을 다물었다.

처음에는 불안이 앞섰지만 막상 시작해보니 놀라울 정도로 즐거웠다. 자원봉사 단체에서 일러준 주소지를 찾아가 그 사람이 가고 싶어하는 장소로 함께 가는 것이다. 나는 많은 사람들을 만났다. 중년의 부인과 옷을 사러 가기도 하고 10대 소년과 전자상가에 가서 컴퓨터를 고르기도 했다. 낯을 가리는 내가 그들과는 거리낌 없이 이야기할 수 있고, 저녁때 집으로 데려다주면 본인과 가족 모두 과장스러우리만치 고마워해서 피로가 단숨에 날아갔다. 고마워해야 할 사람은 오히려 내 쪽이었던 것이다.

그러나 겨우 한 달 만에 돌부리에 걸리고 말았다. 나와 나이가 비슷한 남성의 산책을 도와주던 날, 그는 마치 어린애처럼 제멋대로 말하기 시작했다. 팔지도 않는 과자를 사오라고 하기도 하고, 내 걸음걸이나 주위의 사물에 대한 설명이 친절하지 않다고 비난하기도 했다. 마지막에는 이렇게 말했다.

"당신처럼 행복한 사람이 심심풀이로 도와주는 것, 난 하나도 고맙지 않아!"

괜히 울분을 터뜨리는 것이라는 사실을 알면서도, 누군가를 도와준다고 흥분해 있던 나는 다시 우울감에 빠졌다. 다카노 씨에게 전화했지만 집에 없다고 한다. 수화기를 내려놓자 눈물이 멈추지 않았다. 그렇게 약한 나 자신이 한심해서 우울한 마음은 더욱 깊어졌다.

남편이 집에 오기 전까지 안정을 찾으려고 했지만, 그가 오자마자 더 이상 견디지 못하고 큰소리로 울음을 터뜨렸다.

"요즘 밝게 지내는 것 같던데, 갑자기 왜 그래?"

나는 비밀로 하고 있던 자원봉사에 대해서 말했다. 내 이야기를 끝까지 들은 남편은 깊은 한숨을 내쉬었다.

"자원봉사는 여유 있는 사람이 하는 일이야. 더구나 당신은 남을 도와줌으로써 스스로 만족하고 싶었던 거 아니야? 당신은 자기 인생에서 도망치기 위해서 남을 도와준 것뿐이잖아."

아무리 피곤할 때에도 다정하게 말해주던 남편이 이렇게 냉정하게 말하다니! 나는 눈물도 잊어버리고 눈을 크게 떴다.

"그 정도로 울고불고 하소연할 거라면, 차라리 아무것도 하지 말고 집에 있어."

토해내듯 말하고 나서 그는 침실로 들어가려고 했다.

이유는 알 수 없지만 나는 머릿속이 차가워지는 것을 느꼈다.

"관두지 않을 거예요! 당신 회사에서 하는 이벤트의 목적도 기부라면서요? 그러면 탤런트를 초대하거나 똑같은 티셔츠를 만들어 나누어주는 예산을 처음부터 통째로 기부하면 되잖아요!"

"그건 얘기가 다르잖아."

"울고불고 하소연해서 미안해요."

놀라움으로 가득 찬 남편의 얼굴을 바라보며 나는 오늘 만난 남성에 대해 생각했다. 몇 년 전에 사고를 당해 시력을 잃은 그는 다행히 아내의 친정이 부자라서 아무것도 하지 않아도 된다고 했다. 그때는 자랑으로 들었지만 지금은 그의 고독을 이해할 수 있을 것 같았다. 나는 그동안 울거나 우울감에 빠지는 자유도 빼앗기고 있었다. 빼앗기고 있다는 것조차 알아차리지 못한 채. 그리고 그 사실을 알아차린 순간 눈물이 멈추고, 몇 년 만에 나는 제정신을 차렸다. 남편의 야윈 얼굴이 똑똑히 보였다.

"그런 회사, 그만두면 좋을 텐데."

내 말에 반론하지 못하고 남편은 깊숙이 고개를 숙였다.

채널권

    남자는 왜 그렇게 야구를 좋아하는 것일까? 물론 그렇지 않은 사람도 있다는 건 알고 있지만 서른한 해를 살아오면서 헤어진 애인들을 떠올리면, 일이나 성격은 달라도 모두 판에 박은 듯 야구를 좋아했다. 열여덟 살 때부터 혼자 살고 있기 때문인지, 애인은 거의 내 방에 죽치며(그것 자체는 나쁘지 않지만) 당연한 얼굴로 텔레비전을 켜고 야구에 몰입했다. 아버지도 집에만 들어오면 야구를 보았기 때문에 그것은 내게 있어 오랜 수수께끼였다. 그래서 본인과 회사 상사, 여자 친구들에게 물어보기도 했으나 납득할 수 있는 명확한 대답은 돌아오지 않았다.

    동갑인 지금의 애인과는 동거를 시작한 지 3년째다. 좁은 공간에서 3년이나 함께 살다 보면 처음의 좋은 분위기는 사라지고, 그가 방귀를 뀌든 내가 발톱을 깎든 별로 신경 쓰지 않게 된다. 이미 일상이 되어버린 것이다. 그쪽은 이제 슬슬 결혼해도 좋다고 생각하는 듯하지만 분명한 프러포즈를 받은 것도 아니고, 설사 받는다 해도 지금은 대답할 수 없을지도 모른다.

야구 자체가 싫은 게 아닌 것처럼 그라는 사람도 싫은 것은 아니다. 별다른 문제없이 한 남자와 3년이나 평온하게 생활하는 게 어디 쉬운 일인가? 하지만 이대로 질질 끌다 호적을 합치고, 평생 이렇게 산다고 생각하니 입에서 한숨이 터져 나온다.

그는 지금 잠옷 대신 입는 목이 늘어진 티셔츠에 반바지 차림으로, 자기가 좋아하는 구단의 야구시합을 보고 있다. 투수 교체 타이밍을 두고 투덜거리며 캔 맥주를 마셨다. 예전 애인은 아무 말 없이 잠자코 보았는데, 멍하니 보는 그 사람이나 텔레비전을 향해 소리를 지르는 이 사람이나 마치 감독이라도 된 듯 행동하는 점은 똑같다. 한번은 너무 한심해서 바보 같다고 말하자 "야구가 얼마나 재미있는지 모르다니, 참 불쌍한 사람이군"이라고 말해서 그 다음부터는 입을 꾹 다물고 있다.

비디오 플레이어는 지금 내가 보고 싶은 다른 채널의 드라마를 녹화하고 있다. 나는 잠시 광고하는 틈을 타서 채널을 바꾸었다.

"야! 왜 바꾸는 거야?"

"야라니, 누구더러 야래? 지금 광고 중이니까 괜찮잖아."

"어차피 비디오로 녹화하고 있잖아."

"잠시 틀어보는 것도 안 돼?"

그는 리모컨을 빼앗아서 다시 야구 채널로 돌렸다.

"나는 실시간으로 보고 싶어. 드라마는 나중에 천천히 봐도 되잖아."

"드라마도 실시간으로 보고 싶어."

"야구는 지금 하고 있어. 지금 안 보면 그것으로 끝이야."

그때 다시 야구 방송이 시작되고, 나는 아무 말도 하지 않고 주방으로 들어가 일부러 소리를 내며 설거지를 했다. 물론 드라마는 나중에 봐도 되지만, 나도 회사에 가야 하는 어엿한 직장인인데 매일 밤을 새워서 볼 수는 없지 않은가? 더구나 그가 깨어 있을 때 보면 이러쿵저러쿵 잔소리를 늘어놓기 때문에 화가 나서 견딜 수 없다. 내일 회사에 가서 동료들과 드라마 이야기를 하고 싶은데, 야구가 끝난 다음에도 채널을 돌려가며 스포츠 뉴스를 보는 그로 인해 나는 결국 오늘 녹화한 드라마를 오늘 안에 볼 수 없을 것이다.

왜 채널권은 남자에게 있는 것일까? 텔레비전을 한 대 더 사면 되지만 방이 두 개밖에 없는 작은 아파트는 두 사람의 짐으로 가득 차 있고, 텔레비전 안테나 잭도 하나밖에 없으며, 넓은 집으로 이사를 갈 만한 여윳돈도 없다. 애당초 결혼도 하지 않앗는데 왜 야구 중계에 맞춰서 밥을 짓고 간식을 준비하며 설거지까지 내가 해야 하는 것일까?

설거지를 마치고 그의 옆으로 돌아갔을 때, 마침 거물 신인선수가 역전 홈런을 쳤다. 흥분한 그는 탁자를 쾅쾅 두들긴 다음, 만면에 웃음을 지으며 내게 악수를 청했다. 나는 멍청한 아들을 둔 어머니 같은 심정으로 일단 미소를 지으며 그의 손을 잡고 같이 흔들었다.

"몇 번이나 물었는데, 또 물어봐도 돼? 남자는 왜 그렇게 야구를 좋아해?"

얼굴에 웃음을 가득 담고 그가 내 얼굴을 쳐다본다. 그리고 눈을 깜빡인 다음 주먹을 입에 대고 보기 드물게 무언가 생각하는 표정을 짓는다.

"그러면 묻겠는데, 여자는 왜 그렇게 연애 이야기를 좋아하지?"

그를 만나고 나서 나는 처음으로 할 말을 잃었다.

어제 동거하는 여자가 "남자는 왜 그렇게 야구를 좋아해?" 하고 또 물었다. 얼굴도 예쁘고 요리도 잘하고 마음도 착하고 기운도 넘치고, 집에서는 큰소리치면서도 다른 사람이 있을 때는 남자인 나를 추켜세워 준다. 내게 과분한 여자라는 것은 알고 있는데, 한 가지만 적당히 해주면 얼마나 좋을까? 야구뿐만 아니라 그녀는 질문이 너무 많다. 초등학생도 아닌데 "왜? 어째서?"라고 꼬치꼬치 캐묻는 것이다. 아무래도 상관없는 것을 왜 그렇게 따지는 것일까? 여자인 주제에 공대를 나와서 그런지 이치를 좋아한다.

오후 회의가 길어지고, 나는 쏟아지는 잠을 떨치기 위해 화장실에 갔다. 화장실에서 나온 후 자동판매기 옆에서 담배를 피우고 있자 다른 부서의 여자 신입사원 세 명이 지나갔다. 뭐가 그렇게 좋은지 서로 어깨를 부딪치며 웃고 있다. 그중의 한 명이 나를 쳐다보더니 얼굴 가득히 미소를 머금었다. 그리고 다른 사람들보다 한 걸음 늦추어 작게 손을 흔들었다. 나도 덩달아 그녀와 똑같이 손을 흔들었다.

그 여사원은 신입사원 환영회 때부터 내가 마음에 드는지 적극적으로, 그러면서도 아무도 눈치 채지 못하게 접근했다. 내애인에 비하면 얼굴은 못생겼지만 애교도 많고, 나이가 어려서 그런지 피부가 탱탱하다. 엉덩이에서 다리로 이어지는 선이 절묘하고, 느긋하고 천천히 말하는 것도 신선하다. 그럭저럭 괜찮다고 생각하던 참에 저녁을 사달라고 해서 오늘 저녁에 만나기로 했다. 20대 후반 여자에게 잘못 손을 대면 귀찮은 일이 벌어지지만, 아직 젊은 그녀라면 한 번 잠자리를 했다고 해서 결혼해달라고 조르지는 않으리라. 내게 오랫동안 동거하는 애인이 있다는 것은 사내에서도 유명하고, 그래도 괜찮다고 데이트 하자고 했으니까. 오늘은 야구 중계도 없어서 느긋하게 즐길 수 있다. 나는 헤벌쭉 벌어지는 입을 다물고 담뱃불을 껐다.

젊은 여자들이 좋아할 만한 곳은 나도 알고 있어서, 우리는 세련된 카페처럼 보이는 일식집 카운터에 나란히 앉았다. 처음에는 분위기가 아주 좋았다. 의외로 술을 잘 마시는 그녀는 나와 똑같은 속도로 맥주와 정종을 비웠다. 예전에도 여자와 같이 온 적이 있는데, 분위기는 좋지만 음식은 여전히 엉망이다. 비싸게 보이면서도 저렴한 곳인 만큼 어쩔 수 없으리라.

그녀는 몸을 거의 내게 밀착시키고 과장스러울 정도로 내 이야기에 맞장구쳤다. 그런데 문득 정신을 차리자 그녀의 얼굴에서 미소가 사라지고 시선도 다른 곳으로 돌아가 있었다. 마침 내가 부상에서 회복된 요시무라라는 선수의 사인볼을 받고 감격했다는 이야기를 하던 참이었다.

"정말 야구를 좋아하는군요."

그 순간, 불길한 예감이 머리를 스쳤다.

"야구를 싫어해?"

"좋아해요. 일 년에 두 번 정도는 야간 경기를 보러 갈 정도니까요."

"그래? 그럼 다음에 같이 갈까?"

'예? 정말이에요?'

이렇게 흥분할 줄 알았는데 그녀는 무표정한 얼굴로 미소를 지을 뿐이다. 더구나 가방 속을 더듬어 담배를 꺼내더니 불을 붙인다. 여자가 담배 피우는 것을 싫어하지는 않지만, 그녀가 내 앞에서 담배를 피운 것은 처음이다. 그녀의 행동에는 분명히 불쾌한 메시지가 담겨 있다.

그녀는 자기 멋대로 술을 한 병 더 주문했다.

"한 가지 물어봐도 돼요?"

"뭔데?"

"왜 야구 이야기만 하죠? 아까부터 다른 화제는 전혀 없잖아요."

"그게, 그러니까 말이야……."

나는 마음속의 동요를 감추며 필사적으로 좋은 대답을 찾았다.

"사회에 나와서 알게 되었는데, 남자들이 야구 얘기를 할 때는 침묵이 두려워서 무슨 말이라도 해야 한다는 강박관념에 휩싸였을 때 같아요. 그건 프로그램화된 컴퓨터 같지 않나요? 아무 내용도 없는 컴퓨터……. 그걸 보면 왠지 가슴 아파요."

"전공이 이공 계통이야?"

"아니에요."

그게 무슨 상관이냐는 표정을 지으며 그녀는 자기 술잔에 술을 따랐다. 어떻게든 반론하고 싶었지만 집에 있는 애인에게 하듯 잔소리 좀 그만하라고 화를 낼 수는 없었다.

나는 최대한 여유 있는 표정을 지으며 물었다.

"그럼 묻겠는데, 여자는 왜 그렇게 연애 이야기를 좋아하지?"

"그런 사람도 있지만 난 달라요. '남자는', '여자는' 하고 단순히 하나로 묶지 마세요."

그제야 겨우 내 빈곤한 어휘로는 이 여자의 입을 다물게 할 수 없다는 것과 오늘밤 이 여자를 호텔로 데려갈 수 없다는 사실을 깨달았다. 여자는 수수께끼에 싸인 동물이다. 지금까지 나를 바라보던 존경의 눈길은 무엇이었을까? 그리고 왜 갑자기 손바닥을 뒤집듯 경멸하는 것일까? 이 여자가 옳다고 인정하고 싶지는 않지만 내가 진 것만은 분명하다.

월요일 밤, 하기 싫은 접대를 했다며 지친 표정으로 들어온 그가 화요일에는 나보다 일찍 집에 들어와 있었다. 더구나 밥을 짓고 커리까지 만들어 나를 깜짝 놀라게 했다. 무슨 일이 있었느냐고 물어도 힘없이 고개를 가로저을 뿐이다. 수상한 느낌이 들었지만 지금 고마워하지 않으면 두 번 다시 만들어주지 않을 테니까, 나는 과장스럽게 고마워하며 커리를 먹었다. 그런데 더 놀라운 일이 벌어졌다. 7시가 되어도 텔레비전을 켜지 않는 것이다.

"야구, 안 봐?"

"저기…… 봐도 될까?"

"갑자기 왜 그래? 만날 봤으면서."

"그래……."

그는 나지막하게 중얼거리며 텔레비전 스위치를 켰다. 캔 맥주를 두 개 들고 나는 텔레비전 앞에 있는 그의 옆에 앉았다.

"오늘은 드라마 녹화 안 해?"

"화요일에는 재미있는 게 없어."

"그렇구나……."

오늘은 끈질긴 투수전으로, 그는 입도 벙긋하지 않았다. 그리고 광고로 바뀌자 나를 쳐다보지 않고 불쑥 이렇게 말했다.

"같이 봐줘서 고마워."

"천만의 말씀!"

이상하리만큼 겸손해진 것은 밖에서 여자에게 한 방 얻어맞았기 때문이겠지만 나는 추궁하지 않기로 했다. 함께 밥을 먹고 텔레비전을 보고……. 어쩌면 이것도 좋을지 모른다. 화면 속 백네트 건너편에 있는, 아버지를 따라온 초등학생의 희희낙락한 얼굴을 보며 그렇게 생각했다.

편지

안녕하세요. 마지막 더위가 한창 기승을 부리고 있는데, 건강하신지요.

저에 대해선 까맣게 잊어버렸을지도 모르지만, 선생님에게 편지를 보내는 것은 이번이 세 번째입니다. 한 번 이혼했고 정신과에 다니며 야마나시 현山梨縣에 살고 있는 직장인이라고 하면 기억이 나실까요? 첫 번째 편지는 선생님께서 데뷔했던 5년 전이고, 두 번째 편지는 그로부터 3년 후에 문학상을 수상했을 때입니다. 제 서른한 해의 인생에서 커다란 기쁨을 느꼈던 것은 딱 두 번이었습니다. 첫 번째 편지에 답장을 받았을 때와 선생님이 스물아홉 살이라는 젊은 나이에 최고의 문학상을 수상했을 때였지요. 후보에 오른 것도 모르고 텔레비전 뉴스를 통해 우연히 알았을 때는 마치 제 일처럼 감격해서, 가족들이 걱정할 만큼 하염없이 눈물을 흘렸습니다. 아! 이 말은 예전에도 썼지요? 죄송합니다.

그후 인기작가 대열에 올라선 지금, 조금은 기쁘고 조금은 쓸쓸한 다소 복잡한 심경입니다. 연재도 몇 개나 하고 있으니, 애독자로서는 기쁘지만 역시 선생님 건강이 걱정되지 않을 수 없습니다.

그러고 보니 선생님께선 이사를 가셨다고 하더군요. 이 편지가 세 번째라고 했는데 엄밀히 말하면 네 번째입니다. 예전에 받은 답장의 주소로 편지를 보냈더니 수취인 불명으로 되돌아왔어요. 그후 잡지 인터뷰를 통해 이사 가신 것을 알게 되었지요. 이렇게 끈질기게 출판사 앞으로 편지 보내는 것을 용서해주십시오. 만약 괜찮으면 새로운 주소를 가르쳐주시겠어요? 출판사를 경유하면 과연 선생님 손에 전해질지, 솔직히 말하면 불안하기 그지없습니다.

이번에 출간하신 신작, 나오자마자 읽었습니다. 정말이지 선생님 작품은 항상 제 마음 깊은 곳을 어지럽게 흩어놓습니다. 실제적인 이야기가 아니라 추상적인 이야기임에도 (죄송합니다) 꼭 저에 대해서 쓴 것 같은 생각이 듭니다. 어떻게든 기억하지 않으려고 애쓰던 것을 콕 집어낸 것 같아서 망연자실해지는 일이 한두 번이 아닙니다. 데뷔작이었던 중편을 읽었을 때는 "이 것은 나다!" 하고 소리쳤을 정도입니다. 아, 이 말도 예전에 썼 지요. 선생님의 작품을 읽으면 저도 모르게 제 상황에 비추어보 고, 저에 관해서만 생각하게 됩니다.

두 번째 편지에도 썼는데, 저는 이제 곧 회사에서 해고될 것 같습니다. 불면증으로 인해 도저히 아침에 일어나지 못해 제시 간에 출근할 수 없기 때문입니다. 예전에는 일주일에 한두 번 정도였으나 지금은 일주일에 네 번씩 지각하는 바람에, 며칠 전 에는 총무부장이 저를 부르더군요. 총무과장에게는 몇 번 잔소 리를 들었는데, 총무부장이 정식으로 할 얘기가 있다고 했을 때 는 드디어 올 것이 왔다고 생각했습니다.

워낙 사람이 좋은 총무부장은 제 병을 동정한 다음, 잠시 쉬 면서 확실히 고치는 게 어떻겠냐고 하더군요. 6월에 경력사원 으로 들어온 어린 여직원이 일을 잘해서, 그녀가 있으면 제가 없어도 된다는 것은 잘 알고 있습니다. 영세 기업인 우리 회사 에서 일도 못하고 지각만 하고 손님에게 애교 있게 차를 내지도 못하는 사람에게 월급을 주는 것은 낭비라고, 만약 내가 사장이 었다면 그렇게 판단했겠지요. 때문에 분노의 감정은 치솟지 않 았습니다. 다만 예전부터 먼지처럼 조금씩 쌓인 무력감이 저의 온몸을 짓누르는 듯한 느낌에 휩싸였을 따름입니다. 알고는 있 었지만 "당신은 사회인으로서 가치가 없다"는 총무부장의 말은 역시 충격이었습니다. 입을 꼭 다물고 있는 내게 명예퇴직으로 그만두면 조금이긴 하지만 퇴직금도 주겠다고, 위로하듯 말했습니다. 아직 대답하지는 않았지만 선생님, 저는 어떻게 하면 좋을까요?

병원에는 계속 다니고 있는데, 정신과 선생님은 5분 정도 이야기를 듣고 약을 줄 뿐입니다. 처음에는 약한 약부터 시작했으나 아무래도 내 몸에 맞지 않는 것 같아서 조금 강한 약으로 바꿔달라고 했습니다. 그랬더니 이번에는 효과가 너무 좋은지, 아침에 일어날 수 없을 뿐만 아니라 하루 종일 몽롱한 상태가 계속됩니다.

"가벼운 운동을 계속하고, 가능하면 낮에 돌아다니고 저녁에는 마음을 편히 가지세요. 잠을 못 자서 걱정이라는 생각은 하지 말고요."

의사뿐만 아니라 가족이나 친구들도 이렇게 말하는데, 그 정도의 노력은 저도 시도해보았습니다. 그 정도로 해결될 만한 불면증이라면 이렇게까지 고민하지는 않겠지요.

장기적으로 볼 때 일단 회사를 그만두고 카운슬링을 받으며 본격적으로 치료하는 편이 좋지 않으냐고, 파트타임 아주머니도 그러더군요. 그 아주머니는 회사에서 긴장하지 않고 말할 수 있는 유일한 분입니다. 이미 쉰이 가까운 나이인데도 저보다 백배 정도는 체력이 좋은 것 같습니다. 매일 집에서 가장 먼저 일어나 남편과 아이들에게 아침을 지어준 다음 출근하고, 파트타임이 끝나면 슈퍼마켓에 들렀다 집에 가서 저녁밥을 짓는 등 여러 가지 집안일을 전부 해치운다고 하니까요. 밝고 따뜻한 분으로, 이런 저에게까지 신경 써줘서 정말로 고마워하고 있습니다. 하지만 카운슬링을 받으라는 말에 순수하지 못한 저는 그만 발끈하고 말았습니다. 의료보험이 적용되지 않는 카운슬링을 받으려면 한 번에 1만 엔 정도 있어야 합니다. 이제 곧 회사에서 해고될 제가 어떻게 그런 돈을 마련할 수 있을까요?

예전에 잡지에서, 선생님께서도 한때 신경쇠약에 걸리는 바람에 카운슬링을 받고 정신과에 다닌 적이 있다는 글을 읽었습니다. 그 글을 읽지 않았다면 저는 세상 사람들의 눈이 두려워 아마 정신과에 발을 내밀지 못했을 겁니다. 그런데 여기저기 알아보니 카운슬링 비용은 제가 부담하기에는 너무 비쌉니다. 순수한 질문이지만, 카운슬링은 그렇게 많은 돈을 내면서까지 받을 만한 가치가 있는 것인가요? 선생님께서 첫 번째 답장을 보내셨을 때 순문학 작가는 거의 수입이 없고, 그렇다고 아르바이트를 하면 글을 쓸 수 없기 때문에 절약에 절약을 거듭해서 살았다고 하셨습니다. 대단히 무례한 질문이지만 선생님께서 인기 작가가 된 것은 극히 최근으로, 카운슬링과 정신과에 다닐 돈을 어떻게 마련하셨나요? 만약 의식주를 최대한 줄여서라도 카운슬링을 받아야 한다면 저도 그렇게 하려고 합니다.

짧은 결혼생활을 마친 후 친정으로 돌아온 지금, 저는 세상에서 흔히 말하는 패러사이트 싱글(parasite single, 20~30대가 되어도 취직하지 않고 부모에게 의존해서 사는 사람들) 생활을 하고 있습니다. 그런 덕에 살 곳과 먹을 것은 그럭저럭 해결하고 있습니다. 그래서 마음먹기에 따라서는 한 번 정도 카운슬링을 받을 수 있습니다. 다만 부모님 모두 고지식한 분들이라서, 불면증과 우울증을 치료하기 위해 정신과에 다니는 것조차 '너무 편해서 그렇다'며 좋게 보시지 않습니다. 회사에 다니는 지금은 괜찮지만, 회사를 그만두면 또 어떻게 해서라도 저를 결혼시키려고 할 것입니다. 어떻게 하면 부모님께서 저를 포기하게 만들 수 있을까요?

선생님과 저는 동갑인 데다 똑같이 이혼 경력이 있다는 점에서 제멋대로 동질감을 느끼고 있습니다. 현재 저는, 결혼은 지긋지긋하다는 마음과 전업주부가 될 수 있다면 얼마나 편할까 하는 딜레마를 안고 있습니다. 선생님은 어떠신가요? 어느 잡지 인터뷰에서는 "나 혼자 살아갈 수 있는 힘과 각오가 생기면, 재혼은 그 다음에 생각해보겠다"라고 말씀하셨지요. 저처럼 자립하지 못한 사람은 몇 번을 결혼해도 똑같은 상황이 되풀이될 뿐일까요?

이미 5년이나 지났음에도 제 내부에서는 이혼에 이르는 일련의 사건이 정리되지 않았습니다. 누군가에게 하소연하고 싶지만 저에게는 그런 말을 할 수 있는 친구가 한 명도 없습니다. 학창 시절의 친구나 회사 사람들과는 겉으로만 친한 척 지낼 뿐입니다. 도쿄에 사는 선생님은 도저히 이해할 수 없을지 모르지만 결혼한 예전의 친구들을 만나면 매번 아이나 가정에 관한 이야기뿐입니다. 말로는 다들 나를 불쌍하다고 합니다. 그러나 다정한 말투의 이면에서 그녀들의 우월감을 발견하는 것은 제 성격이 일그러졌기 때문일까요?

마음속에 있는 끈적끈적한 부분을 저도 누군가에게 털어놓고 싶습니다. 그 마음이 얼마나 절실한지, 선생님은 이해해주시지 않을까요? 솔직히 말하면 선생님을 직접 만나서 의논하고 싶지만, 그것은 폐가 되겠지요.

어쨌든 이 세상에 저 같은 사람이 많기 때문에 카운슬러라는 직업이 존재하는 것이겠지요. 물론 제 주위에 카운슬러를 필요로 하는 사람들은 별로 보이지 않습니다만.

솔직히 말하면 저는 선생님이 너무너무 부럽습니다. 어쩌면 질투하고 있는지도 모릅니다. 같은 해, 같은 달에 태어나고, 젊은 시절에 똑같이 결혼에 실패해서 정신과에 다니기도 했는데 선생님은 지금 찬란하게 빛나고 있습니다. 반면에 저는 시골의 친정집에서 자립할 경제력도 정신력도 없는 채, 이대로 썩어가는 것 같아서 견딜 수 없습니다. 선생님은 재능도 있고 노력도 했지만, 저에게는 그 어느 쪽도 없기 때문이겠지요. 그것을 알면서도, 너무나 잘 알면서도 자꾸 일그러지는 제 자신을 발견합니다. 저는 데뷔할 때부터 선생님의 열렬한 팬이고 지금도 그러하지만, 언젠가 선생님의 책을 읽지 않아도 되는 강인한 사람이 되고 싶다는 모순된 생각을 하기도 합니다.

여러모로 실례의 말만 써서 죄송합니다. 지난달 사인회에는 갑자기 일이 생기는 바람에 갈 수 없었는데, 다음 사인회에는 무슨 일이 있어도 선생님을 만나러 가겠습니다. 예전에 답장을 보내주실 때 "가장 기쁜 것은 독자의 편지를 받을 때다"라고 하셨지요. 그 글을 읽고 얼마나 기뻤는지 모릅니다. 바쁘신 것은 알고 있으나 답신용 봉투를 동봉하겠습니다. 시간이 있을 때 몇 자라도 적어 보내주시면 아마 하늘을 나는 것처럼 행복할 거예요.

저에 관한 이야기만 장황하게 써서 죄송합니다. 또 편지해도 괜찮을까요? 선생님의 건강과 활약을 진심으로 바랍니다.

가시코

추신. 외삼촌 집에서 재배한 포도를 출판사로 보냈습니다. 웃으며 받아주시면 고맙겠습니다.

안심

딸의 책상 서랍을 열었더니 당치도 않은 물건이 들어 있었다. 평소에 쓰던 가위가 보이지 않길래 딸의 가위를 쓰기 위해 가벼운 마음으로 서랍을 열었을 때다.

우리 집에는 전혀, 라고 해도 좋을 만큼 프라이버시 의식이 없다. 다른 집에서는 부모가 자녀 방에 들어가면 큰 싸움이 벌어진다고 하지만, 우리 아이들은 그렇지 않다. 집에 있는 물건은 전부 공동으로 사용하고, 딸과 아들 모두 어머니인 내가 그들의 방 청소와 빨래해주는 것을 고마워하고 있다. 그리고 나 역시 자식들이 착하게 커준 것에 대해 진심으로 고마워하고 있다.

그런데…….

첫 번째 서랍을 닫고 나서 두 번째 서랍이 약간 열려 있는 것을 보고 별 생각 없이 열어보았다. 그곳에는 미니 앨범과 포켓 사전 위에 가로세로 6센티미터가량의 예쁜 상자가 놓여 있었다. 옷 브랜드 이름이 쓰인 화려한 상자 안에 무엇이 들어 있는지는, 아무리 내 나이가 예순이라고 해도 금방 알 수 있었다. 반사적으로 서랍을 힘껏 닫은 다음, 보지 않은 것으로 하려고 했지만 도저히 발길이 떨어지지 않았다. 나는 조심스레 다시 두 번째 서랍을 열었다. 꼼꼼한 딸의 성격처럼 깨끗하게 정리된 서랍 안에는 아무렇게나 내던진 것처럼 보이는 콘돔 상자가 들어 있었다. 나는 마음을 굳게 먹고 콘돔 상자의 내용물을 꺼냈다. 거기에 하나도 사용하지 않은 콘돔 6개가 그대로 나왔다.

아이를 둘이나 낳아놓고 뭘 그렇게 당황하느냐고 할지 모르지만, 나는 비닐 포장 안에 있는 투명한 물체를 다시 상자 안에 넣고 황급히 딸의 방에서 나왔다.

투명한 물체가 하루 종일 머릿속에서 떠나지 않아, 무슨 일을 해도 안정되지 않았다. 오랫동안 근무한 회사를 재작년에 퇴직하고 현재 자회사의 고문으로 일하고 있는 남편은 매일 오후 6시 정각에 귀가한다. 과연 남편 앞에서 평정을 유지할 수 있을까? 대형 속옷 메이커 기획부에서 일하고 있는 딸은 매일 어둠이 짙게 깔린 다음에야 집에 들어온다. 점심 먹을 시간도 없어 컵라면으로 때우는 일이 많다고 해서, 나는 오랫동안 딸을 위해 도시락을 싸고 있다.

내 딸이긴 하지만 그 애가 아직 처녀인지 아닌지 확신할 수 없다. 사람을 가리지 않는 밝고 사교적인 성격인 반면, 기묘하게도 고지식한 면이 있다. 경험이 있다고 하면 역시 복잡한 심정이겠지만, 서른한 살에 처녀라고 해도 나름대로 걱정이다.

아무리 세상의 다른 가정보다 대화가 많고 친밀한 가족이라 해도 이런 문제에는 당황하지 않을 수 없다. 아니, 돌이켜보면 우리 집에서는 성性 문제를 교묘하게 피해온 듯하다. 딸과 아들 모두 민감한 성격이기 때문에, 일부러 그런 화제를 피하고 건전한 이야기만 했을지도 모른다.

딸보다 다섯 살이 많은 아들은 이미 10년 전에 결혼했다. 그리고 지금은 직장 관계로 유럽을 전전하고 있어서 2년에 한 번밖에 귀국하지 않는다. 아들이 집에 있었을 때 그의 방을 청소하던 도중 에로 잡지를 발견한 적이 있지만 특별히 동요하지는 않았다. 남자에게 그 정도는 당연한 일이라고 순순히 받아들인 것이다.

아들이 예상 외로 빨리 결혼했기 때문인지, 나와 남편의 마음속에 딸과 계속 같이 살고 싶다는 생각이 있는 것은 부정하지 않겠다. 물론 구속할 마음은 전혀 없고, 되도록 좋은 남자를 만나 행복하게 살기를 바라고 있다.

그로부터 시간이 얼마나 흘렀을까? 어쩌면 딸에게 확실한 애인이 생겼을지도 모른다고 여기고 나는 다시 딸의 방으로 들어 갔다. 그리고 두 번째 서랍을 열고 콘돔상자 밑에 있는 미니 앨범을 펼쳐보았다. 모르는 남자 사진이 있지 않을까 차분히 살펴보았지만, 이미 딸이 보여준 딸과 친구들 사진뿐이었다.

그때 갑자기 집 안 전체에 초인종 소리가 울려 퍼졌다. 나는 간이 떨어질 만큼 깜짝 놀라서 앨범을 떨어뜨렸다. 벽시계를 쳐다보니 벌써 오후 6시였다. 저녁식사 준비를 잊어버린 것은 오랜 결혼생활 중 처음 있는 일이었다.

황급히 계단을 내려가 현관문을 열자 남편은 다녀왔다고 말하기 전에 "무슨 일 있어?" 하고 물었다.

"아니, 아무 일도 없어요. 피곤해서 깜빡 졸았나 봐요. 그래서 저녁식사 준비, 아직 못했어요."

"그건 괜찮은데. 혹시 감기라도 걸린 거 아니야?"

남편은 윗도리도 벗지 않고 나를 빤히 쳐다보았다. 나는 얼굴에 억지웃음을 만들었다.

"배고프면 초밥이라도 갖다 달라고 할까요?"

"당신, 이상해. 무슨 일 있었지?"

남편은 어린아이에게 하듯 머리에 손을 대고 다정하게 말했다. 나는 고개를 숙인 채, 나의 멍청함과 남편의 따뜻함에 눈물을 흘렸다.

나는 원래 거짓말을 못하는 성격이다. 옛날부터 거짓말을 하면 반드시 얼굴에 나타난다고 남편이 그랬다. 나는 남편에게 오늘 일어난 사건을 하나도 감추지 않고 털어놓기로 했다.

내 이야기를 들은 남편은 아무 말도 하지 않았다. 무표정하게 편한 옷으로 갈아입은 후, 주문한 초밥이 도착해서 미소시루, 간단한 샐러드와 함께 내밀어도 말없이 먹을 뿐이다. 식사를 마치고 녹차를 가져가자 소파에 앉아 한손으로 입을 가리고 있던 남편이 겨우 입을 열었다.

"마음이 복잡하군."

아아! 남편도 나와 마찬가지로 딸의 어린 시절부터 지금까지 돌이켜보았던 것이다. 지난 추억들뿐만 아니라 딸의 장래에 대해서도.

"집엔 몇 시에 오지?"

"글쎄요. 오늘은 그렇게 늦지 않을 거라고 했어요."

"얘기해볼까?"

"……예."

나는 동의하면서도 남편을 믿을 수 없었다. 사회적인 일은 제대로 하지만, 이런 문제에는 꽁무니를 빼는 일이 많았다. 아들이 결혼할 때도 우왕좌왕하며 며느리와 한마디도 못하고, 대학생 딸이 남자 친구를 처음 집에 데려왔을 때도 3분도 지나지 않아 도망치듯 산책을 나간 사람이다.

그때, 현관에서 경쾌한 초인종 소리가 들렸다.

"이게 왜 이렇게 문제가 되는지 모르겠어요."

거실 탁자 건너편에서 정장 차림의 딸이 태연하게 말했다. 하기 어려운 말을 겨우 꺼낸 것에 대한 대답이다.

"무슨 말이 그래? 우린 너를 걱정해서 한 말인데."

"난 벌써 서른한 살이에요. 내 몸을 지키기 위해 콘돔을 사면 안 되나요?"

잠시 침묵이 흐른 후, 남편이 무겁게 입을 열었다.

"교제하는 남자가 있니?"

"특별히 사귀는 남자는 없어요."

"그렇다면 왜 그걸 산 거지?"

"지금 말했잖아요. 나를 지키기 위해서라고요."

"그런 건 남자가 사는 거야."

"여자가 가지고 있으면 헤프단 소리를 듣기 때문인가요? 체면에 신경 쓰다 원하지 않는 아이가 생겨도 좋다는 건가요?"

나는 더 이상 참지 못하고 주먹으로 탁자를 내리쳤다.

"너 지금 무슨 말을 하는 거야?"

"난 아이를 낳고 싶지 않아요. 이런 건 부모님에게 할 말이 아니라서 지금까지 잠자코 있었는데, 난 진심으로 아이를 가질 생각이 없어요."

딸은 천천히, 그리고 나지막하게 그렇게 선언했다. 즉, 순간적인 감정으로 하는 말이 아닌 것이다. 그런 만큼 그 말은 내게 충격을 주기에 충분했다. 행복한 가정에서 자란 딸이 아이를 낳을 생각이 없다니! 남편을 훔쳐보자 역시 충격을 받았는지 멍하니 눈만 깜빡거렸다.

"그건 나와 네 엄마를 보고 자랐기 때문이냐?"

남편이 쥐어짜듯 물었다. 딸이 즉시 고개를 끄덕이면서, 생전 처음으로 얼어붙은 공기가 우리 집을 가득 메웠다.

딸이 혼잣말처럼 중얼거렸다.

"어차피 엄마, 아빠는 먼저 돌아가실 거잖아요. 나는 지금보다 어렸을 때, 생리가 늦어지는 바람에 임신했을지도 모른다고 생각한 적이 있어요. 그때 얼마나 무서웠는지 아세요? 상대 남자와 엄마, 아빠 같은 부부가 된다는 것은 어림도 없고, 그렇다고 혼자 낳을 용기도 없었어요. 나도 언젠가 혼자가 된다는 걸 알고 있으니까 될 수 있으면 빨리 결혼하고 싶어요. 하지만 엄마에게 있어서 아빠 같은 사람, 아무리 눈을 씻고 찾아봐도 보이지 않아요. 솔직히 말하면 난 그냥 일만 하고 싶어요. 무엇을 해도, 어떤 남자를 만나도 불안해서 견딜 수 없어요."

딸은 말하는 도중에 울음을 터뜨렸다. 남편과 나는 서로 얼굴을 쳐다보았다. 딸이 그런 생각을 가지고 있으리라곤 상상도 한 적이 없었다.

딸은 한바탕 울고 나더니 자리에서 일어났다.

"오빠와 통화하고 싶어요."

우리 집에는 무선전화기가 없다. 남편은 "엄마와 침실에 있을 테니까 천천히 얘기하렴" 하며 딸의 어깨에 손을 올려놓았다.

킹사이즈 침대 끄트머리에서 나와 남편은 손을 잡고 앉았다. 텔레비전을 켰지만 두 사람 모두 아래층 거실에서 딸의 목소리가 들리지 않을까 귀를 기울였다.

이윽고 딸의 목소리가 들렸지만 웃음소리인지 흐느낌인지 확실히 알 수 없었다. 나는 남편의 손을 꼭 잡았다. 30분 정도 지났을까, 계단 밑에서 "나, 목욕할게요!" 하는 딸의 밝은 목소리가 들렸다.

어색한 발걸음으로 계단을 내려가자 전화기 옆에 휘갈겨 쓴 메모지가 있었다.

〈콘돔의 유효기간에 신경 쓸 것! 걱정하는 건 안심하고 싶기 때문이다. 하지만 진정한 안심은 어디에도 없다. 엄마, 아빠는 특이한 사람들이니까 그들을 기준으로 삼으면 결혼할 수 없다.〉

아들의 말을 그대로 받아쓴 것이리라. 마지막 부분에 '엄마와 아빠에게, 아들이'라고 쓰여 있다.

〈지나치게 걱정하면 결혼에서 더 멀어질 거예요.〉

다음 순간, 남편이 숨을 토해내며 목덜미를 주물렀다. 나는 무너지듯 소파에 주저앉으며, 내일부터 딸의 도시락을 싸지 않기로 결심했다.

갱년기

　일본에도 카스트 제도가 있다는 사실을 안 것은 중학교에 입학하자마자였다. 평범한 공립 중학교였지만 초등학교보다 학군이 넓은 탓인지 나는 태어나서 처음으로 '온실 속에서 화초처럼 곱게 자란 아이'와 '부잣집 아이'를 내 눈으로 보고, 내가 자란 환경이 얼마나 열악했는지 실감했다.

　평생 낮은 계급에서 빠져나갈 수 없다는 사실을 깨달은 나는 중학교 시절 내내 전형적인 문제아로 낙인 찍혔지만, 중학교 졸업을 앞두고 아르바이트하던 곳의 사장으로부터 일본의 카스트 제도는 자기 힘으로 올라갈 수 있다는 것을 배웠다. 나는 고등학교 시험을 보는 날, 아무렇지도 않은 얼굴로 가출해서 그로부터 몇 년 동안 빚투성이에다 자식들에게 화풀이만 하는 부모에게 연락하지 않았다.

어릴 때부터 아무런 대책 없이 오기로 똘똘 뭉쳐 있던 나는 10대 후반과 20대 전부를 계급 올리는 것에 투자했다. 불안해하거나 주저앉아 있을 여유는 없었다. 그리고 지금 서른한 살의 내가 있다. 아니, 있어야 했다.

몸의 컨디션이 무너지기 시작한 것은 6개월 전이다. 아무리 밤새워 일해도 감기 한 번 걸리지 않던 내가 어느 날 아침 일어나 보니 현기증이 일면서 몸이 무거웠다. 전날 술을 많이 마신 것도 아니고 감기에 걸린 것도 아니다. 가까스로 몸을 일으켜 화장을 시작한 순간, 이미 초가을에 접어든 쌀쌀한 날씨에 갑자기 온몸이 뜨거워지며 파운데이션이 지워질 만큼 엄청난 땀이 솟구쳤다.

나는 몇 년 전부터 여관과 호텔, 음식점을 경영하는 기업의 본사에서 일하고 있다. 현장에서 일하던 내가 본사의 기획부로 전격 발탁된 것이다. 중졸이란 학력으로 음식점 심부름부터 시작해 열일곱 살부터는 고급 클럽의 바니걸로 일했다. 그리고 스물다섯 살에 토끼 옷을 벗고 카운터에서 계산대를 맡았다. 내 입으로 이런 말 하기는 그렇지만 손님에게는 최선을 다했고, 어떤 일이라도 대충하지 않았으며 나보다 어린 사람들을 잘 돌봐주었다. 매출을 관리하는 입장에 서자 바니걸로 일할 때는 몰랐던 클럽의 소홀한 부분이 보여서, 웨이터에게 한마디 하지 않고는 견딜 수 없었다. 내 주장은 놀랄 만큼 순수하게 받아들여져서, 불과 2년 만에 다른 지점과 한 자릿수 차이가 날 만큼 매출이 올랐다. 이를 본사에서 주목했고, 나는 결국 정장을 입고 회사에 다니는 지위에 오른 것이다.

아무리 정장을 입고 회사에 다녀도 출신이 출신인 만큼 역시 사람들로부터 멸시당하는 면이 있다. 하지만 지금까지 걸어온 길을 되돌아보면 케이블카를 타고 산에 올라온 사람과 천 미터짜리 산을 자기 발로 몇 번씩 올라온 사람은 근성이 다르기 때문에, 약간의 심술과 비아냥거림은 내게 스트레스조차 되지 못한다.

그런데 최근 6개월 사이에 생리주기와 양이 제각각인 데다 전날 마신 술이 깨지 않고, 밤에는 계속 잠 못 이루며 기분 좋게 일어난 날이 하루도 없다. 특별한 원인이 생각나지 않는 상황에서 마음은 불안으로 가득 찼다. 한겨울에도 갑자기 온몸이 뜨거워지며 땀이 솟구치는 바람에 난방이 너무 강해서 그렇다고 얼버무리기도 했다.

그날 아침에도 나른함을 느끼며 탈의실에서 화장을 고치고 있자 부하 여직원이 말을 걸었다.

"고다 씨, 제 말 좀 들어보세요. 어제 또 미야우치 씨가 울음을 터뜨리지 뭐예요? 난 다만 보고서 제출 기일을 말했을 뿐인데."

"그래, 황당했겠군."

건성으로 대답하자 여직원은 고개를 갸웃거리며 잠시 입을 다물었다.

"고다 씨, 요즘 기운이 없어 보여요."

"그래?"

내 속을 훤히 꿰뚫고 있는 것 같아서 내심 흠칫했다.

"어제 많이 마셨어요?"

"그렇지 뭐. 그보다 미야우치 씨에 대해선 네가 좀 참아. 갱년기라서 그래. 그런 사람에게 일일이 신경 쓰면 괜히 시간 아깝잖아."

"하긴 그래요."

그녀는 납득한 표정으로 고개를 끄덕이며 탈의실에서 나갔다. 나도 무거운 몸에 힘을 넣으며 천천히 일어섰다. 오늘은 여성들로 구성된 레스토랑 팀의 기획회의로, 내가 팀장을 맡고 있다. 나보다 나이 많은 여성이 많지만 나는 어릴 때부터 실제 나이보다 많게 보였고, 지금은 40대로 보는 사람도 있기 때문에 일할 때는 누구도 얕잡아보지 않는다. 그만큼 연애 쪽에서는 손해를 보고 있지만 두 마리 토끼를 모두 잡으려는 것은 과욕이리라.

회의실로 들어가자 탈의실에서 이야기 나온 미야우치라는 여성이 불퉁한 얼굴로 앉아 있다. 쉰을 코앞에 둔 그녀는 최근 컨디션이 안 좋은지 정신적으로 불안정해서, 부하 여직원에게는 신경 쓰지 말라고 말했지만 나도 속으로 분노를 삼키고 있다. 팀장인 나도 죽을힘을 다해 나쁜 컨디션을 감추고 있는데, 그녀는 누구든 상관없이 닥치는 대로 화풀이하는 것이다.

회의를 진행할수록 그녀의 눈꺼풀과 코끝이 점점 빨개지는 것이 느껴졌다. 다음은 그녀가 보고할 차례로, 말을 걸기 싫지만 봐주는 것에도 한계가 있다는 생각이 들었다.

"그러면 미야우치 씨, 실내장식 견적은……."

그렇게 말한 순간, 그녀는 갑자기 내 말을 끊고 울부짖듯 소리쳤다.

"지금 팀장이라고 큰소리치는 거야? 거만한 표정으로 앉아 있지만 당신은 어차피 회장의 애인이었을 뿐이잖아!"

갑자기 뜬금없는 이야기에 회의실에 있는 사람들은 모두 아연한 표정을 지었다. 그러나 그것은 모두 알고 있는 사실이었기 때문에, 이야기의 내용에 대한 놀라움보다 미야우치의 히스테리 쪽에 비난의 시선이 집중되었다. 다음 순간, 그녀의 사악한 기운에 숨이 막혔는지 나는 심한 현기증을 느끼고 쓰러졌다.

사람들이 나를 황급히 옮긴 곳은 회사 옆에 있는 산부인과였다. 여직원들이 생리치고는 출혈이 많은 것을 발견했기 때문이다. 건강한 육체가 유일한 장점이었던 내가 이렇게 쓰러지다니. 나는 분명히 큰 병에 걸렸다고 생각하고 그날 받을 수 있는 모든 검사를 받았다. 중년의 여자 의사는 자세한 결과는 며칠 후에 나온다고 하면서, 표정을 바꾸지 않고 이렇게 말했다.

"특별히 나쁜 곳은 없고, 갱년기장애인 것 같아요."

다음 순간, 나는 내 귀를 의심하지 않을 수 없었다. 나는 이제 겨우 서른한 살이다. 상당히 놀란 표정을 지었기 때문이리라. 여자 의사는 연민이 섞인 희미한 미소를 지었다.

"문진으로 판단하면 갱년기 증상에 해당돼요. 쉽게 말하면 갱년기는 폐경 전후의 10년 정도를 말하는데, 드물기는 하지만 30대에 폐경이 되는 분도 있거든요."

입을 다물지 못하는 나를 바라보며 그녀는 말을 이었다.

"실례지만 낙태한 경험은 딱 한 번뿐인가요? 극단적인 다이어트를 하신 적은 없나요?"

대답하는 대신 나는 고개를 숙였다. 낙태는 10대에 두 번, 20대 초반과 후반에 한 번씩 경험했다. 마지막 한 번을 제외하고는 모두 애인이자 부모처럼 나를 돌봐준 회장의 아이였다. 그는 낳아도 좋다고 했지만 내가 멋대로 지웠다. 체중은 10킬로그램 단위로 늘기도 하고 줄기도 했다.

어쨌든 산부인과 이외의 검사도 전부 받으라는 말을 듣고 나는 병원을 나섰다. 얼굴은 땀으로 뒤범벅이 될 정도로 뜨겁고, 손발은 얼음처럼 차가웠다.

어떻게든 회사를 비우고 싶지 않아서, 나는 하루만 종합검진을 받고 출근했다. 하지만 도저히 집중력이 이어지지 않고 부하직원의 실수가 마음에 걸렸다. 더구나 나 자신이 도저히 믿을 수 없는 실수를 계속 되풀이했다.

열다섯 살 때부터 일을 시작한 이후, 휴일에 출근한 적은 있어도 유급휴가를 받은 적은 한 번도 없다. 그렇다고 무리를 한 것은 아니다. 일을 하는 게 고통이 아니라 아무것도 하지 않고 노는 게 더 두려웠다. 회사 사람들이 휴가를 권했으나 그것만은 도저히 받아들일 수 없었다.

완강하게 휴가를 거부하는 나에 관해 여러 가지 소문이 돌면서, 듣고 싶지 않아도 저절로 귀에 들어왔다. 작년에 애인인 회장이 죽어서 그렇다, 부모가 자기파산하고 회사에까지 돈을 요구하러 와서 그렇다, 연하의 애인과 헤어져서 그렇다, 자궁암일지도 모른다는 등 긍정도 부정도 할 수 없는 소문이 나돌았지만, 나를 가장 화나게 만든 것은 '미야우치 씨와 똑같아졌다'는 말이다. 무슨 일이 있어도 그 여자처럼은 되고 싶지 않았는데! 그런데 그 여자와 똑같아졌다는 말을 듣다니!

검사 결과가 나오는 날, 긴장된 얼굴로 병원에 가자 원장이 이렇게 선언했다.

"이상한 곳은 아무 데도 없습니다."

내 입에서는 "말도 안 돼!" 하는 말밖에 나오지 않았다. 스트레스로 인한 자율신경의 부조화라고 하면서, 병원에서는 가벼운 안정제를 처방해주었을 뿐이다.

오후에라도 회사에 출근하기 위해 전철을 탄 나는 어두운 창문에 비친 내 얼굴을 힘없이 바라보았다. 관록이 있다고 하면 듣기에는 나쁘지 않지만 나는 분명히 늙었다.

너무 서둘러 살았을지도 모른다. 나는 같은 세대의 사람들과 이야기가 통하지 않고, 선을 본 적도 디즈니랜드에 놀러 간 적도 없으며, 패션 잡지를 뒤적인 적도 없다. 회장이 사준 옷을 입고 다른 남자와 데이트했지만, 솔직히 말하면 내 목표는 남자의 몸뚱이였다. 성욕도 있긴 했지만 그보다는 누구라도 좋으니까 사람의 살이 그리웠던 것이다.

전철에 걸린 여성지 광고를 올려다보며 나는 멍하니 생각에 잠겼다. 나는 사랑을 해본 적이 있을까? 회장을 좋아하고 은혜도 느끼고 있지만 그것은 남녀 간의 사랑과는 다르다. 그래서 아이를 낳을 마음이 없었는지 모른다. 회장 이외의 남자에게도 단순한 정신안정제라는 느낌밖에 얻지 못했다.

남자를 사랑하고 싶은 게 아니다. 다만 한 번도 연애 감정을 가지지 못한 채 폐경을 맞을지도 모른다는 현실이 나를 공포에 휩싸이게 만들었다. 그토록 강했던 내가, 그토록 오기로 가득 찼던 내가 그것만은 도저히 받아들일 수 없었다. 나는 수명과 늙음에 대해서 절실히 생각하지 않을 수 없었다.

회사에 도착하자마자 나는 총무과로 직행했다. 그리고 그동안 쌓인 유급휴가를 이용해 석 달을 쉬겠다고 말했다. 입을 다물지 못하는 총무과 여직원을 뒤로하고 걸음을 내디뎠을 때, 복도 앞쪽에서 미야우치의 뒷모습을 발견했다. 나는 작은 고양이 같은 그녀의 모습을 보며 혼잣말처럼 중얼거렸다.

"이번에는 생리휴가가 아니라 갱년기휴가를 회사에 제안해볼까?"

나는 겁먹은 표정을 짓고 있는 그녀에게 가까이 다가갔다.

노래방

"난 노래방 싫어하는 여자, 세상에서 제일 싫어!"

새로 파견된 여성이 토해내듯 말했다.

"다카노 씨, 그거 너무 극단적인 생각 아닌가요?"

조심스레 반론을 제기했더니 생선구이 정식을 먹던 젓가락을 나에게 향하며 그녀는 즉시 대꾸했다.

"왜냐면 말이야, 술을 싫어한다든지 책을 싫어한다든지, 노모(野茂, 일본의 프로야구 선수)를 싫어한다든지, 자라탕을 싫어한다든지…… 그런 건 아무도 경멸하지 않아. 세상에는 그런 사람도 있구나, 하는 정도지. 그런데 말이야, 왜 노래방에 가자고 하면 경멸하는 눈으로 쳐다보는 거지? 좋아하고 싫어하는

건 그 사람의 자유니까 경멸할 이유가 없잖아. 뭐야, 그 신도라
는 여자. 또라이 아냐?"

정신없이 떠들어대는 그녀를 바라보며 나는 한숨을 내쉬었다.

"다카노 씨 말이 틀린 건 아닌데, 신도 씨는 결코 또라이가 아
니에요. 그리고 젓가락으로 사람을 가리키는 건 좋지 않아요."

"아, 미안미안."

그녀는 의외로 순순히 사과했지만, 그것이 신도 씨에 대해서
가 아니라 젓가락으로 사람을 가리킨 것에 대해서라는 것은 분
명했다. 그녀는 조금 전에 토해냈던 열변은 까맣게 잊은 채 식
후의 담배를 맛있게 피웠다.

통신판매용 화장품회사에서 정사원으로 일한 지 4년째. 그동
안 수많은 파견 사원과 아르바이트 사원이 왔다가 떠났지만, 그
녀처럼 좋게 말하면 천진난만하고 나쁘게 말하면 거친 사람은
처음이다. 그녀는 우리 회사에 들어온 지 이제 겨우 한 달 된 파
견사원이다. 다루기 힘든지 몰라서 회사 사람들이 별로 오지 않
는 식당에서 같이 점심을 먹어봤는데, 그녀의 정체는 점점 더
알 수 없게 되었다. 서른한 살이라면 신도 씨와 동갑이다. 똑같
은 서른한 살인데 어쩌면 이렇게 다를까?

"그런데 이시카와 씨는 애인 있어?"

갑자기 질문의 방향이 바뀌어서 나는 순간적으로 당황했다.

"저기…… 없어요."

"알았다! 얼마 전에 헤어졌구나!"

그녀의 놀리는 듯한 눈길에 나는 약간 화가 치밀었다.

"그러면 안 되나요?"

"안 되는 건 아니야. 나도 얼마 전에 차였거든. 기분전환하러 오늘 노래방에 안 갈래?"

"오늘 말이에요?"

"가기 싫으면 안 가도 좋아."

"아! 이제 그만 들어가야 할 시간이에요."

나는 뒷말을 얼버무리기 위해 손목시계를 쳐다보며 일어섰다. 그녀가 친구에게 전화를 걸고 들어가겠다고 해서 우리는 식당 앞에서 헤어졌다. 그녀뿐만 아니라 나보다 나이 많은 파견사원과 이야기하면 피곤하다.

그나저나 지난번 노래방에 간 것이 언제였더라? 대학 동창회가 끝나고 갔으니까 2년 전인가? 주위 사람이 가자고 하면 싫어하지는 않지만, 내가 먼저 가자고 한 적은 한 번도 없다.

사무실로 들어가자 점심을 먹으러 갔던 1조 사람들이 서서히 들어오고, 2조 사람들은 여기저기서 정신없이 울려대는 전화를 받고 있다. 통신판매는 점심시간에도 전화를 받아야 하기 때문에 한꺼번에 점심을 먹을 수 없다.

전원이 모이면 약 50명 정도 되는데, 나는 이들을 관리하고 지도하는 입장에 있다. 나보다 어린 사람은 4분의 1밖에 되지 않아서 솔직히 말하면 짐이 너무 무겁다. 더구나 결혼하기로 약속한 남자에게 배신당한 것과 이 부서로 배속된 것이 동시에 일어났기 때문에, 정신적으로도 상당히 지쳐 있는 상태다.

"신도 씨도 그만 식사하고 오세요."

이미 휴식시간에 접어들었는데 다시 착신 버튼에 손을 내밀려고 하는 그녀에게 나는 그렇게 말했다. 그녀는 생긋 웃으며 이어폰을 벗었다.

"고마워."

"고맙기는요."

"이시카와 씨, 오늘 립스틱 색깔 아주 좋은데."

"이건 비밀인데, 솔직히 말하면 다른 회사 거예요."

신도 씨는 부드럽게 웃으며 탈의실로 향했다. 그녀의 품위 있고 어른스러운 동작을 나는 황홀한 시선으로 바라보았다. 그녀는 일 년 전, 역시 파견사원으로 들어왔다. 미인인 데다 행동거지가 부드러우며 자기 의견을 확실히 말하는 그녀는 내가 유일하게 긴장하지 않고 말할 수 있는 사람이다. 예전에 차를 마시며 연애 상담을 한 이후, 가끔 점심이나 가벼운 저녁을 먹는 사이가 되었다. 이혼 경력이 있다고 해서 깜짝 놀랐는데, 그렇기 때문인지 어른스러운 그녀의 사고는 어린애 같은 내 연애관을 크게 바꾸어주었다. 동경하는 연상의 여성과 친해짐으로써 나는 아픈 실연의 상처에서 조금이나마 벗어날 수 있었다.

"미안미안. 내가 좀 늦었지?"

그때 그런 그녀를 무시하는 다카노 씨가 사무실에 들어오더니, 우당탕탕 소리를 내며 책상 앞에 앉았다.

그날 밤, 나는 어느새 노래방에 앉아 있었다. 처음에는 다카노 씨가 맛있는 만두 가게가 있다고 해서 가벼운 마음으로 따라갔다. 어차피 특별한 약속도 없고, 혼자 편의점 도시락을 먹을 바에야 만두라도 먹고 집에 가려고 했던 것이다. 그런데 그 만두 가게에 그녀의 호출을 받은 회사 사람들이 나타나고, '이 상황은 뭐지?' 라고 생각하는 사이에 반강제로 노래방에 끌려간 것이다. 젊은 파견직 여사원 두 명, 총무부 여직원, 섭외부 대리, 영업부장이라는 면면은, 모두 얼굴은 알지만 정식으로 말을 나눈 적이 없는 사람들이다. 불과 한 달 사이에 그녀는 어떻게 이런 인맥을 만든 것일까?

어색한 분위기도 잠시, 그녀가 낭랑한 목소리로 〈갈채〉를 노래하자 분위기는 순식간에 흥겨워졌다. 노래방에 익숙한 어린 파견직 여사원들은 신나게 노래하고, 주정뱅이인 대리는 술에 취해 1980년대 팝송을 불렀으며, 부장은 〈쇼핑부기〉를 불러서 분위기를 더욱 북돋았다. 사람은 겉보기와 다르다고 하는데, 노래방의 선곡 또한 겉보기와 다르다. 실연의 후유증에서 벗어나지 못한 나는 나카시마 미유키의 슬픈 노래를 불렀다.

"이시카와 씨, 아코 짱의 엔딩 테마 알아?"

20대 초반 여사원들이 모닝구 무스메(Morning musume, 여성으로 이루어진 일본의 그룹)의 노래를 하고 있을 때 다카노 씨가 귀엣말을 했다. "대강이요" 하고 대답하자 그녀는 진심으로 기쁜 표정을 지으며 내 머리를 쓰다듬더니, 재빨리 노래책을 들추며 번호를 입력했다.

"좋아좋아좋아좋아!" 하고 그녀가 허리를 흔들며 노래를 시작한다. 내가 "하~요~이토"라고 장단을 맞추자 전원이 입을 멍하니 벌리더니, 즉시 배를 껴안고 웃음을 터뜨렸다. 나는 자포자기한 심정으로 소리를 질렀다.

"아, 왜 그래, 아코 짱?"

거의 완벽하게 장단을 맞추자 기묘한 성취감이 느껴졌다. 노래방을 좋아해서 노래를 잘하는 줄 알았더니, 그녀는 특별히 노래를 잘하지는 않았다. 오히려 노래방을 즐긴다고 할까? 수줍은 표정으로 있던 총무부 여직원과 함께 노래하고 탬버린을 흔들며 춤을 추는 등 어쨌든 다른 사람에 대한 배려가 뛰어나다. 우리는 결국 전철 막차가 끊기기 직전까지 서로 마이크를 빼앗으며 노래를 불렀다.

나는 그날 완전히 녹초가 되어 집에 도착했다. 그러나 매일 엄습하던 커다란 불안 덩어리가 그날만은 찾아오지 않았다. 약간 억울하기도 했지만 속이 후련해진 것은 사실이다.

그 다음주, 상사의 호출을 받은 나는 믿을 수 없는 통보를 받았다. 파견직 여사원 5명을 새로 채용했으니 오래된 사람과 문제가 많은 사람 5명을 자르겠다는 것이다. 그 안에는 신도 씨 이름도 들어 있었다. 너무 놀란 나머지 나는 상사에게 달려들었다.

"신도 씨는 쉬는 시간도 줄이고 열심히 일하는 사람이에요!"

"문제는 그게 아니야. 고객의 불만이 가장 많은 사람이 누군지 자네도 알잖아? 정의감이 강한 것도 좋지만 고객을 화나게 해서 어쩌잔 거지? 그에 비해 다카노 씨는 최근에 이름을 지명해서 주문하는 고객이 늘고 있어."

나는 대꾸할 말을 찾지 못해 입술을 깨물었다. 인사의 최종 결정권은 상사에게 있고, 말단직원인 나는 아무것도 할 수 없다. 타박타박 사무실로 돌아온 다음, 나는 무너지듯 의자에 주저앉았다.

상사의 말은 틀리지 않다. 신도 씨는 분명히 고객의 불만에 약하다. 고객이 "미백 크림을 발라도 얼굴이 하얘지지 않는다" "다이어트용 음료를 마셔도 살이 빠지지 않는다"고 불만을 제기하면 마치 딴 사람이라도 된 것처럼 목소리를 높이며 "이 세상에 바르자마자 즉시 하얘지는 기초화장품이 어디 있어요? 적어도 6개월은 꾸준히 바르고 나서 말씀하세요!"라고 대꾸했다. 내용적으로는 틀리지 않지만 고객이 불만을 제기하면 일단 사과하고 나서 납득할 수 있도록 차근차근 설명해야 한다. 마침 신도 씨는 휴식시간으로, 내 눈앞에서는 다카노 씨가 고객의 전화를 받고 있다. 고객과 시시한 잡담이라도 나누는지, 그녀의 입에는 함박웃음이 매달려 있다. 요령이 좋은 그녀는 고객의 말도 안 되는 불만에도 항상 웃으며 대답한다.

파견사원이 해고당하는 것을 몇 번이나 보았지만 이번만은 마음이 편치 않다. 하지만 전화상담원이라는 직업에 신도 씨가 맞지 않다는 것은 수긍하지 않을 수 없다.

상사로부터 고용계약 해제 통보를 받은 신도 씨는 표면상으로 평정을 유지했다. 내 힘이 미치지 못했다고 사과하자, 당신 탓이 아니라고 희미한 미소까지 지었다. 모두 종기라도 보듯 신도 씨를 피하는 가운데, 다카노 씨가 그녀에게 다가가 밝은 목소리로 말했다.

"앞으로 사흘 남았죠? 이래서 파견사원은 괴롭다니까. 신나게 노래방이라도 가는 게 어때요?"

그 말을 들은 순간, 나는 의자에서 굴러 떨어질 뻔했다. 예전에 다카노 씨가 노래방에 가자고 했을 때, 신도 씨가 "거기서는 조용히 얘기할 수 없잖아요. 나는 그렇게 천박한 데 가고 싶지 않아요!" 하고 차갑게 말한 것을 기억하지 못할 리가 없다. 그런데 그보다 더 놀라운 일은 신도 씨가 잠시 생각하는 표정을 짓고 나서 순순히 고개를 끄덕인 것이다.

그날 밤 갑자기 모인 전날의 멤버에 신도 씨까지 포함해서 우리는 노래방으로 향했다. 처음에 다카노 씨 외의 사람들은 모두 어색한 표정을 지었지만, 분위기가 고조되자 즉시 어젯밤과 똑같은 상황이 벌어졌다. 신도 씨는 미소 띤 얼굴로 다른 사람의 노래를 들으며 술을 몇 잔 마셨다. 다카노 씨는 신도 씨에게 억지로 노래하라고 하지 않았다. 문득 옆을 쳐다보자 신도 씨의 고개가 미묘하게 흔들리는 것이 보였다. 지금까지 이렇게 술을 많이 마신 그녀의 모습은 본 적이 없다. 화장실에 갈 때 문을 열고 나가는 발걸음이 휘청거렸다. 걱정이 되어 따라가려고 하는 내게 다카노 씨는 "그냥 내버려둬" 하고 말했다.

화장실에서 돌아온 신도 씨는 겨우 노래책에 손을 내밀어, 어설픈 손길로 숫자를 입력했다. 섭외부 대리의 서툰 랩송 다음으로 화면에 나타난 것은 나카모리 아키나中森明菜의 〈난파선〉이었다.

신도 씨는 별안간 눈물을 뚝뚝 떨어뜨리며 노래를 불렀다. 입이 다물어지지 않을 만큼 잘하는 것을 보면 그녀의 애창곡이리라. 다카노 씨를 포함한 전원이 박수치는 것도 잊고 긴장한 얼굴로 조용히 듣고 있는 가운데, 노래를 마친 신도 씨는 손등으로 눈물을 쓱쓱 닦았다. 그리고 마스카라와 아이라인으로 뒤범벅된 검은 눈가에 미소를 담으며 후련한 얼굴로 이렇게 말했다.

"아아, 기분 좋다!"

성

느지막이 일어난 토요일 아침, 다른 휴일과 마찬가지로 나는 한 손에 홍차를 들고 신문에 끼워진 전단지를 한 장 한 장 꼼꼼히 훑어보았다. 그리고 그 안에서 신축 아파트 전단지를 발견했다.

아파트 광고는 예전부터 좋아해서, "만약 내 집이라면 가구를 어떻게 배치할까?" 하며 혼자 상상의 날개를 펴곤 했다. 하지만 이번 전단지는 즐겁다기보다 가슴을 쿵쾅거리게 만들었다. 마치 봐서는 안 될 것을 본 듯한 생각이 들어 나는 그것을 재빨리 다른 전단지 안에 끼워 넣었다. 어떻게든 잊기 위해 슈퍼마켓의 세일 전단지에 몰두해보았지만 도저히 마음이 진정되지 않았다.

　나는 다시 그 전단지를 손에 들고 이번에는 한 글자도 빼놓지 않고 구석구석까지 읽었다. 지금 사는 곳에서 전철로 한 구역 더 간 곳에서 도보로 5분. 시공사도 시행사도 평판이 나쁘지 않은 대기업이다. 6층짜리 건물에 30가구. 3LDK(Living, Dining, Kitchen, 거실과 식당과 주방이 연결된 아파트)와 2LDK가 절반씩. 애완동물도 기를 수 있고 관리비는 싸지도 비싸지도 않다. 최상층인 33평 이상 되는 3LDK는 8천만 엔대지만, 그 외는 크기도 다양하고 나름대로 양심적인 가격이다. 아파트가 완성되는 시기는 6개월 후. 흠잡을 데가 한 군데도 없어서 나는 오히려 전단지를 찢어버리고 싶었다.

　"이런 거, 살 필요 없어!"

　꾸벅꾸벅 졸고 있던 고양이에게 큰소리로 말하자 고양이는 흠칫 놀라 고개를 들더니, 이내 다시 잠에 빠졌다.

　정신을 차렸을 때, 나는 이미 화장을 하고 있었다. 옷장에 있는 옷 중에서 가장 어른스러운 옷을 고르고 펌프스를 신는다. 지금까지 모델하우스라는 곳에는 한 번도 가본 적이 없다. 하지만 혼자 생활한 지 오래되어 나름대로 산전수전을 모두 겪은 만큼, 독신녀가 부동산업자에게 무시당하지 않는 방법 정도는 알고 있다.

　아직 시간이 일러서 그런지, 모델하우스에는 손님이 한 명도 없었다. 모델하우스를 구경하기 전에 남자직원이 직업과 가지고 있는 현금을 물어서 솔직하게 대답했다. 그러자 뜻밖에도 남자직원의 태도가 정중하고 친절해져서 흠칫 놀랐다. 집을 임대할 때, 부동산중개소 사람도 이런 표정을 지은 적이 한 번도 없다. 현물이 아니라 모델하우스를 보고 결정할 수 있을지 반신반의했지만 그곳은 조립식 주택이라고 여겨지지 않을 만큼 완벽하고 아름다운 공간으로, 한눈에 마음에 들었다.

모델하우스는 분양 가구 수가 가장 많은 23평의 2LDK로, 넓은 거실을 원하는 손님에게는 방 하나를 거실로 바꾸어 1LDK로 만들 수 있다고 한다. 아는 척을 하며 바닥 콘크리트 두께를 물어보자 영업사원은 가슴을 펴고 18센티미터라고 대답했다. 그리고 응접용 책상으로 돌아가 벽에 붙은 커다란 가격표를 보여주었다. 종이로 만든 붉은 장미꽃이 맨 위층에 3송이, 1층과 2층에 4송이 붙어 있다. 구입할 생각으로 온 게 아니었지만 3층의 작은 2LDK라면 손이 닿을 것 같아서 대출금을 물어보았다. 그러자 대출을 받으면 그럭저럭 살 수 있을 만한 금액이 아닌가? 나는 하룻밤 생각한 다음 내일 연락하겠다는 말을 남기고 모델하우스를 뒤로했다.

누구에게도 말한 적이 없지만, 솔직히 말해 서른한 살인 내 저금통장에는 2천만 엔이 들어 있다. 특별히 먹을 것, 입을 것까지 줄여서 저축한 것은 아니다. 그러나 막상 저축을 시작하자 재미가 붙어서 최근 몇 년 사이에 의식적으로 늘린 것은 분명하다. 대형 제지회사에 근무하는 내 월급과 보너스는 눈을 크게 뜰 정도는 아니어도 평균보다는 꽤 좋은 편이다. 게다가 나는 원래 착실하고 어릴 때부터 돈에 대한 의식이 높아서, 어느새 스스로도 놀랄 만한 금액이 통장 안에 모이게 되었다.

그날 밤, 나는 고양이 머리를 쓰다듬으며 처음으로 나의 과거와 미래에 대해 생각해보았다. 나는 흔히 말하는 모자가정, 즉 홀어머니에 외동딸로 자랐다. 누군가의 애인이었던 어머니는 나를 사생아로 낳았다. 얼굴도 모르는 아버지가 어느 정도 도와 주었을지는 모르지만, 어린 마음에도 집안이 어렵다는 것은 알고 있었다. 하지만 어떻게 해서라도 대학에 가고 싶어서, 나는 남보다 열심히 공부해 도쿄에 있는 사립대학에 장학생으로 들어갔다. 어머니가 보내주는 돈은 집세로 사라지고 나머지 생활비는 아르바이트로 충당했다. 그래도 부유한 동급생들을 부러워한 적은 별로 없다. 오히려 내 힘으로 당당하게 생활하는 내가 자랑스러웠다.

어릴 때부터 돈의 소중함을 알고 있던 나는 어떻게든 월급도 많고 육아휴가도 있으며 정년퇴직 때까지 근무할 수 있는 회사에 들어가고 싶었다. 그리고 나는 내가 그토록 원하던 기업에 합격했다. 이제 조금이나마 어머니에게 생활비를 보낼 수 있으리라. 그렇게 여긴 순간, 어머니는 나에 대한 의무에서 벗어날 수 있다고 생각했는지 외할아버지 집으로 들어갔다. 외할아버지 집은 전통 있는 종갓집으로, 다시 돌아온 밥벌레라서 큰소리 칠 수 없다고 말하면서도 어머니는 자신이 태어나고 자란 집에서 지금도 평화롭게 살고 있다. 그로 인해 나는 내 월급을 전부 마음대로 쓸 수 있게 되었다.

친구들은 종종 나를 보고 지독하다고 놀리곤 하지만, 내 처지에서 보면 당연한 생활을 해왔을 뿐이다. 다행인지 불행인지 술을 마시지 못해 술값도 거의 들지 않고 옷에도 별로 관심이 없으며 일상 생활용품은 대형 할인점에서 한꺼번에 산다. 내가 스스로에게 금지한 것은 편의점에 가는 것 정도라고 할까? 또한 일 년에 한 번씩 온천여행이나 해외여행도 가고, 정액요금제의 휴대전화도 가지고 있다. 회사에서 정시에 퇴근하는 수요일과 사람들과 어울리기 쉬운 금요일에는 학원에 간다며 빠지고, 그 외에는 저녁을 먹자거나 노래방에 가자고 하면 거절하지 않는다. 매달 10만 엔과 보너스는 통째로 저축하고, 1천만 엔이 넘었을 때부터 원금 손실이 적은 투자신탁에 넣어둔 돈이 어느새 2천만 엔에 도달한 것이다.

내 유일한 사치는 집에 관한 것이다. 대학 시절의 낡은 아파트부터 손꼽으면 지금 살고 있는 집이 네 번째다. 취직해서 첫 번째 보너스를 받았을 때 그토록 동경하던 원룸 아파트로 옮기고, 그로부터 2년 후에 다락방이 있는 넓은 원룸으로 옮겼다. 그곳에서 애인과 2년 동안 동거하고, 그와 헤어진 것을 계기로 친한 친구 두 명이 사는 전철 선로 옆의 2K 주택으로 옮겼다. 그곳에서는 오래 살 작정이었는데, 계약을 연장하기 직전에 우연히 고양이를 줍는 바람에 애완동물을 키울 수 있는 지금의 낡고 좁은 1LDK로 이사한 것이다.

이렇게 말하면 매우 순조롭게 이사한 것 같지만, 부동산중개소에 갈 때마다 나는 불쾌함을 곱씹어야 했다. 이름만 들어도 누구나 아는 기업에 근무하며 진지하게 살고 있음에도 보증인이 친구 남편이라고 하면 집을 빌려주지 않는 일이 많았다. 결혼할 생각으로 시작한 동거생활은 결국 내가 집안일을 모두 떠맡고, 수도료와 광열비, 식비도 내지 않는 그에게 정이 떨어지기 시작했다. 무엇보다 혼자 있고 싶을 때 혼자 있을 수 없는 것은 크나큰 고통이었다. 그때부터 머릿속에는 막연히 내게 결혼이 맞지 않을지도 모른다는 생각이 자리 잡게 되었다. 그리고 평생 혼자 살지도 모른다는 불안감은 나로 하여금 더욱 저축에 박차를 가하게 만들었다.

그때 초인종이 울려서 현관문 구멍으로 밖을 내다보자, 1층에 사는 주인 영감이 서 있었다. 나는 어쩔 수 없이 문을 열었다.

"창문이 잘 열리는 게 있어서 왔어. 잠시 들어가도 되겠수?"

된다, 안 된다고 말하기 전에 주인 영감은 남의 방에 성큼성큼 들어와, 자기 멋대로 베란다 창문을 열고 레일 부분에 기름 같은 것을 뿌렸다. 나는 불평할 마음도 들지 않아 주인 영감 머리 위에 널어놓은 내 속옷을 쳐다보았다.

"이것 봐. 이제 잘 미끄러지지?"

"예에⋯⋯."

오기로라도 고맙다고 말할 생각은 없었다. 아무리 집주인이라고 해도 남의 집에, 더구나 여자 혼자 사는 집에 어떻게 자기 멋대로 들어올 수 있을까? 처음 이 집으로 이사 올 때, 예전에 살던 사람이 여벌 열쇠를 만들어두었을지 모르니까 자물통을 바꿔달라고 했더니 "우리는 확실한 사람에게만 빌려주니까 걱정하지 마쇼" 하며 아예 상대도 해주지 않았다. 그런 사람에게 더 이상 무슨 말을 하랴. 주인 영감이 나간 다음 나는 소파에 털썩 주저앉았다.

그동안은 싫으면 금방 이사할 수 있기 때문에 임대가 편하다고 여겼지만, '내가 살 장소를 빌린다는 것'에 지쳐 있다는 사실을 실감하지 않을 수 없었다. 아무리 집주인의 성격이 좋아도, 약간 불쾌한 일이 있으면 금방 태도가 돌변한다. 물론 내가 임대사업자라고 해도 입주자의 일거수일투족에 촉각을 곤두세우리라. 어디에 가나 매너가 나쁜 사람이 한두 명쯤 있게 마련이다. 어차피 임시로 사는 것이라고 여겨서인지, 건물 안에서 만나도 서로 인사하지 않는다. 나는 그런 생활에 완전히 지쳐 있다.

하지만 집을 사기 위해 친구의 남편에게 대출 보증인이 되어
달라고 부탁하는 것은 마음이 내키지 않았다. 본인은 괜찮다고
하지만, 그것은 이사할 때마다 큰 스트레스였다. 더구나 임대가
아니라 대출 보증인이라면 그쪽도 쉽게 대답하기 어려우리라.

생리용품 기획부라는 특성으로 인해 우리 부서 직원은 거의
여성으로, 아파트 구입에 관해 이야기하는 일이 많다. 금전적으
로는 임대 쪽이 좋다든지, 나이가 많은 독신 여성에게는 집을
잘 빌려주지 않는다든지……. 그런 지식은 나도 가지고 있다.
그때는 마흔 살까지 결혼하지 않으면 집을 사는 것도 나쁘지 않
겠다고, 먼 미래의 일로써 막연하게 생각했을 뿐이다.

나는 무릎 위에 있는 고양이를 내려놓고, 보통예금과 비상용
우체국예금의 잔액을 보기 위해 일어섰다.

그로부터 6개월 후, 나는 그 신축 아파트의 첫 번째 설명회에
와 있다. 오랜만에 가슴이 두근거렸다. 집이 완공되는 것은 다
음달이지만, 지금의 내 심정은 두려워하던 번지점프를 하고 난
후처럼 상쾌하다고 할까?

앞으로 같은 아파트에서 살 사람들을 둘러본다. 혼자 온 30대
여성도 있고, 신혼부부처럼 보이는 커플과 중년 부부도 있으며,
혼자 온 남성도 몇몇 있다. 생각 탓인지, 한결같이 기분 좋은 표

정을 짓고 있다.

나는 결국 은행에서 대출을 받지 않았다. 6개월 전에 정기예금과 보통예금을 더해보니 정확히 원하는 집을 살 수 있는 금액이었다. 예금이 모두 없어지는 것은 약간 불안했지만, 입주할 때까지 남은 6개월 동안(그 사이에는 보너스도 있다) 천만 엔 이상 저축할 자신이 있었다. 그러면 집의 인테리어 비용이며 세금이며, 한동안 걱정할 필요 없으리라.

친구에게 이야기했더니 너무 성실하게 살아서 정신이 이상해진 것이라고 극구 말렸다. 하지만 지금까지 바보처럼 저축한 이유는 돈이 필요할 때 쓰기 위함이 아닌가? 그리고 나는 돈이 필요할 때가 지금이라는 결론에 도달했다. 살 곳만 있으면 그 다음은 어떻게 되리라는 낙천적인 기분을, 나는 태어나서 처음 맛보았다. 은행 대출이 아니라 현금으로 산다고 했더니 맥이 빠질 만큼 수속도 간단하고 심사도 없으며 보증인도 필요 없었다.

관리 체제나 인테리어 업자의 설명을 들으며 나는 고양이와 같이 살 반짝반짝 빛나는 성을 상상했다. 너무 행복해서 현기증이 날 지경이었다.

설명회 마지막에 아파트 임원을 정하는 제비뽑기가 있었다. 물론 입후보하는 사람이 없어서, 넓은 회의장 단상에서 한 사람씩 제비를 뽑았다. 30가구 중에 임원은 세 명이다. 10분의 1의 확률.

"신이시여, 이렇게 부탁합니다. 제발 귀찮은 일에서 빼주세요. 지금까지 성실하게 살아왔잖아요."

그렇게 주문을 외우며 삼각형으로 접힌 제비를 뽑았더니, 그곳에는 빨간색 원이 그려져 있었다.

내 입에서 튀어나온 말은 "아아!" 하는 안도의 한숨이 아니라 "역시나!" 하는 체념의 말이었다. 별안간 번지점프의 밧줄이 끊어진 듯한 생각이 들었다.

아름다운 꿈에서 깨어난 나는 똑같이 어깨를 떨구고 있는 다른 두 명의 여성과 함께 번지점프대 밑에 있는 강물에서 헤엄치는 수밖에 없다고 여기며 미간을 주물렀다.

당사자

깊은 밤, 아직 더위가 남아 있는 도쿄에서 아르바이트가 끝나고 직원들과 함께 중화요리를 먹다가 나는 그것을 보았다. 중화요릿집 텔레비전에 나온 영상. 뉴욕의 초고층 빌딩에 항공기가 돌진한 순간, 나중에 모든 사람이 그렇게 표현하듯 빌딩은 '영화처럼' 어이없이 무너지고 말았다. 미국에 친구가 있는 것도 아니고, 더구나 아프가니스탄에 아는 사람이 있는 것도 아니다. 하지만 심한 기시감에 휩싸인 나는 그날부터 꼬박 일주일 동안 거의 아무것도 먹을 수 없었다. 아르바이트하던 바bar에는 감기에 걸렸다고 하고 쉬었다.

"요즘 왜 그렇게 기운이 없어?"

바의 문을 열기 전, 카운터에서 유리컵을 닦고 있었더니 점장이 뒤에서 말을 걸었다.

"기운이 없긴. 괜찮아."

"본인이 자기 상태도 몰라? 유리컵을 얼마나 깨야 직성이 풀리겠어?"

"미안해. 월급에서 빼."

점장이라고 해도 경영자가 아니라 피고용인인 그는 나와 똑같은 서른한 살로, 밖에서 만났을 때처럼 환하게 웃으며 내 머리를 가볍게 때렸다.

"그런 말이 아니라 걱정이 돼서 그래. 끝나면 같이 밥이라도 먹을까?"

"요즘 잠을 제대로 못 자는 바람에……."

그때 아르바이트하는 사람들이 안에서 우르르 몰려나오는 바람에 이야기는 거기서 막을 내렸다. 나는 고개를 돌려 안도의 한숨을 내쉬었다. 점장과는 이곳에서 일하기 시작한 4년 전부터 알고 지내는 사이다. 물론 서로 연애 감정이 전혀 없는, 좋은 업무 동료이자 의논 상대이자 편안한 술친구다. 그런 그와의 이야기가 두루뭉술하게 끝났는데 왜 안도의 한숨을 내쉰 것일까?

비즈니스 가街 일각에 있는 레스토랑 식 바. 이렇게 말하면 듣기에는 좋지만 젊은 샐러리맨과 직장 여성을 주 고객층으로 삼

고 있는 이자카야라고 말하는 편이 정확할지도 모른다. 나는 이
곳의 카운터에서 칵테일을 담당하고 있다. 대학을 졸업하고 나
서 특별히 취직하지 않고 프리터로 여러 직종을 전전한 이후,
이곳의 웨이트리스로 들어왔다. 처음 근무하던 날, 우연히 두
명 있는 바텐더 중 한 명이 몸이 아파 결근하는 바람에, "간단
한 칵테일 정도는 만들 수 있어요" 하고 말한 것이 시작이었다.
대학에 다니던 4년 전, 젊은이를 위한 카페에서 아르바이트할
때 그곳의 바텐더에게 칵테일 만드는 법을 배운 것이다. 술을
좋아하고 칵테일 만드는 것을 좋아하지만, 어차피 아마추어이
기 때문에 프리터로 일하면서도 그때까지 정식 바텐더로 일한
적은 한 번도 없다.

　전국에 체인점을 가지고 있는 이곳은 저녁 7시가 되면 항상
손님으로 가득 찬다. 그럭저럭 맛있는 음식과 술, 적당한 가격
에 깔끔한 인테리어로 20대부터 30대 초반의 손님이 가볍게 들
를 수 있기 때문이다. 메뉴에 없는 칵테일을 주문하는 일은 많
지 않아서, 나는 묵묵히 생맥주를 따르고 진피스와 모스크바 뮬
을 만들면 된다. 마지막까지 끊임없이 주문을 받아야 하는 이
일은 내게 잘 맞는다. 아무런 생각을 하지 않아도 손과 몸이 멋
대로 움직이고, 또 작은 카운터에 앉아 있는 손님과 잠시나마
이런저런 이야기를 나누는 것도 즐겁다.

　마지막 주문을 받기 30분 전, 문득 고개를 들자 단골 남자 손

님이 눈앞에 앉았다.

"어서 오세요. 오랜만에 오셨네요."

"요즘 좀 바빴거든. 오늘은 일이 일찍 끝나서 자네 칵테일이나 한 잔 마시고 가려고 들렀네."

일 년 전부터 가끔 들르는 50대 후반의 옷차림이 깔끔한 손님이다. 이 정도 사람이라면 좀더 편안한 바에 가도 될 텐데. 그렇게 생각하며 고개를 갸웃거리기도 했지만, 내가 만드는 칵테일을 좋아한다고 한다. 처음에는 나를 유혹하기 위해서 온 것이 아닐까 몸을 움츠리기도 했지만, 칵테일 한두 잔만 마시고 돌아갈 뿐 유혹하기는커녕 이름도 물은 적이 없다. 정말 이상한 아저씨다.

"기운이 없어 보이는군. 감기라도 걸렸나?"

손님까지 그렇게 말하자 나는 할 수 없이 내 몸의 상태를 인정하기로 했다.

"예에, 조금 기운 빠지는 일이 있어서요."

"하긴 이 세상엔 기운 빠지는 일이 많으니까. 하지만 자네 칵테일을 마시면 왠지 모르게 기운이 나더군."

닭살 돋는 말이긴 하지만 그 사람 입에서 나오자 순순히 받아들일 수 있었다. 조금 기쁘기도 하고 조금 부끄럽기도 하다.

그날 밤, 가게 문을 닫으려고 할 때 오랜만에 사장이 모습을 드러냈다. 그리고 직원들에게 일장연설을 늘어놓는 바람에 전철 막차를 놓치고 말았다. 다른 아르바이트 사원에 비해 시급을 두 배 가까이 받는 나는 사원들과 똑같이 취급되는 경우가 많다. 하지만 사원들에게 지급되는 택시비가 내게는 지급되지 않는다. 가끔 전철을 놓칠 때는 오늘처럼 비슷한 방향에 살고 있는 점장이 집까지 바래다주곤 했다. 점장은 택시 안에서 여느 때처럼 밝은 표정으로 이야기했지만 내 얼굴은 자꾸 일그러졌다. 배가 아프기 시작한 것이다.

"왜 그래? 어디 아파?"

눈치 채이지 않으려고 했지만 소용없었다.

"솔직히 말하면 화장실에 가고 싶어."

"난 또 뭐라고. 큰 거야?"

"그렇게 콕 집어서 말하면 어떡해?"

"5분이면 우리 집에 도착하는데, 그때까지 참을 수 있겠어?"

부끄러워할 때가 아닐 만큼 절박해진 나는 식은땀을 흘리며 고개를 끄덕이는 수밖에 없었다. 아파트 앞에서 택시가 멈추자마자 나는 복통과 현기증을 참으며, 코트를 입은 채 가까스로 그의 화장실에 뛰어들었다. 내보낼 것을 내보내자 갑자기 수치심이 밀물처럼 밀려들었다. 아무리 술친구라고 해도 혼자 사는 남자 집에 뛰어들다니. 그것도 화장실을 쓰기 위해. 그런 나 자신이 한심하기 짝이 없었다. 조심스레 거실로 들어가자 그는 주방에서 물을 끓이고 있는 참이었다.

"어때? 아직도 아파?"

"……이제 괜찮아. 그만 갈게."

"갑자기 날씨가 추워지는 바람에 몸이 차가워져서 그런가 봐. 따뜻한 레몬티 만들었으니까 마시고 잠시 누워 있어."

거실에 소파가 없어서인지, 그가 가리킨 것은 침대였다. 순간적으로 몸을 웅크린 나를 보고 그는 어이가 없다는 듯 너털웃음을 터뜨렸다.

"내가 설마 설사하는 여자한테 손을 대겠어? 편의점에 다녀올 테니까 잡지나 텔레비전 보고 있어."

알고는 있었지만 정말 착한 사람이다. 나는 재킷을 벗고 침대에 걸터앉아 그가 켜놓은 텔레비전을 껐다. 혼자 살기 시작한 열여덟 살 때부터 나는 집 안에 텔레비전을 들여놓은 적이 없고, 신문도 보지 않는다. 보고 싶지 않은 것을 멍하니 보는 것은 고통 그 자체다. 그렇게 말하자 애인이 이상한 여자라고 하며 떠난 적도 있다.

아직 아랫배가 아팠지만 원래 위장이 약하기 때문에 이런 일에는 익숙하다. 조금 있으면 깨끗이 가라앉을 것이다. 침대에 누웠더니 생각보다 훨씬 편하다. 역시 컨디션이 좋지 않은 것이리라. 이제 젊지 않기 때문일까? 눈을 감으면 지금이라도 잠들 것 같아서, 나는 옆에 쌓여 있는 책과 잡지를 들추었다. 주간지와 만화 잡지, 문고판 책. 특별히 내 관심을 끄는 것은 없었다. 하지만 산더미처럼 쌓인 잡지의 맨 밑에서 나는 그것을 발견했다.

주로 사진을 싣는 어느 잡지가 폐간되었다는 것은 전철의 광고를 통해 알고 있었다. 그 잡지의 최종호다. 절대로 펼쳐서는 안 된다. 잡지를 원래 자리에 놓고, 지금이라도 여기서 나가야 한다. 하지만 마음과 달리 떨리는 손은 멋대로 그 잡지를 펼치고 있었다.

고등학생 시절 하루에 몇 번씩 보고 또 보고, 그때마다 복통과 구토증에 휩싸였던 사진이 양쪽 페이지에 잔뜩 실려 있다. 항공기 추락 현장. 진흙탕 속에서 인형의 발처럼 튀어나온 커다란 발바닥. 여기저기에 흩어져 있는 물건들. 나뭇가지에 걸린 인간의 살점들.

"정말 많이 아픈 거 아니야? 구급차라도 부를까?"

편의점에서 돌아온 그의 첫마디였다. 나는 침대에 엎드린 채 온몸의 떨림과 오열을 필사적으로 참는 중이었다. 내 입에서는 겨우 "괜찮아"라는 말이 흘러나왔다.

그해 여름, 같은 반 여자 친구가 그 비행기를 탔다. 특별히 친한 것은 아니었지만 나는 텔레비전에 매달려 미친 사람처럼 뉴스와 와이드 쇼를 보고 또 보았다. 여름방학이 끝나자 그녀의 자리에는 새하얀 국화꽃이 놓이고, 교장과 담임은 우리를 향해 그녀의 몫까지 건강히 살라고 말했다. 우리 반 여학생들은 대부분 울었으나 나는 울지 않았다. 그 후, 나는 사고에 관계된 책과 잡지를 모조리 구입해서 탐욕스럽게 읽었다. 부모님은 하루가 다르게 야위어가는 나를 병원에 데려갔다. 결코 정신과 의사 때문은 아니지만, 나는 그것을 계기로 비행기 사고에 대해 일체 생각하지 않기로 했다. 그리고 그동안 모아놓은 책과 잡지를 모두 버리고 입시 공부에 전념했다. 실제로 대학에 들어가자 나름대로 즐거워서, 더 이상 항공기 사고에 대해 떠올리지 않았다.

나는 죽을힘을 짜내어 간신히 그것까지 설명했다.

"그 말, 누구에게도 한 적 없어?"

고개를 끄덕이는 나를 바라보며, 그는 어린아이를 달래듯 내 머리에 손을 올려놓았다.

"애인에게도 말할 수 없었나 보군."

나는 다시 고개를 끄덕였다. 대형 지진도, 화산의 분화도, 전철에 뿌린 사린가스도, 유괴범에게 살해당한 초등학생도…… 누군가가 그것에 대해 말하면 마음이 귀에서 그 말을 내쫓았다. 그런 사건을 아는 것이 두려웠다. 고등학생 시절의 그 여름처럼, 나약한 나 자신이 막다른 골목으로 들어가 더 이상 도망칠 수 없게 되는 것이 두려웠다.

나는 있는 힘을 다해 그의 목을 껴안았다. 그는 오랫동안 나를 껴안고 머리를 어루만져주었다. 그가 원하면 옷을 벗을 수 있었지만 그는 단추 하나 벗기지 않았다. 어슴푸레 날이 밝아오고 두 사람이 깜빡깜빡 잠의 세계로 빠지기 시작했을 때, 그가 말했다.

"괜찮아, 당사자가 아닌 사람은 당사자와 똑같이 생각하지 않아도. 언젠가 자신이 그렇게 될 때까지 열심히 살면……."

나는 몽롱한 머리로 그 말이 무슨 뜻인지 생각하려고 했지만, 이내 잠의 세계로 빠져들고 말았다.

다음주, 또 이상한 중년 남자가 바에 나타났다. 그는 내 얼굴을 보자마자 빙긋이 미소를 지었다.

"이제 기운을 차린 모양이군."

"예. 좋은 일이 있었거든요."

"그래. 살다 보면 좋은 일이 있는 법이지."

"제 오리지널 칵테일을 만들어봤는데, 한번 드셔보시겠어요?"

남자는 깜짝 놀란 표정을 지으며 "물론" 하고 말했다. 나는 마티니를 좋아하는 그를 위해 코코넛과 레몬 리큐어(liqueur, 증류하여 만든 주정에 과실과 과즙, 약초 등의 성분을 넣고 설탕과 포도당, 꿀, 시럽 등 감미료를 넣은 혼성주)를 섞은 다음 가루녹차를 약간 넣고 흔들었다. 달콤한 맛을 싫어하면 실패지만 과연 어떨까?

"음, 마음이 편안해지는 맛이군."

"아아, 다행이에요!"

그렇게 가슴을 쓸어내리고 있을 때, 그가 불쑥 말했다.

"정년퇴직을 하면 바를 차리려고 하는데, 그때 우리 가게로 오지 않겠나?"

그는 진지한 얼굴로 명함까지 내밀며 내 얼굴을 똑바로 쳐다보았다. 생각지도 못한 제안에 나는 어떻게 대답해야 좋을지 몰라서 우물쭈물했다.

"아직 2년 후의 일이고, 베테랑 바텐더는 이미 점찍어놓았으니까 견습생부터 시작해야 할 거야."

"하필이면 왜 저를……?"

그 말이 겨우 입을 뚫고 나왔다. 나는 아직 바텐더라고 할 수 없는 수준이 아닌가?

"자세가 좋아서 그래. 셰이커를 크게 흔드는 동작도 좋고. 무엇보다 자네는 매너가 좋아. 항상 편안함과 거리감을 적절히 유지하고 있더군."

그는 잠시 말을 끊었다 다시 이었다.

"냉정하게 보이지만 자네는 마음이 따뜻하고 강한 사람이야."

예전 같으면 그렇지 않다고 부정했으리라. 어쨌든 내가 따뜻하고 강한 사람인지 아닌지는 둘째치고, 이제야 겨우 내 인생의 당사자가 된 것만은 분명하다.

호 스 트

　내가 설마 호스트클럽에 빠질 줄이야. 그런 것은 상상조차 해보지 않았다. 그렇다고 한 달에 수백만 엔이나 쓰는 것은 아니지만, 최근 몇 달 동안 일주일에 한두 번은 반드시 가는 것을 보면 충분히 빠졌다고 할 수 있으리라.

　처음에는 내가 담당하는 작가가 취재도 할 겸 가보고 싶다고 말을 꺼냈다. 만약 친구가 개인적으로 가보자고 했다면 흥미보다 귀찮다는 생각이 앞서서 거절했으리라. 대형 출판사에 근무하는 나는 20대만큼은 아니지만 지금도 나름대로 바빠서, 호스트클럽에 갈 시간이 있다면 차라리 책을 읽거나 잠을 자고 싶다. 아무튼 나와 여류 작가는 잡지 기자에게 초보자용 호스트클럽을 소개받아 멈칫거리며 발을 들여놓았다. 폼 잡고 찍은 호스트들의 사진이 빼곡히 걸려 있는, 악취미라고도 천박하다고도 할 수 있는 화려한 실내 인테리어가 인상적인 그 호스트클럽은 밴드와 무대까지 있는 넓은 곳이었다. 이른바 문단 카페라고 불리는 긴자銀座의 바에서 남성 작가를 접대하는 것에 익숙했던 나는 내부 구조만 보고도 적잖이 놀랐다.

중년 남성에서 젊은 남자에 이르기까지 나이와 용모가 제각기 다른 호스트들에 둘러싸여, 40대 중반의 독신 여류 작가는 지금까지 본 적이 없을 만큼 흥분했다. 그때는 작가에 신경 쓰느라 마음이 조마조마해서 내가 즐길 여유가 없었다. 호스트들은 내게도 휴대전화번호가 적힌 명함을 산더미처럼 건네주고 머리 모양과 패션 감각을 칭찬했다. 그리고 넌지시, 하지만 끈질기게 전화번호를 물었으나 가르쳐줄 생각은 전혀 없었다.

호스트가 혈액형과 별자리를 묻거나 "내가 몇 살처럼 보여요?"라고 물었을 때는 나도 모르게 "미팅도 아닌데 그런 건 알아서 뭐 해? 좀더 재미있는 말을 하는 게 어때?" 하고 쌀쌀맞게 대꾸했을 정도다.

그런데 어떻게 된 것일까? 나는 지금 거의 매일 걸려오는 아카쓰키의 전화를 애타게 기다리고 있다. 새벽 曉 자를 쓰는 그의 이름은 아키라가 아니라 '아카쓰키'라고 읽는다. 열여덟 살 때부터 지방에서 호스트 생활을 했다는 그는 얼굴도 이름도 경력도 호스트란 것을 단박에 알 수 있는 정통 호스트다. 그날 애타게 기다리던 그의 전화를 회의 중이라서 받을 수 없었다. 나중에 음성 메시지를 확인하니 "바쁘신 것 같군요. 바쁠수록 건강에 신경 쓰세요. 내일 또 전화할게요" 하고 예의 바른 목소리가 들어 있어서, 나는 메시지를 지우지 않고 저장해두었다. 자기 전에 다시 듣고 싶었기 때문이다.

작가와의 술자리가 자정이 넘어 끝나는 바람에, 나는 축 늘어진 몸을 이끌고 택시를 타고 집으로 향했다. 도중에 휴대전화가 울려서, 아카쓰키인 줄 알고 황급히 받아보니 현재 사귀고 있는 애인이었다.

"지금 어디야? 시간 있는데, 한잔하러 안 갈래? 아니면 자기 집으로 갈까?"

"집으로 가는 택시 안이야. 미안하지만 작가 접대로 녹초가 됐거든. 다음에 만나면 안 될까?"

그렇게 말한 다음 나는 그의 대답도 듣지 않고 일방적으로 전화를 끊었다. 여전히 멋대로 행동하는 남자다. 예전 같으면 잠시도 망설이지 않고 운전사에게 행선지를 바꾸라고 하든지, 황급히 집으로 달려가 지저분한 집 안을 치우고 그를 맞이했으리라. 이것도 아카쓰키 덕분이라고, 나는 택시 시트에 깊숙이 몸을 묻고 숨을 토해냈다.

신문사에 근무하는 그와는 6년 전에 일을 통해 만났다. 애인

사이라고 해도 그에게는 별거 중인 아내가 있고, 서로 바쁜 관계로 두 달 정도 만나지 못하는 일도 있다. 하지만 나는 그를 진심으로 사랑한다. 뜨뜻미지근한 그를 왜 그토록 사랑하는지 이해할 수 없을 만큼 사랑한다. 따라서 아무리 피곤해도 그가 시간이 있다고 하면 내 일정을 취소하거나 잠자는 시간을 줄여서라도 만났다. 세 살 위인 그와는 대화도, 육체의 궁합도 잘 맞고, 그도 나와 함께 있을 때 가장 편하다고 한다. 나는 언젠가 그와 결혼할 날을 꿈꾸며 계속해서 그를 만나고 있다. 그런 내가 점점 피폐해지고 있다는 사실을 깨달은 것은 호스트인 아카쓰키를 만난 이후다.

석 달 전, 내 생일날이었다. 그는 늦게라도 만나자고 했다가 도저히 일이 끝나지 않는다면서 밤늦게 약속을 취소했다. 평소보다 몇 배 더 치장하고 호텔의 바에서 그를 기다리던 나는 분노도 잃어버린 채 힘없이 그의 전화를 끊었다. 집에 가서 잠을 자기에는 소화불량에 걸린 듯 뱃속이 편치 않고, 혼자 술을 마시기에는 마음이 내키지 않았다. 그를 기다리는 동안 술을 많이 마신 나는 술의 힘을 빌려 호스트클럽에 전화했다. 그리고 처음 갔던 날, 내 옆에 앉아서 주위의 소란스러움에 신경 쓰지 않고 말없이 안주를 먹던 젊은 남자의 이름을 말했다. 그러자 아카쓰키는 예상보다 훨씬 반가운 목소리로 대답하더니 20분도 채 지나지 않아 달려왔다.

"전화해줘서 고마워요. 클럽에 가지 않아도 돼요."

그 말이 오히려 나를 자극해서, 나는 그와 함께 클럽으로 향했다.

그 후, 아카쓰키는 매일 전화를 걸어 2분 이상 말하지 않고 전화를 끊었다. 손님과 호스트의 관계라고 생각하니 오히려 마음이 홀가분했다. 나는 일이 일찍 끝나는 날이면 클럽에 들러 그를 지명하고, 상당히 피곤하지 않는 한 한밤중까지 문을 열어놓은 식당에서 그에게 식사를 대접했다.

그들의 일당은 겨우 몇 천 엔으로, 지명료나 팁을 받지 않으면 도저히 먹고 살아갈 수 없다고 한다. 지각은 말할 것도 없고 주말에 지명이 들어오지 않으면 벌금을 내야 한다고 한다. 그 말을 듣고 나는 새삼스레 고개를 끄덕였다. 돈 많은 여자가 그런 이야기를 들으면 어찌 돈을 쓰지 않겠는가? 나는 그들의 시스템을 알고 나서 돈을 펑펑 쓰기로 했다.

둘이 있을 때 살며시 잡아주는 손. 온몸에 닭살이 돋을 법한 대사. 한숨이 터질 만큼 꼭 안아주는 포옹. 택시 안이나 길거리에서 편안하게 나누는 키스. 이것은 모두 애인에게 받고 싶은 것이다. 하지만 책임지지 않아도 되는 유사연애類似戀愛라서 그런지, 이상하게도 애인과의 사랑보다 황홀한 느낌이 들었다.

"일하는 여자도 나름대로 힘들겠지만, 어쩐지 아버지처럼 무서운 면도 있어요."

나보다 여섯 살이나 어린 아카쓰키는 놀리듯 그렇게 말했다. 담배 연기를 코로 내뿜지 마라, 장난으로라도 남자처럼 말하지 마라, 치마를 입는 편이 훨씬 예쁘다, 나하고 만날 때만이라도 여자처럼 행동해라……. 그가 그렇게 말하면 순수하게 받아들일 수 있었다.

그러고 보니 이제 겨우 서른한 살의 나이에, 나는 상당히 오래전에 나 자신이 여성이란 사실을 잊어버린 것 같다. 종아리 털을 손질하기 귀찮다고 바지 정장만 입던 내가, 다리가 예쁘다고 칭찬하는 그의 말에 스타킹을 신고 치마를 입게 되었고, 티켓을 사놓고 바쁘다는 핑계로 가지 않던 피부미용실에도 다니기 시작했다.

출판사 사람들로부터는 갑자기 예뻐져서 수상하다는 말을 들었지만, 호스트 덕분이라고 말할 수 없어서 그냥 웃음으로 얼버무렸다. 내가 예전만큼 끈질기게 연락하지 않는 탓인지 애인도 가끔 만나면 다정하게 대해주며, "요즘 뱀이 허물을 벗은 것처럼 더 여자다워졌어" 하고 말해주었다.

며칠 후, 한밤중까지 기다릴 줄 알았던 원고가 일찍 도착하는 바람에 예상보다 빨리 출판사에서 나올 수 있었던 나는 아카쓰키의 클럽에 가기로 했다. 그는 특별히 잘나가는 호스트는 아니지만 나 외에도 단골손님이 있어서, 가끔 술을 마시다 자리를 뜨기도 한다. 그러면 대신 다른 남자들이 나를 에워싼다.

"맥주 마셔도 돼요? 안주 주문해도 돼요?"

잘생긴 남자들이 일일이 내게 의견을 묻는 것은 기분 좋은 일이다. 물론 돈은 전부 내가 지불한다. 한 번 술을 마실 때의 술값은 대부분 5만 엔 정도로, 아마 그렇게 조정하는 것이겠지만 구태여 확인하지는 않았다. 내 연봉은 서른한 살이 되었을 때 천만 엔이 조금 넘었다. 나보다 적은 연봉으로 가족을 부양하는 남자도 있으므로, 호스트클럽에서 한 달에 20만 엔 정도 쓴다고 해도 빈털터리가 되지는 않으리라. 그것으로 마음의 안정을 살 수 있다면 오히려 저렴한 편이 아닐까? 그리고 일 년 정도 다니면 질릴 것이라는 막연한 예상도 있었다.

그날 클럽을 나온 후 나는 한동안 길에서 서성거렸다. 아카쓰키와 2차를 갔지만 내가 아는 곳은 이미 바닥을 드러내고, 일에 관계된 사람을 만날 만한 장소는 피해야 한다. 잠시 생각에 잠겨 있자 그가 우리 집으로 가자고 했다. 한순간 망설였지만 나는 즉시 고개를 끄덕였다. 먹을 것이 별로 없다고 했더니 그는 편의점에서 만두라도 사 가자고 말했다. 우리는 집 근처까지 택시를 타고 가서 편의점에 들러 음료수와 먹을 것을 샀다.

그는 걸으면서 먹기 위해 비닐봉투 안에서 만두를 꺼냈다.

"보기 안 좋아. 집에 가서 먹자."

"고기만두는 추운 곳에서 따뜻할 때 먹어야 맛있어요."

그는 전혀 개의치 않고 오히려 내게 고기만두를 건네주었다. 젊다는 것은 이런 것일까? 쓴웃음을 지으며 만두를 먹어보니 예상외로 맛있었다. 나는 학창 시절로 돌아간 것 같은 기묘한 기쁨을 맛보았다. 그래서 그런 것은 아니지만 나는 그날 밤 그가 원하는 대로 침대로 들어갔다. 아무리 어려도 그는 남자고, 더구나 호스트 경력도 길다. 오랫동안 애인과 잠자리를 하지 않은 나는 숫처녀처럼 긴장했지만, 그의 리드에 따라 어느새 나 자신을 잃어버렸다. 내가 이런 소리를 낼 수 있다니! 그렇게 감탄하는 나를, 그는 새로운 장난감에 열중하는 어린아이처럼 몇 번이나 시험했다.

시간이 얼마나 흘렀을까? 피곤에 지쳐 잠들어 있는데 자물쇠 돌아가는 소리가 들렸다. 그 소리를 먼저 알아차린 사람은 그다. 당황해서 어찌할 줄 모르는 그를 제지하며 나는 잠옷을 입은 채 침실에서 나갔다. 예감이 있었기 때문에 현관문에는 체인을 걸어놓았다. 조금 열린 문틈으로 애인의 얼굴이 보였다. 시선이 마주치자 나는 손가락으로 아카쓰키의 신발을 가리켰다. 그는 동요를 감추지 못하고 어색하게 고개를 끄덕인 후 등을 돌렸다.

다음 순간, 내 입에서는 나도 모르게 이런 말이 튀어나왔다.

"잠깐만. 열쇠 돌려줘요. 우편함에 넣고 가세요."

그렇게 말하고 나서 나는 문을 닫고, 애인에게 들리도록 현관

자물쇠를 힘껏 잠갔다.

그 일이 있고 난 후에도 애인과 아카쓰키 모두 달라지지 않았다. 애인은 열쇠를 돌려주었으나 여전히 시간이 있을 때마다 연락하고, 아카쓰키는 매일 전화해서 "다음에는 언제 만나죠? 며칠 못 봤더니 보고 싶어요"라고 말한다. 양쪽 모두 예전처럼 반갑지 않고 오히려 분노가 치밀었다. 분노의 화살 끝은 애인이나 아카쓰키가 아니라 나 자신에게 향했다. 나는 지금 무엇을 하는 것일까? 그리고 앞으로 무엇을 하려는 것일까?

디자인 사무실에서 회의를 마치고 출판사로 돌아오려 할 때, 휴대전화 서비스센터가 눈에 들어왔다. 나는 빨려 들어가는 것처럼 그곳으로 들어가 새 휴대전화를 샀다. 그리고 그때까지 애용하던 애인과 아카쓰키, 거래처, 친구의 전화번호가 모두 들어있는 휴대전화를 역 쓰레기통에 버렸다.

출판사에 도착하면 중요한 사람에게만 휴대전화를 잃어버렸다고 연락하자. 그 생각은 너무도 자연스럽게 떠올라서 나를 슬프게 만들었다. 갑자기 몸이 가벼워진 것 같아서, 나는 에스컬레이터가 아니라 두 발로 계단을 올라가 야마노테센山手線 플랫폼에 섰다.

목욕탕

직장을 그만둔 지 일 년이 지났다. 단기대학을 졸업하고 다니던 중소 은행이 대형 은행에 흡수되는 것을 계기로 명예 퇴직했다. 그리고 그때부터 계속 빈둥거리고 있다. 일 년쯤 일을 안 하면 좀이 쑤셔서 직장을 구하러 다니지 않을까 생각했지만, 일하고 싶다는 욕구는 조금도 솟구치지 않는다.

내가 왜 이렇게 된 것일까? 이해할 수 없다. 인생에 대해서도, 나 자신에 대해서도.

나는 특별히 독특한 사람이 아니다. 어릴 때부터 어떤 분야에 뛰어나지도 않고, 큰 결점을 가지고 있지도 않았다. 취미도 없고 특기도 없으며 용모도 지극히 평범하다. 하지만 나름대로 애교나 처세술도 가지고 있어서 사람들한테 특별히 미움을 받지는 않는다. 그렇다고 사랑을 받는 것은 아니지만. 단기대학을 나온 후, 별로 하고 싶은 일이 없던 나는 학교에서 알선해준 은행에 취직했다. 솔직히 말하면 적은 월급에 혹사당했다고 생각하지만 세상이 원래 그런 것이 아닌가?

은행을 그만둔 계기가 흡수합병이란 것은 거짓말이 아니지만 진짜 이유는 목욕탕 때문이다. 어느 날 몸도 마음도 지쳐서 은행에서 돌아왔을 때, 욕실 물이 나오지 않았다. 세면대와 부엌 수도꼭지에서도 물이 나오지 않는 것을 보면 급탕기가 고장난 것이리라 생각했다. 단지 그것뿐이었는데, 그것은 평소에 쌓이고 쌓인 인내심의 표면 장력을 넘치게 하는 최후의 한 방울이 되었다. 내 마음속에서는 가스회사에 전화해서 수리하러 오라고 할 의욕마저 생기지 않았다. 모든 것이 귀찮았다.

그날은 화장도 지우지 않고 침대로 파고들었다. 그리고 다음 날 도저히 점심때까지 일어날 수 없어서 처음으로 무단 결근을 했다. 오후에 몽롱한 머리로 일어나 잠옷 차림으로 베란다에 나갔다. 따뜻한 햇살 속에서 우유를 마셨더니 별안간 몸속에서 악귀가 빠져나가는 것 같았다. 조용하고 분명한 해방감이 온몸을 휘감았다.

나는 정신을 차리기 위해 근처에 있는 대중목욕탕에 갔다. 그곳에 대중목욕탕이 있다는 것은 알고 있었으나 가본 것은 처음이다. 목욕탕의 내부는 어렸을 적 집의 욕조를 수리하는 동안 다녔던 목욕탕과 별반 다르지 않았다. 오래된 벽과 나무 바닥. 높은 천장과 결코 깨끗하다고 할 수 없는 벽을 가득 메운 거울들. 옷을 담는 등나무 바구니와 바늘이 붙어 있는 크고 둥근 체중계. 조심스레 옷을 벗고 따뜻한 물 속에 들어가자 오후 3시가 지났는데도 뜻밖에 사람이 있었다. 대부분 노인들이었지만 어린아이와 가정주부들, 나보다 어려 보이는 여성도 있다. 내가 어릴 때 사용하던 플라스틱 노란 대야를 아직도 사용하는 것이 신기했다. 나는 커다란 욕조 안에서 손발을 쭉 뻗었다. 벽에는 후지산富士山이 아니라 샤갈 그림이 그려진 타일이 붙어 있었는데, 그 어설픈 솜씨에 웃음과 함께 안도의 한숨이 새어 나왔다. 나는 느긋하게 몸을 씻고 머리를 감은 다음 다시 욕조로 들어갔다. 그러자 별안간 몸이 후끈 달아올라 잠시 탈의실 의자에서 목욕타월을 감고 누워 있었다. 아무도 "괜찮아요?" 하고 묻지 않는 것을 보면 이렇게 누워 있어도 되는 것이리라. 귀를 쫑긋 세우지 않아도 할머니들의 이런저런 이야기가 들려왔다. 현기증이 사라진 다음 나는 차가운 커피 우유를 마셨다. 그리고 옛날 미용실에 있던 낡은 드라이어로 머리칼을 말리고 겸사겸사 마사지 의자에도 앉아보았다.

목욕탕을 나왔을 때는 완전히 해가 저물었다. 돌연 폭발적인 공복감에 휩싸인 나는 노 브래지어에 화장도 하지 않은 맨 얼굴로 가장 먼저 눈에 띈 메밀국수가게로 뛰어 들어가 돈가스덮밥을 시켜 먹었다. 사람들의 시선을 의식하지 않게 되자 "아아! 나는 그동안 왜 그렇게 긴장하며 살았던가!" 하는 한숨이 저절로 터져 나왔다.

그 이후, 3개월 정도 누워만 있었다. 중고등학생 시절의 잠(그러고 보니 단기대학 시절에는 푹 잤다)과 취직해서 일하던 10년간의 졸린 아침을 되찾으려는 듯 오후까지 잠을 자고 나서 목욕탕에 가고, 집에 오는 길에 튀김덮밥이며 카레돈가스며 돌솥비빔밥 등 지금까지 스스로에게 금지했던 고칼로리 음식을 먹었다. 그리고 집에 와서 텔레비전을 켜놓으면 한 시간도 채 지나지 않아 또 잠의 세계로 들어갔다.

그러던 어느 날, 애인이 불쑥 전화를 걸어 근처에 있다며 나오라고 했다. 회사를 그만두기 전에 연락이 끊겨서 완전히 차였다고 생각했는데 갑자기 무슨 일일까? 나는 고개를 갸웃거리며 역 근처에 있는 이자카야로 향했다. 애인이라고 해야 할지 그냥 만나는 남자라고 해야 할지, 어쨌든 그 남자는 나를 보자마자 기묘한 표정을 지었다. 놀란 것인지 불쾌한 것인지 실망한 것인지, 아무튼 그런 식의 얼굴이었다.

"살찐 거 아냐?"

이것이 그의 첫마디였다. 나는 상처도 받지 않고 "3킬로 늘었어" 하고 말한 다음 종업원에게 맥주를 주문했다. 알코올을 마시는 것은 오랜만이다. 차가운 맥주가 온몸 구석구석까지 시원하게 만들어, 나는 500시시 절반을 단숨에 들이켰다.

"회사 그만뒀다며? 지난주에 노구치 씨한테 들었어."

노구치 씨가 누구더라? 한순간 의문이 뇌리를 스쳤지만 나는 닭날개튀김을 먹으며 고개를 끄덕였다.

"매일 뭐 하며 지내?"

"목욕탕에 다녀."

"······아르바이트?"

"설마! 그냥 목욕하러."

잠시 침묵이 흐르고, 그는 미간에 주름을 잡으며 말했다.

"괜찮아?"

"뭐가?"

"돈이며 다음 직장이며. 그리고 그 꼴이 뭐야?"

넥타이에 정장 차림인 그에 비하면 티셔츠에 운동복 바지, 샌들을 신은 내가 지저분하게 보일지도 모르지만, 생활비를 걱정할 정도는 아니다. 그동안 쓸 시간이 없었기 때문에, 사치를 부리지 않으면 2년 정도 살 수 있는 돈이 있다. 더 이상 사람들의 시선을 신경 쓸 필요가 없는데 뭐 하러 치장하겠냐는 말이 목구멍까지 나왔지만 그만두기로 했다. 내가 아무 말도 하지 않자 그는 안절부절못하기 시작했다.

"설마 나와 결혼해서 편하게 살려는 건 아니겠지?"

이번엔 내가 놀랄 차례였다. 모처럼 매일 편안하게 살 수 있는데, 내가 뭐 하러 결혼하겠는가? 결혼하고 싶다는 생각은 손톱만큼도 한 적이 없다.

"전혀."

결혼하고 싶다고 말하면 펄쩍 뛸 주제에, 그는 뒤통수라도 얻어맞은 표정을 지었다. 그 이후 대화는 이어지지 않고, 우리는 안주를 먹고 맥주를 석 잔씩 마셨다. 계산할 때 내가 지갑을 꺼내자 그가 만류했다.

"오늘은 네 생일이니까 내가 낼게."

그때야 비로소 오늘이 내 서른한 번째 생일이라는 사실을 깨달았다.

"잘 먹었어."

그러나 그는 노골적으로 화를 냈고, 우리는 술집 앞에서 좌우로 헤어졌다.

기묘한 아르바이트를 시작한 것은 초가을 무렵이었다. 좀처럼 울지 않는 전화벨이 울려서 받았더니 한 여성이 "나, 노구치야" 하고 이름을 말했다. 분명히 지난번에 전 애인을 만났을 때도 그 이름이 나왔다. 내가 아무 말도 하지 않자 그녀는 재차 "은행에서 함께 일했던 노구치야" 하고 말했다. 그제야 겨우내 직속 상사 이름이 노구치였던 것이 떠올랐다. 직장에서 3년 선배로, 먼 친척이라고 하면서 전 애인을 소개해준 사람도 그녀였다.

다시 취직했냐고 해서, 당분간 일할 생각이 없다고 솔직히 대답했다. 그러자 그녀는 "별안간 이런 부탁을 해서 미안한데" 하고 서두를 꺼냈다.

"내일 여행 가는데, 그동안 고양이를 맡아줄 수 있겠어?"

귀찮은 일에 휘말릴까 봐 걱정하던 나는 '뭐야? 겨우 그거야?' 라고 가슴을 쓸어내렸다. 그녀의 말에 따르면 지금까지 부탁했던 여자 후배가 결혼하는 바람에 고양이를 봐줄 사람이 없다고 한다. 전문 페트시터(pet sitter, 애완동물 도우미)도 있지만 역시 처음 보는 사람에게 집 열쇠를 맡기기 불안하다는 것이다. 어차피 매일 한가하고 고향에도 고양이가 있어서 돌본 적이 있다고 하자, 그녀는 기쁜 목소리로 몇 번이나 고맙다고 말했다.

그후, 나는 그녀가 도쿄에 없을 때마다 그녀의 집에 숙박하게 되었다. 전직해서 급료가 올랐는지, 내 초라한 원룸은 거실 넓이밖에 안 될 만큼 그녀는 넓은 집에 살고 있었다. 자매라고 한 두 마리의 친칠라 고양이는 얌전해서, 나는 하루의 대부분을 편안한 소파에 누워 고양이 두 마리와 함께 보냈다. 저녁때가 되면 미리 보아둔 목욕탕에 가고, 눈에 띄는 식당에서 밥을 먹고 들어왔다. 돈은 필요 없다고 했지만, 그러면 다음에 부탁할 수 없다고 하면서 하루에 5천 엔씩 계산해주었다. 그녀의 인맥은 상당히 넓어서, 어느새 그녀의 친구들도 내게 애완동물을 부탁하게 되었다. 작은 강아지와 열대어도 있지만, 도시에서 일하는 독신 여성의 애완동물은 고양이가 압도적으로 많았다. 그녀가 말했는지 그렇게까지 필요 없다고 했는데도 하루에 5천 엔씩 일당을 주고, 더구나 냉장고에 있는 것은 무엇이든 먹어도 좋다고 했다. 또한 옷이 많은 사람은 이제 입지 않는다고 하면서 새 옷처럼 보이는 옷을 주기도 했다. 나는 연말연시에도 집에 가지 않고 세 사람의 애완동물을 돌봐주었다. 말이 좋아 돌보는 것이지 고양이에게 식사를 주고 대소변을 처리하며 가끔 머리를 어루만져주고 주인에게 "얌전히 잘 있어요" 하고 전화로 알려주면 되는 것이다. 다들 한결같이 좋은 집에 살고 있어서, 대중목욕탕이 쉬는 날에는 욕실까지 쓸 수 있었다.

어느새 노구치 씨와 그녀의 친구들은 내게 농담처럼 "계속 직장에 다니지 말아줘" 하고 말하며 소중히 대해주었다. 틈새 산업이라는 생각도 들었지만 일한다는 느낌은 들지 않았다. 저축은 줄기는커녕 오히려 늘어났다. 그래도 나는 집의 욕실을 수리하지 않고 계속 대중목욕탕에 다녔다.

골든위크(golden week, 4월 말에서 5월 초까지 이어지는 일본의 황금연휴)가 끝난 다음주 토요일, 노구치 씨가 자기 집으로 오라고 했다. 친구들과 모여서 밥을 먹기로 했는데, 고양이를 돌봐준 인사도 할 겸 저녁 식사를 대접하고 싶다는 것이다. 특별히 거절할 이유가 없던 나는 그렇게 하기로 했다.

그들은 같은 여자 대학의 같은 동아리 출신으로, 모두 여성학과 페미니즘을 연구하고 있다는 사실을 나는 그날 처음 알았다. 나이는 제각기 달랐지만 애완동물을 맡긴 적이 있는 사람들이 많아서 그렇게 긴장하지 않아도 되었다. 모두 술을 잘 마시는 바람에 나도 덩달아 평소보다 많이 마셨다.

"우리는 자기가 있어서 다행이지만, 자기는 앞으로 어떻게 할 거야?"

평소에 말투가 부드러운 노구치 씨가 갑자기 시비 거는 말투로 내게 물었다.

"아직 특별한 계획은 없는데요."

"그러면 우리 사무실 일 좀 도와줄래? 사람들도 많이 늘어서 이제 심포지엄도 해야 할 것 같고."

"고양이라면 얼마든지 돌봐드릴 수 있지만 일은 좀……."

말꼬리를 흐리자 그녀는 갑자기 내 왼쪽 뺨을 세차게 때렸다. 너무도 순식간에 일어난 일이라서 나는 무슨 일이 일어났는지 알 수 없었다. 사람들이 황급히 그녀의 팔을 잡아당기며 내게서 떼어놓았다.

"너 말이야, 솔직히 말하면 우리를 무시하지? 악착같이 일만 하는 한심한 사람들이라고 생각하지?"

나는 고래고래 소리 지르는 그녀의 목소리를 딱딱하게 굳은 표정으로 듣고 있었다. 그러자 옆에 있던 여자가 "미안해. 요즘 술만 취하면 저러거든" 하고 살며시 귀엣말을 해주었다. 나는 인사를 하고 그녀의 집을 나섰다.

나는 오후에 간 목욕탕에 다시 들렀다. 취기를 없애기 위해서 가 아니라 쿵쾅거리는 가슴을 진정시키기 위해서다.

이미 문 닫을 시간이 가까워진 목욕탕에는 사람이 별로 없고, 탈의실도 쥐죽은 듯 조용했다. 나는 목욕탕에 놔둔 내 대야와 비누, 샴푸를 들고 내가 좋아하는 자리에 앉았다. 멍하니 수도 꼭지를 바라본다. 귀를 기울이자 물 사용하는 소리와 대야 놓는 소리가 천장에 울려 퍼졌다.

"어디 아파?"

할머니라고 하기엔 아직 젊은 중년의 아줌마가 벌거벗은 채 지나가며 물었다.

"아니에요. 술을 좀 마셔서요."

"그런 땐 조심해야 돼. 욕조에 들어가지 말고 샤워만 해."

나는 웃으며 "예" 하고 대답했다. 욕조를 수리할 날은 영원히 뒤로 미뤄질 것 같다.

서른한 살

6개월 전, 아버지가 세 번째 결혼을 했다. 이미 두 번 이혼하고, 어머니가 다른 두 아들을 둔 마흔아홉 살의 아버지. 그런데도 질리지 않는지 또 결혼해서 정식으로 혼인신고까지 마친 것이다.

나는 복잡한 심경으로 아버지를 바라보았다. 몇 잔 마신 와인 때문인지 불그스레한 얼굴에 함박웃음을 담고 있지만, 내심 몹시 실망하고 있다는 것을 훤히 알 수 있었다.

오늘은 아버지가 새로 맞이한 아내의 서른두 번째 생일로, 회사까지 쉬면서 아침부터 아버지 혼자 요리를 만들었다. 그리고 이미 혼자 살고 있는 장남인 나와 다른 현縣에서 고등학교에 다니며 기숙사생활을 하고 있는 남동생까지 불렀는데, 막상 와인을 따자마자 새어머니의 어머니(즉, 새 외할머니)가 허리를 삐끗했다는 전화가 걸려왔다. 새어머니는 몹시 미안해하며, 일단 어떻게 됐는지 알아보기 위해 도쿄 변두리에 있는 친정에 가봐야겠다고 했다. 그리고 차로 바래다주겠다고 하는 아버지를 어린애처럼 달래더니 "가끔은 부자지간끼리 오붓하게 지내세요"라는 말을 남기고 재빨리 사라졌다. '오붓하게라…….' 나는 마음속으로 빈정거렸지만 세 번째 어머니의 생일 잔치에 들러리를 서는 것보다 마음이 편해진 것은 사실이다.

안타까운 표정을 지은 것도 잠시, 아버지는 오랜만에 아들과 셋이 있는 것이 좋은지 연방 내게 와인을 따라주고 왕성한 식욕을 자랑하는 동생에게 요리를 덜어주었다. 나는 아버지를 싫어하지 않는다. 멍청하기는 하지만 그래도 좋아한다. 너무나 지독한 바보라서, 너무나 외골수인 바보라서 싫어할 수 없다. 사회에 발을 내디딘 지 3년이 지났지만 이런 중년 남자를 본 적이 없다.

"고지도 와인 좀 마셔볼래?"

이미 캔 맥주를 두 개나 비운 동생에게 아버지가 말했다. 열일곱 살인 동생이 무표정하게 고개를 끄덕이자 아버지는 희희낙락하며 와인 잔을 가지러 주방으로 향했다.

"너, 술꾼이 다 됐구나. 기숙사에서도 마셔?"

아버지가 사라진 다음, 나는 편안한 마음으로 동생에게 물었다.

"가끔. 원래 초등학생 시절부터 엄마가 마실 때마다 같이 마셨잖아."

"하긴. 리에 엄마는 잘 있어?"

"최근에는 자주 안 만나지만, 가끔 전화를 걸면 여전히 괴물처럼 일하는 것 같아."

동생의 어머니, 즉 아버지의 두 번째 아내는 젊은 시절에 직접 회사를 차려서, 내가 처음 만났을 때는 교외에 넓은 단독주택을 가지고 있는 당당한 여사장이었다. 그리고 그녀 역시 서른한 살에 아버지를 만나고, 나는 그 집에서 10년 정도 살았다.

우리 어머니도 서른한 살 때, 당시 스물두 살이었던 아버지와 결혼했다. 속기 일을 하던 어머니는 아홉 살 연하인 아버지의 수입 따위는 아예 처음부터 기대하지도 않았다. 나중에 들은 이야기지만 어머니는 내가 태어나자마자 틈만 있으면 바람을 피우던 아버지를 내쫓았다고 한다. 그때부터 어머니는 누구에게도 의지하지 않고 혼자서 나를 키웠다. 올해 쉰일곱 살의 어머니는 지금도 여전히 속기 일을 하고 있고(일은 많이 줄었지만), 점심때나 휴일 저녁때는 가끔 나와 함께 식사를 한다. 가족의 눈으로 보아서 그런지 모르겠지만, 어머니는 실제 나이보다 훨씬 젊어 보이고 우아하며 품위가 있다. 그래서 같은 또래의 여자가 어린애처럼 보여서 견딜 수 없고, 실제로 여자 친구들에게 '엄마 젖을 더 먹어야 할 마마보이'라고 매도당한 적도 있다. 내가 어머니와 같이 살던 집을 나오기로 결심한 것은 중학교에 들어가기 직전이었다. 어머니의 재혼은 내게 쓸쓸함보다 기쁨을 안겨주었다. 새로운 시대와 함께 속기 일은 줄어들었고, 40대 중반인 어머니가 평생 독신으로 사는 것은 좋지 않다고 어린 마음에도 생각했던 것이리라. 어머니의 재혼 상대는 성실해 보이는 남자였지만, 그를 아버지라고 부르기 껄끄러웠고 함께 사는 것도 마음이 내키지 않았다. 아버지에게 그렇게 말하자 지금 사는 집은 방이 남아도니까 빨리 오라고, 거의 애원하는 목소리로 말했다. 그것도 나쁘지 않을 것 같아서 나는 아버지와 두 번째 어머니, 그리고 네 살짜리 이복동생과 같이 살기 시작했다.

여사장인 두 번째 어머니는 시원한 성격의 기분파로, 당연한 얼굴로 나를 맞이해주었다. 부모님 모두 저녁에 늦는 일이 많아서, 나는 이복동생을 돌보는 등 집안일을 적극적으로 도와주었다. 더부살이의 미안함이나 의무감에서가 아니라 리에 엄마(그무렵부터 나는 그녀를 그렇게 불렀다)처럼 '당연한' 감각이었으리라. 동생은 말수가 많지 않지만 친구가 많고, 말썽을 부리지 않는 아이였다. 운동신경이 뛰어난 그는 초등학교에 들어가자마자 그 지역 어린이 축구팀에 선발되었다. 평범한 가정의 편안한 생활은 그로부터 10년 정도 이어졌다. 하지만 동생이 전국에서 손꼽히는 축구 명문 고등학교에 스카우트되어 기숙사생활을 하기로 정해졌을 무렵, 아버지의 몇 번째 바람이 들통 나는 바람에 리에 엄마는 더 이상 참지 못하고 이혼을 선언했다. 이미 취직한 나는 슬슬 혼자 살아야겠다고 결심하던 참이라 불편하지 않았지만, 이번에도 역시 아내의 집에서 쫓겨난 아버지는 자업자득이긴 하지만 불쌍할 정도로 풀이 죽었다.

새 와인과 술잔을 들고 주방으로 들어오면서 아버지가 물었다.

"얘들아, 어때?"

"이 닭튀김, 맛이 괜찮은데요."

동생이 무뚝뚝한 목소리로 대답했다.

"음식 말고 너희들 새엄마 말이야."

나와 동생은 조용히 시선을 맞추었다. 동생은 어떻게 생각하는지 모르지만 내 마음은 매우 복잡했다. 분명히 아버지의 여자 고르는 눈은 나쁘지 않다. 이번 어머니는 프리랜서 패턴사로, 젊은 디자이너부터 일류 디자이너까지 앞을 다투어 일을 맡긴다. 감각도 뛰어나고, 자신이 인정한 젊은 디자이너의 일은 아무리 저렴해도 맡아준다고 한다. 즉, 아버지와 결혼할 때의 어머니는 유능하고 마음도 착하며 얼굴까지 예쁜 서른한 살의 여성이었던 것이다.

아무리 그래도……. 나는 잠시 생각에 잠겼다. 아버지는 어떻게 착하고 아름다운 여성을 세 번이나 잡을 수 있었을까? 이름만 대면 누구나 알고 있는 일류 광고회사에 다니는 아버지는 텔레비전 이벤트에 관계된 일을 하고 있다. 아직까지 회사에서 쫓겨나지 않은 것을 보면 나름대로 일을 잘하는 것이리라. 보통 샐러리맨에 비하면 옷차림은 세련되었지만 조금만 살펴보면 바람둥이라는 것을 금방 알 수 있다. 선량한 것처럼 보이지만, 사람 보는 눈이 있는 사람이라면 '여자를 좋아하는 바람둥이'라는 것을 한눈에 알 수 있다. 그럼에도 자기 분야에서 인정받고 있는 멋진 여성 세 명이 아버지와 결혼했다. 무엇 때문일까? 내게는 그것이 도저히 이해할 수 없는 수수께끼였다.

"착하고 예뻐요."

닭튀김에 대한 감상과 똑같은 무뚝뚝한 목소리로, 동생이 새어머니에 대한 감상을 말했다. "그래, 그렇지?" 하며 자랑스럽다는 듯이 고개를 끄덕인 아버지는 내 쪽으로 시선을 돌렸다. 동생과 똑같이 말해도 좋지만, 거기에 뭔가 덧붙여야 한다는 생각이 들었다. 다음 순간, '아아! 아버지의 진짜 매력은 이것이 아닐까?' 하는 것에 생각이 미쳤다. 멍청하긴 하지만 왠지 칭찬해주어야 할 듯한 마음으로 만드는 것.

"아버지는 정말 여성을 보는 안목이 높으신 것 같아요. 무슨 수로 괜찮은 여자를 셋이나 함락시켰는지 알고 싶은데요."

절반은 인사치레고 절반은 진심이다. 아버지는 잠시 생각하는 표정을 지었다. 여자에게 인기 있는 비결을 들을 수 있을 것 같아서 내 마음은 기대감에 부풀었다.

"나도 잘 모르겠어. 난 그냥 평범하게 행동한 것뿐이야."

그 순간, 계속 무표정을 유지하던 동생이 웃음을 터뜨렸다. 그리고 테이블 앞으로 몸을 내민 아버지의 얼굴을 들여다보았다.

"옛날부터 계속 묻고 싶었는데, 왜 서른한 살짜리 여자하고만 결혼하죠? 일부러 노린 거 아니에요?"

"아, 그건 그래. 난 이제 막 서른을 넘긴 여자가 좋아. 더 이상 방황하지 않고, 나름대로 확고한 가치관도 가지고 있고, 그러면서도 새로 시작할 수 있고. 얼마든지 다시 시작할 수 있는 나이잖아."

"적당히 손질하면 몸도 아름다워지고요?"

동생이 동정童貞이 아니라는 사실은 어렴풋이 알고 있었지만 그 한마디로 나는 확신을 가졌다. 머리는 염색하지 않았지만 어머니를 닮은 동생의 얼굴은 이미 어린아이가 아니었다. 더구나 장차 확실히 J리그(2부로 이루어진 일본 프로축구 리그)에 들어가기로 되어 있는 만큼, 여자들에게 인기 없을 리가 없다.

나도 열여섯 살에 동정을 버렸다. 무덤까지 가지고 갈 비밀이지만 동생의 어머니, 즉 리에 엄마에게 부탁했더니 순순히 침대로 올라오라고 했다. 딱 한 번뿐으로, 그 후에 리에 엄마는 나를 아무렇지도 않게 대해주었다. 비록 새어머니이긴 하지만 어머니에게 동정을 바침으로써 일자리 정도는 가족에게 의지하지 않고 직접 알아보게 되었다. 지금도 아버지는 "그냥 순순히 우리 회사에 들어왔으면 연봉이 두 배는 됐을 텐데" 하고 놀리곤 한다. 그때마다 '농담하지 마세요! 나더러 다른 사람들 입을 통해 아버지의 나쁜 소문을 들으라고요?' 하는 말을 집어삼키느라 고생해야 했다.

"그런데 고지는 이미 여자를 알고 있니?"

오랜만에 나누는 동생과의 대화에 기분이 좋은지, 아버지는 과감한 질문을 던졌다.

"6개월쯤 전에요. 한 명뿐이지만요."

"한 명이면 충분해. 아직 열일곱 살인 주제에 더 이상 뭘 바래? 어떤 여자야?"

그러자 동생은 옅은 미소를 지으며 내게로 시선을 향했다. 처음에는 왜 그러는 것일까 의아했지만 연신 히죽거리며 나를 쳐다보는 것을 보고 짐작이 되었다.

"연상이구나!"

나는 그렇게 말한 다음, 웃음을 터뜨리며 테이블 밑에서 동생의 정강이를 찼다. 동생은 그 즉시 내 정강이를 차면서 술잔에 남아 있던 붉은 와인을 단숨에 들이켰다. 가냘고 사랑스런 아버지가 눈을 동그랗게 뜨고 두 아들을 번갈아 쳐다보았다.

"뭐가 그렇게 재미있어? 너희만 웃지 말고 아버지도 같이 웃게 해줘!"

서른한 살짜리 여자가 좋다. 그녀들은 세상을 이해하고 남자를 이해한다.

나는 옆구리가 당길 만큼 웃다가 아버지가 따라준 와인을 엎질렀다. 나는 아버지를 싫어하지 않는다. 이 사람 덕분에 인생이 이토록 즐겁지 않은가?

나는 취기가 돌기 시작한 머리로 그렇게 생각했다.

소 설

이혼할 생각은 눈곱만큼도 없었다. 현실에서는 물론이고 꿈에서조차 생각하지 않았다. 그런데 나는 내 손으로 이혼서류를 제출했다.

"인생에서 가장 괴로운 일은 사람들이 나를 싫어하는 게 아니라 내게 관심을 갖지 않는 것이다"라는 말을 잡지에서 읽은 적이 있다. 구태여 작가가 가르쳐주지 않아도 '좋아한다'의 반대말은 '싫어한다'가 아니라 '무관심'이라는 것을 나는 옛날부터 알고 있다. 나는 어릴 때부터 사람들이 관심을 가질 만한 아이가 아니었고, 그 상태로 어른이 되었다. 그래서 몇 안 되는 친구를 소중히 대했고, 애인이 생기자 하늘이라도 날 듯한 기분과 함께 언젠가 내 곁을 떠나지 않을까 하는 공포에 시달려야 했다.

　서른한 살인 나는 지금 소설을 쓰며 살고 있다. 하지만 아직 혼자 먹고살 수 있을 정도의 수입은 없다. 지금은 남편과 살았던 아파트를 나와서 친정에 살며 냉장고 안에 있는 것을 먹고, 예전에 오빠가 쓰던 2층 방에서 소설을 쓰고 있다. 사람들이 흔히 말하는 패러사이트 싱글인 것이다. 아니, 아직 이혼하지 않은 나는 '독신자'도, '돌아온 싱글'도 아닌 어정쩡한 상태다. 아직 일할 수 있는 건강한 육체를 가지고 있음에도 아르바이트를 전부 그만두었다. 그렇다고 매일 부지런히 소설을 쓰느냐 하면 천만의 말씀이다. 전철을 한 시간이나 타고 도심에 나가서 편집자에게 술과 저녁을 얻어먹고, 시간이 늦으면 비즈니스호텔에 숙박하기도 한다. 편집자에게 해외여행을 간다고 했을 때, "팔자 한번 좋네요" 하는 비아냥거림을 듣기도 했다.

　남편과의 생활을 포기하고 친정으로 돌아온 것은 여러 가지 요인이 복잡하게 뒤얽히는 바람에, 선택할 길이 그것밖에 없었기 때문이다. 생활비를 절반씩 내기로 약속하고 결혼했는데, 처음에 그럭저럭 팔리던 소설이 점점 팔리지 않게 되었다. 그래서 나는 생활비의 부족한 부분을 아르바이트로 충당해야 했다. 그것은 그렇게 힘들지 않았다. 집에 틀어박혀 소설을 쓸 때는 몰랐던 새로운 세계를 만났고, 친구도 생겼다. 하지만 현실적으로는 소설을 쓰는 시간이 줄어들 수밖에 없었다. 남편은 원래 집안일을 하지 않는 사람으로, 그것을 알고 결혼한 만큼 나는 묵묵히 아르바이트와 집안일을 병행하며 소설을 썼다. 그런데 처음부터 각오하지 않은 일이라서 그런지, 그 대가는 금방 나타났다. 조바심이 커졌지만 남편에게 정면으로 털어놓을 수는 없었다. 원래 나쁜 일은 겹치는 법으로, 그 무렵 경제가 최악의 상황으로 추락함과 동시에 남편의 수입도 줄어든 모양이었다. 추측으로밖에 알 수 없는 것은 남편의 월급명세서를 한 번도 본 적이 없기 때문이다. 나도 남편에게 인세보고서를 보여준 적이 없기 때문에 피장파장이리라. 월급은 줄어든 반면 업무 시간은 늘어나서, 남편은 매일 파김치처럼 지쳐서 한밤중에 귀가했다.

먹고사는 일이 벽에 부딪혔을 무렵, 나는 처음으로 대형 출판사에서 장편소설을 의뢰받았다. 나는 어떻게든 그 소설을 쓰고 싶었다. 현실적인(나는 내가 누구보다 현실적이라고 믿고 있다) 나는 생활비를 버는 것보다 그 일에 몰두하고 싶었던 것이다. 그래서 집을 나왔다. 굴욕적이기는 하지만 친정에 기대서 바닥을 드러낸 예금통장을 채우고, 경제적으로 안정되면 남편에게 돌아갈 예정이었다. 남편에게도 그렇게 말했다.

별거를 하고 얼마 안 되어 어릴 때부터 친했던 여자 친구에게 그 이야기를 했더니, 그녀는 뜻밖에도 딱 잘라서 이렇게 말했다.

"그러면 안 돼. 따로 살기 시작하면 그것으로 끝이야."

"설마! 집에는 자주 들르고 있어."

"한 번 집을 비우면 더 이상 자기 집이 아니야. 남편이 여자를 데려와도, 집을 나간 사람은 이쪽이니까 책망할 권리가 없거든."

아이도 있고 이혼 경험이 있는 그녀가 그렇게 말하니 기묘하게 설득력이 있어서, 등골이 오싹해졌다.

몇 달 지나기도 전에 그녀의 예언은 멋지게 적중해서, 황폐한 아파트에 낯선 여인의 기척이 떠다니기 시작했다. 그리고 남편과 같이 살 때는 다른 남자에게 눈을 돌리지 않았던 내게도 좋아하는 남자가 생겼다. 잘은 모르지만 남편의 새 여자는 애인이라고 부를 수 있는 정도가 아니었던 모양이다. 당신이 진심으로 새로운 사랑을 시작한다면 어쩔 수 없다고 말하자 그는 "그런 게 아니야!"라고 부정했다. 나는 그때 이성적으로 생각하기보다 "연애하려면 제대로 해!" 하고 버럭 소리를 질렀다. 평소에 뭐라고 소리쳐도 퉁명스럽게 입을 다물던 남편이 처음으로 당황한 모습을 보였다.

그러는 와중에 나는 좋아하는 남자에게 사랑을 고백했다. 그리고 "당신은 이미 결혼했잖아요?" 하는 말을 듣고 그 자리에서 무너졌다. 결국 그 남자는 한 번도 내 손을 잡아주지 않았다. 슬프고 안타까워 어찌할 바를 몰랐지만, 그 단호한 모습이 한층 더 내 마음을 사로잡았다. 나는 여기서 포기하지 않고 시간을 가지고 그를 설득하기로 결심했다.

어쨌든 친구의 말은 사실이었다. 몸과 마음에 거리가 생기면 그것을 메울 또 다른 것이 나타나게 마련이다.

별거를 시작한 후, 나는 남편과 몇 번 이야기를 했다. 그리고 이야기를 할수록 남녀 사이는 엉망이 된다는 사실을 깨달았다. 나는 내가 아직 유치한 어린아이였다는 사실을 절감했다. 싫어하지는 않지만 이미 나에게 관심을 잃어버린 남편은 "당신이 집을 나가서 안도한 것은 사실이야. 하지만 여기는 당신 집이기도 하니까 들어오고 싶으면 언제든지 들어와"라고 말했다.

남편과 내 문제를 생각하고 싶지 않았던 나는 소설을 쓰는 것과 도쿄에 가서 출판사 편집자를 만나는 것에 많은 시간을 투자했다. 가끔 남편을 만나 이야기하면 그가 점점 지치고 무기력해지고 있다는 사실을 깨달을 뿐이었다. 어느새 두 사람 사이에 이혼이라는 단어가 등장하고, 그때마다 나는 기묘한 감각에 휩싸였다. 관계를 되돌리고 싶고 남편의 관심을 끌고 싶어서 집을 나왔는데, 현실은 예상과 정반대로 나타난 것이다.

마지막으로 남편을 만난 것은 초여름의 요코하마 역이었다. 내가 집을 나온 지 어느덧 일 년이 지났다. 나는 오랜만에 만나는 남편을 위해 가지고 있던 옷 중 제일 좋은 원피스를 입고 나갔다. 그런데 남편은 집에서 입던 낡은 청바지와 누군가가 하와이에 갔다 선물해준 티셔츠를 입고 나타났다. 그는 원래 멋내기를 좋아해서 외출할 때는 적어도 깔끔한 셔츠를 입던 사람이었는데……. 지저분한 수염조차 깎지 않은 남편을 보고 나는 온몸의 힘이 빠졌다. 자꾸 눈물이 나오려고 해서 도저히 밝게 행동할 수가 없었다.

전철역 건물에 있는 레스토랑에서 우리는 파스타를 먹었다. 당연히 대화는 활기가 없고, 나는 일방적으로 내 일에 관해서 떠들었다. 신혼 시절부터 내 일에 관심이 없었고 이제 나에게도 관심을 잃어버린 남편은 내 이야기를 한 귀로 듣고 한 귀로 흘려버렸다. 무슨 질문을 해도 모호한 대답밖에 돌아오지 않고, 빛을 잃어버린 눈은 나뿐만 아니라 아무것도 보지 않는 듯했다.

레스토랑을 나와 역의 개찰구로 향하는 도중에 나는 겨우 남편에게 물었다.

"그래서 이혼할 거야, 안 할 거야?"

"당신 마음대로 해."

그는 퀭한 눈으로 바라보며 대답했다. 좋아하는 남자가 생겼지만 그것과는 다른 감정으로 나는 세상 남자들 중에서 남편을 가장 좋아한다. 하지만 그 한마디가 내 집착의 실을 끊어버렸다. 결혼하자마자 아이를 가졌을 때도, 낳을지 말지 고민하는 내게 그는 "당신 마음대로 해" 하고 말한 것이다.

"그럼……."

그렇게 말하며 발길을 돌리려는 그에게 나는 마지막으로 "개찰구까지만 배웅해줘" 하고 말했다. 그는 희미하게 웃으며 개찰구까지 배웅해주었지만, 자동개찰구를 통과해 뒤를 돌아보니 남편은 이미 등을 돌린 채 마지막까지 내 쪽을 돌아보지 않았다. 예전에는 모습이 보이지 않을 때까지 서로 몇 번씩 뒤를 돌아보며 손을 흔들던 곳이었는데.

친정이 있는 전철역에서 내린 다음, 나는 집까지 이어지는 언덕길을 훌쩍훌쩍 울면서 올라갔다. 남편의 태도가 그토록 완고한 데에는 내게도 책임이 있다. 갈아입을 옷을 가지러 간 아파트에서 사용한 흔적이 있는 콘돔과 낯선 칫솔을 발견했을 때, 나는 남편에게 말하지 않고 말없이 버렸다. 칫솔은 오해였는지, 나중에 그 이야기가 나왔을 때 남편은 피곤한 표정으로 "제발 그만 좀 해" 하고 말했다.

부모님은 내가 남편과의 관계를 의논하려고 해도 들어주지 않았다. 그곳에도 따뜻함의 가면을 쓴 무관심이 존재했다. 그래서 나는 친정에서 눈물을 흘릴 수 없다. 자업자득이니까 어쩔 수 없으리라.

나는 집에 도착하자마자 즉시 방에 틀어박혀, 라디오 헤드폰을 쓰고 침대에 누웠다. 가장 무서운 것은 잠의 세계로 들어갈 때까지의 시간이다. 남편과의 즐겁고 행복했던 순간이 떠오르면서, 행복한 추억들은 날카로운 칼날이 되어 나의 세포 속까지 파고들었다. 나는 머리를 비우기 위해 DJ의 말을 한 자도 빼놓지 않고 되새김질했다.

다음날 저녁, 출판사와 회의하기 위해 요코하마 역에서 도카이도센東海道線을 탔다. 요즘 멍하니 있으면 어두운 그림자가 드리우기 때문에, 전철을 탈 때는 반드시 워크맨으로 음악을 듣는다. 약간의 공백이 두려워 문고판 책을 가지고 다니기도 한다. 그런데 그날, 전철이 다마가와多摩川를 건넌 순간, 별안간 나 자신도 믿을 수 없는 감정이 목울대까지 치밀었다.

무슨 일이 일어났는지 알 수 없다. 다만 눈앞이 트이면서 아무런 이유 없이 가슴이 두근거렸다. 내가 살아 있다는 것이, 그런 당연한 사실이 온몸의 구석구석까지 퍼져나갔다.

내 소설은 많이 팔리지 않는다. 많은 독자들의 관심을 끌지 못하는 것이다. 하지만 전문가의 서평이 좋기 때문인지 고정적인 일이 조금씩 늘고 있다.

나에게 관심을 가지지 않는 사람에게는 나도 관심을 가질 수 없다. 남편과 톱니바퀴가 맞물려 있던 행복한 시간은 이미 끝났다. 인간은 과거로 돌아갈 수 없다. 내가 가고 싶은 길은 지금 눈앞에 있다. 앞으로 먹고살 수 있을지 없을지는 잘 모른다. 나를 안심하게 만드는 것은 거의 없지만, 소설의 세계에서는 조금씩 관심을 가지고 맞이해주는 사람들이 늘고 있다. 잃어버릴 것을 모두 잃어버린 지금, 더 이상 두려워할 것이 무엇이랴.

어린 시절부터 마음속에 똬리를 틀고 있던 사랑받지 못한다는 콤플렉스. 오랫동안 사로잡혀 있던 열등감에서 나를 해방시켜준 것은 소설이다. 그렇게 생각하자 다음 순간 세상의 빛이 바뀌었다. 소설을 쓸 수 있으면 혼자 살 수 있다고 순수하게 실감한 것이다.

짝사랑은 괴롭고 안타깝다. 남편에게도, 사랑하는 사람에게도, 소설에게도. 그 안타까움이 지금까지 나를 움직이는 소중한 보물이었다고, 나는 사람들이 북적거리는 전철 안에서 비로소 깨달았다.

서른한 살, 그 아름다움에 대하여

때로는 열심히, 때로는 나태하게, 때로는 정열적으로, 때로는 게으르게, 때로는 적극적으로, 때로는 소극적으로, 때로는 치열하게, 때로는 나른하게…… 그렇게 살다 문득 정신을 차리니 어느새 서른한 살.

그때 자기 앞에 놓여 있는 것, 그때 자기가 하고 있는 것, 그때 자기가 가지고 있는 것에 만족하는 사람이 얼마나 될까?

서른하나. 작가는 왜 서른한 살을 고집한 것일까?

그녀는 작품 속에서 여자의 입이 아닌 남자의 입을 빌려 이렇게 말한다.

"난 이제 막 서른을 넘긴 여자가 좋아. 더 이상 방황하지 않고, 나름대로 확고한 가치관도 가지고 있고. 그러면서도 새로 시작할 수 있고……."

"서른한 살짜리 여자는 좋다. 그녀들은 세상을 이해하고 남자를 이해한다."

그렇다.

서른한 살.

이미 사랑에 목숨을 걸지는 않지만, 그렇다고 사랑을 포기하지도 않는 나이.

이미 일에 대한 뜨거운 정열은 없지만, 그렇다고 하루하루 적당히 살아가지도 않는 나이.

이미 인생이 장밋빛이 아니라는 사실은 알고 있지만, 그렇다고 허무한 시선으로 인생을 바라보지도 않는 나이.

한마디로 말해서 머리는 적당히 차갑고, 가슴은 적당히 뜨거운 나이라고나 할까?

『러브홀릭』과 『플라나리아』를 통해 우리나라에서 많은 팬을 확보하고 있는 야마모토 후미오. 그녀의 글은 달콤하다. 그녀의 글은 상큼하다. 그녀의 글은 재기발랄하다. 그러면서도 그녀의 글에는 날카로운 독毒이 숨어 있다. 그래서 독자들은 그녀의 글에 '중독'될 수밖에 없다. 한번 읽기 시작하면 도저히 그만둘 수 없는 것이다.

나는 그녀의 달콤함과 상큼함과 재기발랄함보다 여기저기에 숨어 있는 독을 좋아한다. 그녀의 독에 찔려 온몸이 마비되면서도, 그 소름끼치는 짜릿함을 버릴 수 없는 것이다.

『내 나이 서른하나』에는 모두 '서른한 편'의 작품이 실려 있다. 차車를 좋아하는 여자, 아들에 집착하는 여자, 약에 의지하는 여자, 여행을 즐기는 여자, 첫사랑을 잊지 못하는 여자, 섹스에 몰입하는 여자 등등……

사람에게는 누구나 "이것만은 절대로 양보할 수 없어!" 하는 것을 가지고 있다. 그리고 그것으로 인해 행복을 잡기도 하고, 행복에서 멀어지기도 한다.

당신이 가장 원하는 것, 당신이 가장 목숨 거는 것은 다른 사람의 눈에 하찮게 보일 수도, 시시하게 보일 수도 있다. 당신이 가장 원하는 것은 언뜻 보기에 아무런 가치가 없어 보이는 편지이기도 하고, 목욕이기도 하고, 노래방이기도 하니까.

그래도 인생에서 소중한 것 하나만 있으면, 이 답답한 세상도 그럭저럭 살아갈 만한 가치가 있다고 여길 수 있지 않을까?

2006년 10월

이선희

새우와 고래가 함께 숨 쉬는 바다

내 나이 서른하나

지은이 | 야마모토 후미오
옮긴이 | 이선희

펴낸이 | 전형배
펴낸곳 | 도서출판 창해
출판등록 | 제9-281호(1993년 11월 17일)

1판 1쇄 발행 | 2006년 11월 4일
2판 1쇄 발행 | 2013년 12월 20일

주소 | 121-869 서울시 마포구 연남동 509-16 동서빌딩 2층
전화 | 070-7165-7500, 02-333-5678
팩스 | 02-322-3333
E-mail | chpco@chol.com

ISBN 978-89-7919-742-6 03830